幻戯書房

吉本隆明
短歌論集

ことばの力
うたの心

序　三種の詩器

　現在、日本の詩には、俳句、短歌、現代詩の三種が共存している。江戸期にも俳句、短歌、漢詩が共存していた。中世には、連歌と短歌とが共存していた。古代には、短歌と長歌とが共存していた。しかし、現在、俳句、短歌、現代詩が共存しているとおなじような意味で、日本の詩形が種々に共存していたということは、明治以前にはなかった。少くとも、明治以前においては、短歌、俳句、連歌、長歌の形式的な差異は、詩の形式上の差異と、そこから派生する詩意識上の差異として理解しうるものであった。しかし、現在の、現代詩と、俳句、短歌の相違は、形式上の差異や、定型、非定型の差異としては論じられない断層がある。この断層は、本質的には、美術における油絵と日本画、音楽における西欧音楽と日本音楽（長唄、じょうるり、琴曲、びわ）との断層と同じである。

　ここで、わたしたちは、いつでも折衷的な努力がなされるのを知っている。たとえば、油絵の画家が日本画の手法を取入れ、日本画家が油絵の手法を取入れ、琴の師匠が西洋音楽の要素を取入れ、西洋音楽家が日本音楽の要素を取入れ、現代詩人が伝統詩の発想と語法を取入れ、歌人や俳人が現代詩の手法を取入れるという具合にである。このような実例を、実際に知りたければ、現在の日本の芸術家たちの作品を一べつしただけで足りるのである。こういう情況は、ただ、詩のジャンルだけではなく、日本の現代芸術全般にみられる特徴的な現象の一つである。

ところで、わたしたちは、もう一つ、日本の現代芸術全般にわたる特徴ある現象があるのを知っている。即ち、本人は、インターナショナルな世界性を目指しているつもりで、架空の「無国籍」におちいっている傾向である。たとえば、本人はアブストラクトの詩人や画家だとおもっているのに、実は、「架空のアブストラクト」であったり、日本固有の古くさい感性をモダンな衣裳に染め上げているにすぎなかったりする現象である。前者は折衷乞食。後者は西欧乞食。

わたしたちは、この二つの傾向が表裏一体をなす日本の現代芸術の特徴であることを、よくよく洞察することが必要であろう。この傾向は、現在支配的な風潮をなしているが、実際には、この傾向から何らかの実績を期待することができない。彼等は、何を間違えているのかという問題は、簡単に論じつくすことができないが、基本的には次のように云うことができる。

即ち、折衷乞食どもは、日本の近代社会の発展過程を、西欧近代と日本本来とが対立、折衷してゆく過程と考えており、西欧乞食どもは、日本の近代化＝西欧化とかんがえているのである。しかし、実際はどうであろうか。表面的にみれば、明治以後の日本の社会も文化も、生活様式も西欧的なものと伝統的なものとの対立、折衷のようにみえるし、西欧化してゆくことが近代化してゆくことのようにみえる。しかし、わたしはこの何れの見方も正当ではないとかんがえる。紙数もないから、一言にして云えば、日本の近代社会における、伝統的なものと西欧的なものとは、盾の両面のように存在すると考える。日本の社会が、どのように発展しようとも、この二つの要素は、盾の両面であることを止めまいというのが、わたしの推定である。

だから、わたしは、ほんやくの詩の代りに人麿から茂吉までの三十一文字を読めなどという加藤周一の説には真向うから反対であり、また、日本の伝統詩形が、如何なる意味でも、現代詩歌の問題に、何かを寄与するとは考えていない。伝統詩は、すべて否定されなければならない。しかし、「否定」するというのは、西欧乞食のように、伝統詩に無関心なのとは全く違うことを断っておかなければならないとおもう。「無関心」は恒久的に「無関心」であり、「否定」は、恒久的に「関心をもつから否定」である。

今日、歌人、俳人の中の革新派は、わたしの考え方のカテゴリーでは、折衷乞食に入るだろうから、その努力の実り多からんことを願うし、その努力が優れた作品を生むかも知れないことを認めるが、窮極のところでは、否定するより仕方がない。お世辞など云う気もしない。わたしは、すでにそういう考えを述べたことがあるが、伝統詩形である俳句や短歌のうち、わたしたちが問題とするに価するのは、五・七・五や五・七・五・七・七ではなく、「定型」だけである。「定型」というのは、五・七調の組合わせとは無関係で、日本語格の言語学的本性とだけ関係するものであり、それは、日本文の構成や意味と切り離すことができない性質をもっている。わたしは、日本の詩のうちこの「定型」だけは、無視できないし、容易に変ることはあるまいと考える。

現代詩と現代短歌や俳句とが、わたしのいう意味で、盾の両面たりうる条件を、もし求めうるとすれば、わたしがここで指摘している意味での「定型」しか、ありえないのである。即ち、このような条件が充されたとき、日本の詩は、盾の一面から視たとき「非定型」であり一面からみたとき「定型」であり、そこに詩意識上の異質さや、断層は、まったく存在しなくなるとおもう。

加藤周一の見解などは、さしずめ、西欧乞食が洋食残飯を喰い散らしたあげく、伝統詩形に珍味を見出しているにすぎまい。もともと、彼等が「マチネ・ポエティク」と云うのも、「人麿から茂吉まで」というのも表裏一体をなす俗見に外ならないとおもう。

わたしがここで、日本の詩的な「定型」が、いつまでも五・七音数律であると考えているのではないことは断るまでもない。短歌や俳句において、現在ゆるやかに導入されつつある口語脈が、やがて全体を浸透してゆくとき、それはあきらかになるだろう。

ことばの力　うたの心　吉本隆明短歌論集　目次

凡例

一、本書は、吉本隆明による短歌論、歌人論を集成したものである。底本については巻末の初出一覧に記す。

一、旧字体、俗字は、原則として新字体に改め、難読漢字には適宜ルビを付した。

一、引用の詩歌については、個人全集等にあたって改めた箇所がある。

一、底本の明らかな誤植と思われる箇所は諸版を校合して訂正した。

一、本文中、編集部による註釈を〔 〕内に示した。

一、本書の中には今日からみると不適切と思われる表現があるが、著者が故人であることを鑑み、そのままとした。

編集協力　松岡祥男

装丁　髙林昭太

歌人論

長塚節

◇ 写生された〈自然〉

大正三年十二月二十二日、この日の天候は不明だが、長塚節は最後の病気が悪いさ中につぎの歌を詠んだ。

落葉焚《た》きてさりたるあとに栗のいが独《ひと》り燻《くす》びて朝の霜寒し
黄に染みし朱欒《ざぼん》の枝に二つ居て雀は鳴かず寒き日は悲し

（「鍼の如く」其六草稿）

庭で落葉を掃きよせて焚くというのは、病気が悪くなってあまり出歩けなくなった長塚節には最後の慰みのようなものだった。だがまえの歌は落葉を焚いたのはじぶんではなく、たれかが立ち去ったあとの不在のイメージをもとに作られている。落葉を焚いたのが自身だったとしたら、自身の不在あるいは、不在の自身を自分でうたうというのが一首の叙景のモチーフだ。あとの歌は〈悲しい〉というのがモチーフだといえる。そしてこの〈悲しい〉のは病み衰えたじぶんが、冬の日にも冬の日の景物の細部にも耐えなくなったところからやってくるものだ。もっとはっきりと自身の死の予感のようなものまで身体にこたえていたかもしれない。もしあとの歌が茂吉の「死にたまふ母」の一首「のど赤き玄鳥《つばくらめ》ふたつ屋梁《はり》にゐて足乳根《たらちね》の母は死にたまふなり」の暗示をうけているとすればなおさらである。節の死はもう一カ月あまりのところに来ていたのだから。

翌二十三日は終日北風が吹き荒れた。その夜につくった歌はつぎのようである。

痛矢串《いたやぐし》白きが鹿の胸に立てし峰の杉むら霧吹き止まず
矢を負ひて斃《たふ》れし鹿の白き毛にいたましき血はながれけるかも
夜もすがら鹿はとよめて朝霧にたふとく白く立ちにけるかも
深谷の鹿の血しほの滴《したた》りをかなしき雨はあらひすぎにけり
（「鍼の如く」其六草稿）

この連作歌はモチーフが不明だ。〈白い鹿〉が矢に射られて血を滴らせているイメージだけが鮮明に繰返しやってくる。そして緊迫した息づかいのようなもの、写実よりも心的な状態の暗喩のようにうけとることができる。かれは何か身辺に心を騒がすことがあったのか、それとも近づいてくる〈死〉の足音におびえているのか。尋常ではない連作をものした。長塚節の心にはかならずや

妹を思ひ寐《い》の宿《ね》らえぬに秋の野にさを鹿鳴きつ妻念《おも》ひかねて
（『万葉集』巻の十五　三六七八）
夜を長み寐《い》の宿《ね》らえぬにあしひきの山彦響《とよ》めさを鹿鳴くも
（『万葉集』巻の十五　三六八〇）

のような歌があった。これらの歌は平城京への望郷の想いととれるが、節の歌はなにを語るのかわたしには分明でない。故郷の習俗のひとつにかぎがあるのかもしれぬ。ただかれは死を直前にして自然物を写す、しかもほとんど極限の微細さと微妙な動きまでも写生するという詩法を一つすすめて、自然を写すのであるがそのこと自体が、全体的な心の暗喩になっているところにたどりついたのではなかったか。

秋の野に豆曳《ひ》くあとにひきのこる莠《はぐさ》がなかのこほろぎの声
こほろぎのころろ鳴くなべ浅茅生《あさぢふ》の蕺《どくだみ》の葉はもみぢしにけり
桐《きり》の木の枝伐《き》りしかばそのえだに折り敷かれたる白菊の花　（「秋冬雑詠」）

目にも見えずわたらふ秋は栗の木のなりたる毬《いが》のつばらつばらに
馬追虫《うまおひ》の髭《ひげ》のそよろに来る秋はまなこを閉ぢて想《おも》ひ見るべし　（「初秋の歌」）

芋がらを壁に吊《つる》せば秋の日のかげり又さしこまやかに射《さ》す　（「晩秋雑詠」）

白埴《しらはに》の瓶《かめ》こそよけれ霧ながら朝はつめたき水くみにけり
唐黍《たうきび》の花の梢《こずゑ》にひとつづつ蜻蛉《あきつ》をとめて夕さりにけり
藁掛けし梢《こずゑ》に照れる柚子の実のかたへは青く冬さりにけり
冬の日はつれなく入りぬさかさまに空の底ひに落ちつつかあらむ　（「鍼の如く」其一）

口をもて霧吹くよりもこまかなる雨に薊《あざみ》の花はぬれけり　（「鍼の如く」其二）

これらの景物描写の細密さのかぎりと、細密であればあるほど空白さが浮きあがってくる詠歌の逆説的な構造は、すでに子規の新しい描写主義のうちに兆しつつあった。たとえてみれば米粒のうえにどんな微細な文字や図柄を巧みに描いても所詮は巧みな〈芸〉以上のものではない。なぜならば対象の撰択力に内的な衝迫と必然がなく、ただ珍らしいための限定しかないからだ。それとおなじことだった。この方法を極限まで追いつめていったのが長塚節だった。そして極限まで追いつめられていってはじめて、子規派の『万葉』の歌の把握に重要な欠陥があることが露呈されたといってよい。子規の周辺に形成された根岸派の『万葉』のつかみ方は、桂園派の『古今』調の伝習に反撥するあまり、『万葉』の自然描写とみえるものがおおく客観描写や自然の景物の写生ではなく、心的な全体暗喩であることをみないものだった。これをべつの言葉でいえば、万葉人の自然描写や叙景は、歌がそれ以外の方法では心を表現できないからそうしたまでだという面をまったく無視するにひとしかった。

子規はたぶんこのことに気付かずにすんだ。「瓶にさす藤の花ぶさみじかければたゝみの上にとゞかざりけり」のような〈事実〉そのままの描写とみえるほどの表現が、つぎつぎに旧套の和歌の概念を着実に、うち破ってゆくことを信じきれたからだ。また実際に青年たちはここに和歌概念が革新されてゆく姿をみて、子規のもとに集まっていった。長塚節もその一人だった。かれもまた子規の歌におどろきその模倣から出発したのだが、瓶にさした藤の花ぶさが短くて畳の上までとどかないという静物画的な構図の近代性と新鮮さでは、しだいに充たされなくなった。畳の上にとどかないで垂れさがっている藤の花の形は、色は、匂いは、そしてそのうえにとまるじぶんの心象は、ということの全体の〈見えるもの〉と〈見えないもの〉が織りなす構成を追いもとめざるをえなかった。

『万葉』の自然詠をささえているのは〈写生〉でも〈実相観入〉でも〈声調〉でもありえない。原形質としての〈詩〉の保存であって、これをたどるには巧みな撰別が必要なはずだ。だが子規派の一党にそれができるはずもなかった。かれらが歌道とでもいいたいような言葉の習練のつみ重ねによって獲得していったのは、米粒のうえにいかにして巧みに如実に細密画を描いてゆくかという手だれだった。そもそも米粒のうえに描くということが景物や自然をたんに素材の意味にかえてしまうものだったら、描くこと自身を別様にかんがえるほかない。どうして米粒に描くことに固執するのかという疑念は、初期の根岸派の〈自然〉詩人たちにはやってこなかったのだ。

長塚節はいちばん忠実な子規派だった。いちばん忠実に愚直に子規の歌の方法をつきつめていった。名人芸の象牙彫りの細工が見事であればあるほど露呈される空虚というものにつきあたったときに、幻のように「鹿」は朝霧のなかに「たふとく白く立ち」つつあったのではないか。この最終の歌の意味がわたしには分明でない。にもかかわらずうけとることができる暗喩は強く明晰で、おもわず理解の願望あるいは願望の理解は遠く走るのだ。

翌十二月二十四日に、長塚節の詠んだ歌は、

明るけど障子は楮《かぞ》の紙うすみ透《とほ》りて寒し霰《あられ》ふる日は
（「鍼の如く」其六草稿）

寒気が障子の紙をとおるのか霰のふる鈍い日あかりが透るのかはっきりしない。けれど昨日の〈白い鹿〉のイメージとうって変った静かな平明さに占められている。もう十日後には入院し、あとひと月で死んだ。

斎藤茂吉

一　『赤光』について

さきごろ芥川龍之介の「文芸的な、余りに文芸的な」をよんでいるとつぎのような個処にぶつかった。

斎藤茂吉氏は「赤光」の中に「死に給ふ母」、「おひろ」等の連作を発表した。のみならず又十何年か前に石川啄木の残して行つた仕事を――或は所謂「生活派」の歌を今もなほ着々と完成してゐる。元来斎藤茂吉氏の仕事ほど、多岐多端に渡つてゐるものはない。同氏の歌集は一首ごとに倭琴やセロや三味線や工場の汽笛を鳴り渡らせてゐる。（僕の言ふのは「一首ごと」である。「一首の中に」と言ふのではない。）若しこのまま書きつづけるとすれば、僕は或はいつの間にか斎藤茂吉論に移つてしまふであらう。しかしそれは便宜上、歯止めをかけて置かなければならぬ。僕はまだこの次手に書きたいことを持ち合せてゐる。が、兎に角斎藤茂吉氏ほど、仕事の上に慾の多い歌人は前人の中にも少かつたであらう。（「詩歌」）

生活派の歌を、啄木の残した仕事を着々と完成している――一首ごとに倭琴やセロや三味線や工場の汽笛を鳴り渡らせている――斎藤茂吉氏ほど、仕事の上に慾の多い歌人は前人の中にも少なかった――こういう芥川のいいかたは、子規の「竹の里歌」によって眼をひらかれ、左千夫門でアララギ風の万葉調をけんさんして、近代的な個我意識を短歌表現のうえに融和させた、というような周知の茂吉評価よりもはるかにしたしい感じがする。

芥川の生活派ということばはさまざまの陰をふくんでいるだろうが、わたしがつかいたいのはつぎのような意味でだ。歌人は短歌的形式によるというただそれだけの理由で、形式上生活派的、または民俗的であらざるをえない。そして、時代的な実生活者としての歌人は、いつも形式によって先取されたものと、時代的な個とをくみあわせ、矛盾させ、たたかわせるということにならざるをえない。茂吉における万葉調というのは形式からくる生活派的なものであり、茂吉における特異な個性は近代的な生活者としての生活派的なものであり、このあいだに倭琴やセロや三味線や工場の汽笛を鳴りひびかせているのが、茂吉の短歌的な世界の巾のひろさ、欲の多さということになる。

芥川はおそらく生活派的ということを近代生活者としての茂吉という含みだけで云っている。形式を負刑されたものとしての生活派的、民俗的なものは芥川の眼界にはなかった。かれは詩質をもった散文家だったが、近代文学のなかの歌人ではなかったからだ。まず短歌をえらんだために負刑された茂吉の幸や不幸はおそらくは芥川とは無縁だったのだ。表現形式上で累代の亡霊を背負わされた歌人というもんだいは、出生としての芥川とは触れあっても、芥川の文学とは結びつきようはなかった。すでに詩形として新体詩形がある以上、茂吉が短歌をえらんだということは、その琴線が実生活そのもののうえになくて、そこからひそまってくぼんだ奥にあったことを意味している。

大体、茂吉は大学時代にも、平凡で見栄えのしない一学生に過ぎず、何でも素朴に感心し、人の煙草に「呉《ケ》エロ」と手を出すやうな奇癖で記憶されるだけで、すでに将来を嘱望されてゐたもとの同級生の橋健行などとは、全く異なつた状態にあつた。医局に入つてからも、先輩の教へてくれる、「患者の診察の為方、病歴の書き方、処方の書き方、体温表のつけ方など」（回顧）何でもおそらく素朴に感心して習ひ、平凡に新しい「日の要求」に応じて、それ以外に何の野心も欲もない一青年医員としか、よそ目にはうつらなかつたものであらう。

（柴生田稔「斎藤茂吉」32回『短歌研究』昭和三十六年十月）

実生活者、斎藤茂吉には田夫子の外貌があり、その内がわに医者としての常識人が住み、そのまた内に核のようにおしかくされたものがあるのだが、日常ではほとんど外から透視できないといった具合である。茂吉は『赤光』でこの核のようなものを露わにしたとおもっていたのだが、じっさいは田夫子を表現したのかもしれないのである。

『赤光』再版のときにこう茂吉はかいている。

おもふに短歌のやうな体の抒情詩を大つぴらにするといふことは、切腹面相を見せるやうなものであるかも知れない。むかしの侍は切腹して臓腑も見せてゐる。さうして西人は此こころを besondere Ehrgeiz などいふ語の内容に関聯せしめてもの言つてゐるが、『赤光』発行当時の私のこころは、少し色合が違つてゐた。（中略）

白面の友がきて、『赤光』は大正初年以後の短歌界に小さいながら一期を劃すやうに働掛けたと言放つ。私はその詞に対つてゐて苦笑もしない。ある夜、現歌壇の一部の Schematismus に対して『赤光』がいかに働掛けたかを思つたときいたく眉間を蹙めた。けれどもかかることは私の関するところではない。『赤光』は過去時に於ける私の悲しい命の捨どころであつた。

ここには、ある勘ちがいがあるようにみえる。茂吉が切腹面相をみせるといったものや、Schematismus とよんだものは、短歌的形式のなかで云われたコトバではなく、近代人としてのコトバである。短歌はおおよそ切腹面相をみせることとはかけはなれているし、極端にいえば『赤光』のなかにそんな作品は一首もないとさえいえる。歌人にとって短歌的形式はすでに自在なものにすぎないから、じぶんで切腹面相をみせたつもりでも、形式からくるヴェールにつつまれてしか面相にあらわれないという事情を、茂吉がよく意識していたかどうかわからぬ。茂吉は過度の耻辱心をおしきって切腹面相をみせたつもりであっても、田夫子の外貌をみせただけだったかもしれないし、芥川が啄木の生活派的なものを茂吉がうけついで着々完成させているといったものも、この外貌にすぎなかったかもしれないのである。

実作者からも微妙な勘ちがいがおこるのは、短歌が、近代小説風にとりあげるには、きわめて中途半端なものだという点につきる。作品があり、その作品にあらわれた作者の貌があり、その生きた生活があり、とりまく社会があり、といったようなメスの入れかたは半分くらいしかとおらない。作者の半姿は短歌的声調のなかに溶けてしまっており、あとの半姿で診断がおこなわれるほかないし、また、俳句のように全姿は声調のなかに溶けてしまっているといった客観性も少ないからである。

こんど『赤光』の秀歌の中心はどこにあるかというもんだいをかんがえてみた。もちろん人によってちがうだろうし、いい作品はいいと云うほかないかもしれないのだが、短歌批評にまつわるもどかしさという感慨がつきまとって、ひとつにはこれをふっ切ってみたかったからだ。秀歌は、必然的に作者の半姿が生活のなかに溶け、あとの半姿が生きているとき、ちょうど生みだされるとかんがえてみた。ここが、短歌的形式がもっともよくのびる点と合致するはずだからである。『赤光』のばあいこれに当っているのは、たとえばつぎのような作品である。

書よみて賢くなれと戦場のわが兄は銭を呉れたまひたり
ひとり居て卵うでつつたぎる湯にうごく卵を見ればうれしも
病みて臥すわが枕べに弟妹らがこより花火をして呉れにけり
汝兄《なえ》よ汝兄たまごが鳴くといふゆゑに見に行きければ卵が鳴くも
何ぞもとのぞき見しかば弟妹らは亀に酒をば飲ませてゐたり

ここにでてくる弟妹は、どうしても紺がすり、筒袖といった姿にみえる。そして、無口で表情もゆたかでないが、病気でねている兄をなぐさめるつもりで、黙って線香花火をしてみせたり、卵が鳴っているよ、と息せききってむかえにきたりする情感の動かしかたをする。これらの作品ののびの自然さは、生活者としての茂吉の自然さと一致している。ひとりでに家の性格が浮かんできて、そのなかで無為に化したように溶けてしまっている茂吉の半姿が、ある瞬間においてはっきりと把みとられている。どこにもそんなことはかいてないのに、家のなかで茂吉の同胞がどんな風にくらし、どんなたたずまいだったかといったようなことがイメージとしてやってくる。

『赤光』の核心をこの種の作品においてみると、それはまた実生活の習慣的なもののなかに溶闇した茂吉の半姿が、それを意識的にとりだす茂吉のこころの動かしかたとともに、きわめて核心的であることとひとしくなる。短歌的表現と、かかれている中味との諧和はここにあらわれる。テーマを家のそとにむけても自然なのは、たとえばつぎのような秀歌をうんでいる。

数学のつもりになりて考へしに五目ならべに勝ちにけるかも
この里に大山大将住むゆゑにわれの心の嬉しかりけり
赤き旗けふはのぼらずどんたくの鉄砲山に小供らが見ゆ
あきうどは眼鏡よろしと言あげてみづからの目に眼鏡かけたり
めん鶏ら砂あび居たれひつそりと剃刀研人は過ぎ行きにけり

はじめ二首は、茂吉のこころが自然なときの動きかたを、あとの三首は、茂吉の視線や関心のとりかたをはっきりとみせている。五目ならべを数学のつもりになってかんがえたら勝ったというこころの動かしかたは、生活のなかに無意識のうちに溶けてしまっているじぶんの姿を、きわめて意識的にとりあげることができるという茂吉の短歌的な核心、その資質とよく対応している。

べつに、とくべつの出来事でもなく、日常生活におこった変化でもないことに偏執する視線がなかったならば、眼鏡屋が、この眼鏡は上等ですよといいながらじぶんの眼にかけてみるといった瞬間の所作をつかみだせないはずだ。ここに、何かわからぬが『赤光』における茂吉の思想の核があったことはたしかである。

いわば、これほど何気ない日常のひとこまに、これだけの強い関心を定着しうるということは、田夫子の外貌や医師としての常識人が、どうしてもつかまえることができないひとこま、そのような外貌から抑圧されて出口なしの状態になったおびただしいこころの動きが、茂吉のなかに累積されていたことを暗示しているようにみえる。このような茂吉の特質をみれば、かれの背後をつつぬけにとおりぬけていってしまう社会があったのはいわば当然であった。

わたしは、批評家たちのように、『赤光』がつくられた明治三十八年から大正二年のあいだの社会的事件（たとえば幸徳事件）を茂吉は作品に反映しておらず、大山大将がおれの街にすんでいてうれしいなどとうたっているのを、反動の素質あるものとして挙げつらう気になれない。おそらく歌人における思想というのは、そういう評価の網では決してかからないところにあるのだ。ただ、『赤光』の茂吉に惜しむとすれば、日常のささいな瞬間を強烈に眼に定着する関心のありどを、生活社会そのものの価値を転とうさせるほど徹底させてみてくれなかったという点である。いわば資質や偏執を論理にさりげない生活の瞬間を闇のなかからとりだす関心や視線のうごかし方を思想にまでつくりあげてくれなかったということだけを恨むべきなのだ。数学のつもりでかんがえたら五目ならべにかったと詠んでも「金」、社会的事件をうたっても「泥」などということは、文学の世界では常識にしかすぎないし、まして短歌形式が思想そのものにあたえる屈折を遠近法をちがえずにとりださねばならないという作業は不可避だからだ。

わたしたちはおそらく廻り道が必要である。茂吉の思想的な核をつかまえるには倭琴の世界も、セロの世界も三味線の世界もめぐってみなければならない。茂吉の知的な特質とか教養とかいうものをかんがえれば、田舎家の息子がさきを見込まれて医者の養子となり、そこで後天的につみかさねたもの、という影をふき払うことができないようにみえる。学士の知識に農家の息子の頑固とはにかみが住まい、医者のニュールックにあぐらをかいた田夫子の影がちらつくといったものである。『赤光』にあらわれた視覚的な特質は、茂吉の教養の何であるかをみせているもっともたしかな証拠であるとおもえる。『赤光』時代の茂吉が影響をうけた子規についていえば、「牛がひく神田祭の花車花がたもゆらぐ人形もゆらぐ」というような作品が、子規の視覚の特質を、いいかえれば知的な資質の何であるかをしめしているにちがいないとおもう。この作品は、それ以前にはかんがえられなかった新しい知質を、子規がもっていたことを意味している。牛にひかれてゆく花車の人形や造花のかざりがゆれるという情景に眼をとめることができるのは、その知的な資質が、こういった日常光景を呑みつくすほど成熟していると解するほかにないからである。

茂吉は子規にくらべれば、はるかに強烈であり、粘着質であり、日常の光景に苛だっている。そして、その知的な資質が現実の小さな光景を超えようとする不安定な、しかしポテンシャルの高い瞬間がよくとらえられているところに茂吉の視覚の質があらわれている。

蚕《こ》の部屋に放ちし蛍あかねさす昼なりしかば首すぢあかし
雲の中の蔵王の山は今もかもけだもの住まず石あかき山
向うにも女は居たり青き甕もち童子になにかいひつけしかも
長押なる丹ぬりの槍に塵は見ゆ母の辺の我が朝目には見ゆ
のど赤き玄鳥ふたつ屋梁にゐて足乳根の母は死にたまふなり

これらの歌はまずおおづかみな対象が眼にとまり、しだいに微細にせばまってゆくというふうにできあがっている。かいこの部屋にとぶ蛍が眼にとまり、つぎに蛍の首すじが日にあかくなるというように視線がうごく。道路の向こうに女があり、手に青いかめをもち、子供になにか云いつけている、というものもまったくおなじで、すこしも写実的ではない。写実だったら、まず蛍の首すじの赤さ、子供になにか云いつけている女、に視線がとまり、つぎに蚕の部屋の全景や、青い甕をもった女の全姿がうかんでくる、というふうになっていなければ、こういう作品はうまれないはずだからだ。子規の神田祭の花車のうたは、対象を全般的につかんでいる視覚的なイメージからできあがった写実のうただが、茂吉の作品は独特な視線をくみあわせて構成されたもので、この構成力が、視覚的にあらわれた茂吉の知性の質であり子規をこえた何ものかになっている。子規の生活者としての諦念と、茂吉の生活者としての不安や苛だちのちがい、時代の相のちがい、個のちがいである。

実生活者としての茂吉という観点が、『赤光』の作品におよびうる範囲は、おそらくここまでである。

芥川が啄木ののこした生活派的なものをうけつぎ、着々と完成せしめたと評したコトバを、そのままうけとるとすれば、その作品はいままでふれてきたハンチュウにはいってこなければならない。そして、この範囲では、あたかも小説を解するように短歌を解し、小説を論ずるように作品についてのべ、作者のひととなりから環境におよび社会に達するということも可能であるはずだ。ただ、いかにも不自由であることを我慢しさえすればである。

しかし、短歌をとりあげる難しさはこのさきにあるので、こんど偶然に杉浦明平の茂吉論と藤森朋夫の茂吉論をよんでみて、一向にこの点が充たされなかった。茂吉の生活や思想を短歌外のデータや短歌のきれ端をあつめて論じてはいるが、短歌そのものから茂吉の思想の核をつかみとる経路がはっきり把まれていないため、何故茂吉は歌人であったか？　というもんだいをきくことができなかった。論者たちのハリにかかってくるのは、『赤光』でいえばいままであげてきたハンチュウの作品にかたよらざるをえないのである。

短歌作品を子規が「歌よみに与ふる書」でやったように短歌そのものとして論ずるには、特殊な方法がひつようなはずだが、それは茂吉がのちに声調というようなコトバでいったことと関連している。しかじかの作者があり、かくかくの作品がうまれるという位相を、散文批評の常道とすれば、まず、かくかくの作品があり、しかじかの作者をつくりだすという位相でしか論じられない作品が、短歌的に存在している。『赤光』のなかにもこれ以外からは論じられないような作品が、秀歌としてつくられている。

まず茂吉が短歌的なものの原型としてえらんだ子規の根岸派があり、さかのぼれば子規によって発掘された万葉があり、そこに茂吉の表現の原像がおかれている。茂吉の人となり、詩人としての茂吉は、この表現の原像からどれだけ半姿をつきだし、どれだけ表現の原像をやぶってじぶん自身の実生活者にたどりついたか、という逆のもんだいとなってあらわれる。茂吉の個というもの、生活というもの、思想というものは、短歌的な声調のなかに、それにのって溶解している。このような作品では、表現の原像は作者の仮構の生活とみなされるはずで、作者の半姿はそのなかに溶け半姿が逆さに突きだしている。こういう作品で茂吉の思想はなにかと問うても可視的ではないが、しかし可視的でないからといって茂吉の個性や生活や思想が作品に存在していないとみることはできないのである。この種の作品を茂吉論でとりあげない批評家たちは、けっして正当だとはおもわれない。

もんだいを『赤光』についてはっきりさせ、表現の原像からどのように茂吉自身へ移行するかをみてみれば、

蔵王をのぼりてゆけばみんなみの吾妻の山に雲のゐる見ゆ

これが茂吉の声調の原像であり、また途方もない駄作のようにみえる。

みちのくの蔵王の山のやま腹にけだものと人と生きにけるかも
上野なる動物園にかささぎは肉食ひゐたりくれなゐの肉を

この二首は、声調の原像からわずかに茂吉の個が半姿をつきだしている姿だが、原像から個への移行

がうまくできていないため、こういう本義不明の作品となっていると解されるべきではなかろうか。

蔵王の山腹にけだものと人が生活している、上野の動物園でかささぎが「くれなゐ」の肉をくっている、というのは一体何を意味しているのだろうか。もちろん、たんなる写生としてみるのはまったく見当がはずれているとわたしにはおもえる。生活者茂吉の個が熱烈に関心をもつ本来的な視線が、短歌的声調のなかに半姿をうばわれているものとして、これらの本義不明な、だが何かありそうにみえる作品の正体をみるべきである。


理窟ならぬ主観的歌想は多く実地より出でたる者にして、古人も今人もさまで感情の変るべきにあらぬに、況して短歌の如く短くして、複雑なる主観的歌想を現す能はず、只簡単なる想をのみ主とする者は、観察の精細ならざりし古代も、観察の精細に赴きし後世も差異甚だ少きが如し。只時代時代の風俗政治等、等しからざるがために、材料又は題目の上には多少の差異なきにあらず。

（子規『歌よみに与ふる書』）


実地からでた「主観的歌想」というのがここで問題となっているのだ。『赤光』のなかで失敗ともおもわれるものは、子規の主観的歌想で、声調が万葉模倣に流れすぎ、茂吉の個がそのなかに埋没しきっているものである。つぎの段階で、あえぎあえぎ茂吉の個の半姿が貌をつきだし声調の流出と矛盾しているようなところに、いわば本義不明のうたがあらわれる。

子規が実地からでた主観的歌想とよんでいるものを、もっとあきらかに云えば、形式からくる民俗的な生活派的なもの、声調のなかに溶けてしまっている個というように呼ぶことができるかもしれない。この主観的歌想という問題では近代散文批評の常道は、ほとんど用をなさない。短歌のような古典詩型の批評で、ふるくからは註釈という形でやられてきた表現の批評をとりのぞけば、ほとんど批評の態をなさないのはそのためである。子規の「歌よみに与ふる書」は、ふるぼけた註釈のかたちでやられてきた古典詩の表現批評と、近代散文批評のあいだに見事な橋をかけたものとして、すぐれた歌論をなしている。

次のような『赤光』の作品は、たれも秀歌としてあげざるをえないだろうが、しかし茂吉の個が声調のなかに溶けて厳存しているものとしてかんがえなければ短歌批評としては無意味だ、というふうに読んだ批評家をわたしは知らない。

ひむがしのともしび二つこの宵も相寄らなくてふけわたるかな
山川のたぎちのどよみ耳底にかそけくなりて峰を越えつも
鉄《かね》さびし湯の源のさ流に蟹がいくつも死にて居たりし
とほき世のかりようびんがのわたくし児田螺はぬるきみづ恋ひにけり
笛の音のとろりほろろと鳴りひびき紅色の獅子あらはれにけり
あはれなる女の瞼恋ひ撫でてその夜ほとほとわれは死にけり

振《ぶ》りとか風《ふう》とかいうものの大柄なパターンのために、茂吉の姿はどこにもみえない。自然物を対象としているから、茂吉の人間がみえないのではないのだ。しかし、ここにも茂吉は厳存している。声調からのぞかれる視線のとりかたのなかに、あるいは、声調の原像をどこまで茂吉に特有なところまでねじまげ、移しえているかという過程のなかに。わたしがさきに、声調の原像というのは、歌人にとって仮構の生活土台であり、そのばあいには歌人の個はちょうど逆さの像をむすんでこの土台から突きだしているという意味のことをいったのはこのことをさしている。これらの作品で、声調のなかに茂吉がみたのは、いわば伝統であり、民俗であり、そのなかに自分の個をおしこめただけ、その姿は声調にとけてしまっているのだ。短歌においてどうしようもない秀歌、つまらぬ対象をつまらぬとらえかたでうたっているにもかかわらず、秀歌とよばざるをえないものは、おおくこういう作品をさしている。そしてわたしたちは『赤光』の秀歌のおおよそ三分の一くらいは、こういう亡霊を背負ったものとして読まなければならないのだ。

隣室に人は死ねどもひたぶるに帚ぐさの実食ひたかりけり
ちから無く鉛筆きればほろほろと紅の粉が落ちてたまれり
けだものの暖かさうな寝《いね》すがた思ひうかべて独り寝にけり
猫の舌のうすらに紅き手ざはりのこの悲しさを知りそめにけり
酒の糟あぶりて室に食むこころ腎虚のくすり尋ねゆくこころ
かの岡に瘋癲院のたちたるは邪宗来より悲しかるらむ
馬に乗りて陸軍将校きたるなり女難の相か然にあらじか

ほのぼのとおのれ光りてながれたる蛍を殺すわが道くらし

これらが『赤光』における近代的なもののすがたである。短歌的声調からも、実生活者からも独立したところで、内部世界のうごきそのものをとりだしている。この抽出する思考の力、それを短歌的に完結させる力は、茂吉以前にはなく、また茂吉に独自なものであった。『赤光』の秀歌をあげよといわれれば、わたしはもちろん実生活者茂吉の表現をあげるが、茂吉の新らしさをあげよといわれれば、こころの動きを筋肉の動きのようにとりだしたこれらの作品をあげざるをえない。作品のあたらしさは、歌そのもののなかにはなく、心理のうごきにある。

じぶんの病室のベッドのなかで、帚ぐさの実がたべたいなあとおもっている、隣室ではおなじ入院患者の死の劇がある。すくなくとも隣人の死の劇を知りながら、帚ぐさの実がたべたいなあというような悠長なことをかんがえることはありうるか。ありうるのである。茂吉が表現したのは近代的エゴイズムではなく、人間が土俗的にもっていた存在の様式のひとつであり、そのかすかなこころの動きである。だが、それを意識的にとりだしたものの原動力は、茂吉の近代的なものであった。これらの短歌が声調の原像としての生活派的なものからも、近代的実生活者としての生活派的なものからも自由なのは、人間の民俗的な存在形式としてあった残忍を、こころの動きとして意識的にとりだした茂吉の思想の力によっている。そして『赤光』の作品の分脈を渡りあるくばあい、この種の作品が新しさとして最後にくるものということができる。

二　老残について

茂吉は、なぜかドイツ留学から帰ったころから〈老い〉のきざしをみせはじめた。もし〈老い〉が、生理的にやってきて、生理的に〈死〉にまで、なだらかな減衰曲線を描くものならば、かくべつ特異さも、個性もないもので、すでに四十代に足を踏みこんでいた茂吉にとって、〈老い〉のきざしはあたりまえのことだったといってよい。だが、人間の〈老い〉は、そう簡単ではない。まったく個性的に、内面的に演ぜられる劇《ドラマ》が、この生理的な〈老い〉に伴奏される。もっと極端にいえば、生理的な〈老い〉のほうが伴奏で、ほんとうの〈老い〉は、個性的にひそやかに演じられる心的な劇《ドラマ》にあるといってよいのかもしれない。ミュンヘンにいたとき、暮夜ひそかに陰毛にまじった白毛を切って棄てた（『ともしび』）と歌ったとき、茂吉は、たぶん、生理的な〈老い〉にたいして、はじめて背離し、分裂してくるじぶんの心的な世界に気づきはじめたかも知れぬ。

それならば、人間はどうやって生理的な〈老い〉に、無理してたたかいを挑んでみたり、あるいは、わざと眼をつぶってそっぽをむいたり、あるいは自然にうけ入れたふりをしたり、また反抗し、またそれから諦め、また拒否し、といった内的な劇《ドラマ》を演ずることになるのか。この過程は、きわめて複雑であり、それとともに個性的なはずである。茂吉はじぶんの生理的な〈老い〉にたいして、はじめて心的に対面し、去年あたりからじぶんの性欲は弱くなったし、こうして無くなってゆくのか（『たかはら』）とか、たれもの〈老い〉とおなじように、じぶんの口ひげも白くなってきた（『たかはら』）、などと気にしはじめるようになって、歌作のうえで、あるあきらめに似た平明さを獲得してくる。これは茂吉の歌に、『明星』調を導入させることになった。

章魚《たこ》の足を煮てひさぎをる店《みせ》ありて玉《たま》の井町《ゐまち》にこころは和《な》ぎぬ　（『たかはら』）

吉井勇であってもさしつかえない歌である。生理的な〈老い〉の自覚がやってきたとき、とくに短歌の世界では、あとに残されるのは〈自然〉との内的な交歓か、〈事実〉にたいする手放しの容認しかないのかもしれぬ。それが過ぎたあとで、老衰をみせるというのが、たれにでも考えられる普通の過程である。茂吉といえども、その過程をたどっていると、いえなくもない。だが、偶然が茂吉に加担しているというべきかどうかは判らないが、戦争のきざしが、もともとあった茂吉の〈事実〉にたいする好奇心を刺激することになっている。巨きく云えば、茂吉にとって戦争のきざしも、風景も、世上の事件も、すべて〈事実〉として、自然の景観のようなものとなってしまった、といってよいかもしれない。

機関銃のおとをはじめて聞きたりし東北兵《とうほくへい》を吾はおもひつ　（『連山』）
一つだに山の見えざる地のはてに日の入りゆくはあはれなりけり　（『連山』）
政宗の追腹《おひはら》きりし侍《さむらひ》に少年《せうねん》らしきものは居らじか　（『石泉』）
心中《しんぢゆう》といふ甘《あま》たるき語《ご》を発音するさへいまいましくなりてわれ老《お》いんとす　（『石泉』）

こういうモチーフも、歌調も、『赤光』のときから、すでにあった。しかしなにかが異ってしまっている。茂吉的にいえば〈声調〉がちがったということになるが、ようするに、じぶんの生理的な〈老い〉にたいして、手綱をゆるめてしまっていること、つまりあきらめ手放しになっていることが、ちがっているのだ。吉井勇などは、弱年のときに、すでに手綱をゆるめた、小金に不自由しない遊治郎という位相から出発した。つまり短歌という形式にたいする不平を、すこしももたないで〈声調〉を放下してしまったところから出発し、そこを出る気はなかった。そこで、心的な〈老い〉から出発し、生理的な〈老い〉が、あとから追いかけ、追いついて肩をならべ、ついには追い越した。だが、茂吉は『赤光』のはじめから、短歌形式にたいして不平まんまんであり、この形式を強引にネジ切って、切り口をみせることから出発した。そして〈老い〉の放下と諦めに達している。これでおわれば、茂吉もやっと、自然らしさが身についた、ということになったかもしれない。だが、〈老い〉の複雑さは、なお、茂吉のなかで、ひと暴れしている。不可解といえば、それまでだが、背景になにかがあって、ということもかんがえられる。それが『白桃』以後である。『白桃』以後で、茂吉の〈老い〉は、また〈変容〉しているとおもわれる。この〈変容〉に理屈をつけるとすれば、〈老い〉の中心にある心的な劇《ドラマ》に、ある普遍性をあたえた、といってよい。べつの云い方をすれば、〈老い〉を広場にもってきた、ということになる。〈老い〉を心的な劇《ドラマ》としてみるかぎり、あくまでも内面的な、個性的なものであり、普遍化することなどできるはずがない。ただ、ここでいいたい普遍化とは、どんな〈老い〉にもあてはまるような生理性に、じぶんの〈老い〉を拡げたということではなく、たれにでも心的に、そして個性的に〈老い〉をよびおこすまでに普遍性をあたえた、というほどの意味である。茂吉は、いったん放下した諦めを急速に回収し、圧縮させる。それによって、短歌形式は、ふたたび呼吸を吹きかえし、不平を鳴らしはじめる。この不平は、青年期の『赤光』の不平とは、異質であった。

上《かみ》ノ山《やま》の町朝《あさ》くれば銃《つつ》に打たれし白き兎《うさぎ》はつるされてあり　（『白桃』）

よひ闇《やみ》より負けてかへれるわが猫は机《つくゑ》の下に入りてゆきたり　（『白桃』）

断間《たえま》なく動悸《どうき》してわれは出羽ヶ嶽の相撲に負くるありさまを見つ　（『暁紅』）

年老いし父が血気《けっき》の盛《さかん》なるわが子殺しぬ南無阿弥陀仏　（『暁紅』）

鼠の巣片づけながらいふこゑは「ああそれなのにそれなのにねえ」　（『寒雲』）

隣り間に噦《しやくり》して居《ゐ》るをとめごよ汝《な》が父親《ちちおや》はそれを聞き居《ゐ》る　（『小園』）

この〈老残〉と〈若やぎ〉にたいする、いずれおとらぬ偏執は、もちろん、茂吉の内部では、まったくおなじ源から発している。その源が、茂吉の〈老い〉の固有さである。この源の性格は、なんと名づけるべきだろうか。そして、この不協和音の見事な蘇生は、どこからやってきたのか。どこからやってきたかは、あるいは伝記的な〈事実〉から探しだせるものかもしれない。だが、ここにある茂吉の〈寂寥〉は、茂吉の〈老い〉の奥のほうから噴きだしてきた独特なものである。茂吉は、じぶんの〈老い〉を裏かえしてみせる。弱年のころから名づけようもないものに恐怖し、縮こまり、おどおどしてきたのは、じぶんである。そうだとすれば、じぶんの生理的な〈老い〉は、いいかえれば、漠然としたなにかにたいする恐怖や縮こまりや、おどおどしさからの解放であってよいはずだ。つるされてある「白き兎」のような対象に着目し、衝撃を感じ、その衝撃を歌にすることで出発したのは、弱年のころのじぶんである。そうだとすれば、〈老い〉のじぶんは、いま、はっきりと「白き兎」は銃で打たれたものだ、といいきってよいはずである。わが家の飼い猫が机のしたに入って眠っている、という視線の特異さは、弱年のころのじぶんの歌を特徴づけたものである。そうだとすれば、いまのじぶんは、思いきってこの猫は、外の暗がりで、ほかの猫と喧嘩して負けてきたのだ、と限定してもよいはずだ。出羽ヶ嶽という巨漢の相撲とりがいた。短い全盛期には、巨軀を利して、ちぎっては投げという感じであった。だが、腰と脊椎を悪くしてからは、だれにでも負けるばかりで、それでも引退することができずに幕内から消えた。その土俵ぶりは〈老醜〉そのものであった。じぶんが、どんなに出羽ヶ嶽の内面と相撲ぶりに感情をこめているかを、いまは、はっきりと歌ってよいはずだ。年老いた父親が、血気さかんなわが子を殺す、という動機も、心理も、事件も、この俗世間の三面記事には、珍らしいわけではない。それに、偏執するじぶんは、半分くらい父親に手を添えてやってもいいとおもっている。念仏が口を衝いて出てくるのは、殺しそのものが無残だからではない。自然に逆らって、老いぼれが若い息子を殺害することのなかに、人間の存在そのものがもつ不条理が具現されていることを感ずるからだ。

　茂吉が、〈老い〉について到達しえたふくらみは、たぶんここまでであった。だから、これが茂吉の〈老残〉の思想と歌の到達点だとかんがえてもそれほど間違いはない。それ以外のところまで、ゆきたいとおもえば、短歌形式そのものを放棄するほかはない。茂吉の最終の歌をめくりおわるとき、どうも、こんどは短歌形式が、茂吉の〈老い〉や〈死〉への予感の大きな表現力を、堰きとめているように思われてくるのは、なぜだろうか。

戒律を守りし尼の命終《みやうじゆう》にあらはれたりしまぼろしあはれ（『白き山』）
名残《なごり》とはかくのごときか塩からき魚の眼玉をねぶり居りける（『白き山』）
わが生《せい》はかくのごとけむおのがため納豆買ひて帰るゆふぐれ（『つきかげ』）
暁《あかつき》の薄明《はくめい》に死をおもふことあり除外例なき死といへるもの（『つきかげ』）
いつしかも日がしづみゆきうつせみのわれもおのづからきはまるらしも（『つきかげ』）

ほんとうは、茂吉のこの〈死〉への最終の諦念は、いまのわたしの手には負えないというべきかも知れぬ。いいかえれば、〈死〉は人間を平等なところへ追いやる、ということは判っても、〈死〉の予感が人間の認識を、〈自然〉に同化させるということはいまのわたしの理解を超えている。そういうべきだろうか。

三　『赤光』論

「赤光《しやつこう》」というのは、耳なれない言葉だ。この言葉が何となく親しいものになったのは、斎藤茂吉の処女歌集『赤光』をわたしたちが、生涯のどこかで手にすることがあったからだ。『阿弥陀経』で浄土の蓮の花のひかりを形容したこの言葉を、茂吉は象徴をこめて、赤々と映える夕暮れの色の意味におきかえた。

赤光《しやくくわう》のなかの歩みはひそか夜の細きかほそきこころにか似む　（大正元年「睦岡山中」）

赤光《しやくくわう》のなかに浮びて棺《くわん》ひとつ行き遥《はる》けかり野は涯《はて》ならん　（大正元年「葬り火」）

「赤光」という言葉を使ったこの歌が、歌集の全体を覆うほど優れているかどうかは、疑問とされよう。もっといい歌があるからだ。だが赤々と落日が映えるなかを、ひと筋の野のなかの道が細く微かにとおり、そこを悲しい生命が歩んでゆくイメージは、この歌集を覆うほどに茂吉の心を占めていたことは確かだ。

歌集『赤光』によって茂吉は、子規、節、それから師伊藤左千夫を超えて、じぶんの表現をはじめて手に入れた。それればかりではない。短歌ははじめてこの歌集で、近代の定型の象徴詩としての位置を獲得した。同時代とその後の世代の作家や詩人で、この歌集に影響されなかった者は、ほとんどいなかった。ここには伝統の詩歌が、近代の文学意識と結合できた稀な偶然と、それを可能にした個性の必然の姿があった。

わたしたちは『赤光』のなかの作品をたどってどうにかして、短い時間のうちに壮年の日の茂吉の中心に到達したいとかんがえる。その上になお、伝統的な和歌形式の枠を越えて、近代という地平にひしめく人々の内部に、見事に触れえた理由を見きわめることができたらとおもう。

浄玻璃《じやうはり》にあらはれにけり脇差《わきざし》を差して女《をんな》をいぢめるところ　（明治三十九年「地獄極楽図」）

めん鶏《どり》ら砂あび居《ゐ》たれひつそりと剃刀研人《かみそりとぎ》は過ぎ行きにけり　（大正二年「七月二十三日」）

とほき世のかりようびんがのわたくし児田螺はぬるきみづ恋ひにけり　（明治四十三年「田螺と彗星」）

はじめの一首は、眼のまえに視ている絵図の情景を、ありのままに記しただけの歌にみえる。また二首目は、たまたま庭か路ばたで、めん鶏が遊んでいる傍を、地下足袋姿の剃刀研ぎの男が通り過ぎていった、偶然の情景を描写しただけのようにみえる。だが、ある鋭い感銘が惹き起こされる。たんに事実や情景の描写にしか過ぎないようなこんな歌に、いやおうない芸術的な感銘を封じ込めてしまった。そこに歌集『赤光』の第一の手柄があった。この感銘はどこからやって来るのだろうか。たぶん茂吉のなかには、たんなる事実や情景を描写しながら、その背後にすぐに劇（ドラマ）を組みたてている心の動かし方があった。事実や情景を劇化する茂吉の内面の力は、三首目の歌になると、はっきり現れている。田んぼに棲む田螺《たにし》を、極楽浄土の鳥、迦陵頻伽の私生児に比喩したというだけで、ありふれた田んぼ水のなかの情景が、ひとつの物語の世界のイメージに変わってしまう。それが鮮やかに浮びあがってくる。事実や情景を、ただ客観的に描写しながら、すでに劇（ドラマ）にしてしまう力が、歌集『赤光』を支えている眼に視えぬ力であることを、いやおうなく納得するのだ。

酒の糟あぶりて室《むろ》に食《は》むこころ腎虚《じんきよ》のくすり尋ねゆくこころ（大正元年「折々の歌」）

上野《うへの》なる動物園にかささぎは肉食ひゐたりくれなゐの肉を（大正元年「葬り火」）

これらの歌は、じぶんが把んでいる事実や情景を、じぶんで物語のように劇化する潜在的な力で成立っている。

酒の糟《かす》を部屋のなかで、ひとり火にあぶっては喰べている、幾分うらぶれた感じの、くたびれた男のイメージが、昔から伝承の和漢薬の精力剤をひそかに求めたりするうら哀しい男のイメージと重なって、読むものはその背後に、ひとりでに男の心の動きの物語を、こしらえているのだ。そしてもしかするとこの男のイメージは、じぶんを幾分憐れんでいるときの作者の、自画像かもしれないと想像したりする。そういう喚起力がこの短歌の魅力のうしろにあるもののようだ。

二番目の歌もまったくおなじだ。何の変てつもない動物園の情景を記述しているだけにみえるが、何か謎めいた情緒の色合いを誰もが感ずる。それはこの一首が、背後に何かしら劇（ドラマ）があることを暗示させているからである。それが何であるかこの一首をぽつんとおかれただけでは、わからない。だが、かささぎが肉を喰べているという事実の歌から、何か悲しみが匿されているような気がしてくる。それは作者に事実を劇化する強い把握力が潜在しているからである。たんなる事実の光景が、何かの象徴のようにおもわれてくるのだ。

この歌の前後の作品を読むと、作者の悲しみが何であるか推定できるようになっている。作者は医者として、じぶんがあずかっている大切な患者が、狂気のままに自殺してしまう事件に遭遇した。その患者の棺を送り、火葬に付したあとで、悲しみのあまり或る日、矢も楯もたまらずに上野の動物園にやってくる。そしてかささぎが肉をついばみ喰べている情景をみて、狂者の自殺した折の悲しい姿を連想している。喰べられている「くれなゐの肉」が狂者なのか、喰べているかささぎの無心な狂暴さが、狂者なのかわからない。だが、その情景は、自殺した狂人の情景を象徴しているとおもわれた。そこから歌に悲しみが沁みでてきている。

たぶんわたしたちは、ここまできて歌集『赤光』を成立たせている本質的な力を、理解できるようになっている。それは事実や情景を客観的に描写することが、同時に自己劇化をひとりでに進行させてゆく過程であるような表現力の世界である。茂吉はこの方法を『赤光』のなかで、どこまでもつきつめていった。それはしだいに写実の歌を象徴の歌に転化してしまう過程であった。茂吉の歌は『赤光』の作品のもっとも優れたところで、子規や節や師である左千夫の写生歌の世界から、いちばん遠ざかっているようにみえる。

おのづからうら枯るる野に鳥落ちて啼かざりしかも入日《いりひ》赤きに

（大正元年「ひとりの道」）

「ひとりの道」という標題は、とても象徴的である。師である伊藤左千夫はこういう歌を好まなかったかも知れない。これは情景を描写しているようにみえても、まったく情景の歌ではないからだ。微かにここでも枯れた野原に鳥が過ぎて消えてしまう夕暮れの情景があるようにみえる。だが瞼を閉じても描けるような情景の破片で、ほんとうはある沈鬱な心の情景が前面に描きたかったことがわかる。ここでは自己劇化がそのまま歌であり、情景を客観的に写生するかどうか、また自己劇化を情景の客観的な描写に即してやるかどうかは、まったく任意なものになっている。だが短歌の表現をこういう遠くまで引っぱっていくことで、はじめて近代の定型象徴詩としての普遍性が得られたのだ。子規以来の写生歌の意味は、ひと度は茂吉によって危うくされたかもしれないが、それを復元する力もまた茂吉自身には具わっていた。

死に近き母に添寝《そひね》のしんしんと遠田《とほた》のかはづ天《てん》に聞《きこ》ゆる　（大正二年「死にたまふ母」）

のど赤き玄鳥《つばくらめ》ふたつ屋梁《はり》にゐて足乳根《たらちね》の母は死にたまふなり　（大正二年「死にたまふ母」）

これらの歌は、写実が象徴と稀にみる均衡を獲得した場合として、受取ることができる。肉親や近親を歌うとき茂吉は、いつも痛切で、親密な色合いの優れた作品を生んでいる。この作品はその頂点といっていいものだ。

なぜこれらの歌で事実や情景を描くことが、象徴にまで凝縮された力を発揮しているのだろうか。ほんとは茂吉自身に聞くより仕方がないのだが、強いていえば情景の物語化あるいは劇化が、過不足なく行われているからだとおもえる。危篤の状態にある母親のそばに夜、添寝しているとき、遠い田圃で鳴く蛙たちの声が、ほんとうに聴こえてきたのか。また昼間、母の死の床から、屋梁に巣づいた二羽のつばめの赤いのどの色が視えたのか。それは作者の体験にしか尋ねることはできない。しかもこれらの歌は、作者の体験にしか尋ねることができないような、奥深い要素から成立っている。わたしのひそかな勘案では、死にゆく母の床のそばで体験された、別々の情景の破片が、しだいに組合わされひとつに構成されてゆく過程が、かならずやあったような気がする。この過程を象徴にまで転化させてゆく、写生の物語化の過程と呼んでいいのではなかろうか。

四　茂吉短歌の初期――『赤光』について

地獄極楽図　明治三十九年作

飯《いひ》の中《なか》ゆとろとろと上《のぼ》る炎《ほのほ》見てほそき炎口《えんく》のおどろくところ
赤き池にひとりぼつちの真裸《まはだか》のをんな亡者《まうじや》の泣きゐるところ
白き華《はな》しろくかがやき赤き華あかき光を放《はな》ちゐるところ
ゐるものは皆ありがたき顔をして雲ゆらゆらと下《お》り来《く》るところ

（斎藤茂吉『赤光』）

『赤光』のはじめにある連作からひろったものだ。ほんとなら、だからどうしたんだと言いたくなるように名詞で止めている。だがわたし（たち）のなかに、だからどうしたんだというのをためらわせる鮮やかな視線のイメージがあってぬきさしならない。ひととおりこの鮮やかなイメージを解釈してみれば、地獄極楽図の絵図をみたただの写生のようで、じつは対象をえらんで言葉にする把握と撰択力がとても強く適確だということになる。茂吉は得意の言葉で、実相に観入して対象の絵図とみている自分とを一元的につかんで、両方の生命を写しとっているのだというにちがいない。この連作はなかなかいい作品だから、そんな言い方をしても自画自讃だということにはならない。だが短歌的な表現が好きでないものからみたら、だからどうしたんだといいたくなることもたしかだとおもえる。

短歌は写生だ、そしてこの写生ということに客観的に観照した自然描写ということもふくめ、自然も自己も一元に滲透しあって生を写すことだということもふくめて、すべてを入れこんでいる茂吉の短歌観に不服をもつかぎり、どこからか異議がわきあがってくるのもまぬかれないことだ。茂吉だからいい作品として成り立っている写生歌に、普遍的な意味をもたせるわけにはいかない。そんな疑念があれば、だからどうしたということになるにちがいないのだ。もうすこしさきへゆくために西行の『聞書集』の「地獄ゑを見て」の連作から、できるだけ似たような歌をとりだしてみる。

「地獄ゑを見て」より

ひとつ身をあまたに風の吹ききりて炎《ほむら》になすも悲しかりけり
ひまもなき炎《ほむら》のなかの苦しみもこころおこせば悟りにぞなる
ひかりさせばさめぬ鼎《かなへ》の湯なれども蓮《はちす》の池になるめるものを
焰《ほのほ》わけて訪《と》ふあはれみのうれしさをおもひしらるる心ともがな
さりともな暁ごとのあはれみにふかき闇をもいでざらめやは
朝日にやむすぶ氷の苦はとけむ六《むつ》の輪をきく暁のそら

（仮名変改）（西行『聞書集』）

これはやはりいい作品というよりほかないものだが、茂吉の短歌観とはまったく対極的な詠まれ方をしている。「悲し」「苦し」「思い」「あはれみ」などという言葉でしかいえないこころの状態があり、地獄絵をみて、そのこころの状態がどんな由来をもつかをおもい知らされて、これらの歌は詠まれている。茂吉のような視覚像やイメージの歌ではない。およそどんなところからみても茂吉の写生とはほどとおい心情的な表出からできている。これもまた西行だからこんな骨のふといこころの動きだけからできたようないい歌にしてしまっている。ほかの新古今の歌人にはとうていつくれない歌だともいえる。

西行のおなじような主題の歌をくらべてみればとてもわかりやすくなるが、茂吉の写生の概念でただひとつはっきりしているのは、茂吉のいう写生が、視覚的なイメージを基にしていることだ。そのほかの点では実相観入といってみたり、生(命)を写すのが写生だといったり、実地に則してつくることだといったりしても、いい歌はみんな写生ということにしてしまうような、あいまいさがつきまとっている。だが西行のおなじ主題のうたは心の動きを前面におしだし、視覚的なイメージの世界は背後に潜めてしまっている。それでもいい作品だということは疑いえない。「悲し」「苦し」「思い」「あはれみ」など、西行歌のキイワードになっている言葉は、心の状態をあらわすもので、感覚(視覚)の状態をあらわす言葉ではない。これにたいし茂吉の「地獄極楽図」の連作は、視覚的イメージの歌だといっていい。

茂吉の「地獄極楽図」の連作は、終りの七音の句が四三調になっている。このばあいについて茂吉じしんが意義づけをやっている。もうひとつ、もっと大切で茂吉じしんの短歌の命運を左右するほどに意義をつけているのは短歌の様式のことだ。

「短歌に於ける四三調の結句」という歌論のなかで、茂吉はつぎのようにのべている。

終りに七音よりなる名詞、又は二五調の句にして五音の名詞を有するもの等の中にて四三調と同様の情調を有するものを掲ぐべし。

　吾も見つ人にも告げむ勝鹿《かつしか》の真間のてこなが奥津城どころ
　語りつぐからにもここだ恋しきをただ目に見けむいにしへをとこ
　夕づつも通ふ天道を何時までか仰ぎて待たむ月ひと男
　月も日もかはり行けども久にふる三諸の山のとつ宮どころ
　たたなめて泉の河の水脈絶えずつかへまつらむ大宮どころ
　玉きはる内の大野に馬並めて朝ふますらむ其草ふけ野
　住吉の岸の松原遠つ神わが大君のいでましどころ
　武庫の浦を漕ぎたむ小舟粟島を背向《うしろ》に見つつ乏しき小舟

以上にて大体万葉集に於ける四三調の結句の分類を終りたり。余は初め意味を根柢として分類せむとせしも材料豊富複雑にして多くの時間を有せざる余の到底堪ふる処にあらざるを知りたれば、同じ形式のものを分類しそれに就いて余が考だけを簡単に述べたり。されど粗雑ながらも表現すべき思想感情と四三調との関係に就きては略ゝ明らかに為したりと信ず。

如上の分類によりて粗雑ながら左の結論を得たり。

（一）　四三調を結句にしたる我国の短歌に佳作あるは事実なり。而して四三調でなければならぬ結句の少なからざるも事実なり。
（二）而して、四三調の結句は、程度の差こそあれ、概して敏活なる運動（心的運動にまれ外象運動にまれ）を表現するに適せるが如し。
（三）又結句の弛むを防ぐために四三調を用ゐて有効の場合もあるが如し。又必ずしも敏活なる運動を表さずとも日本語の性質上四三ならざるべからざる場合も少なからざるべく、要は一首の形式を完からしめむ為に、千万の語を縦横に使役して、行く処として可ならざるなきに至りて止むべきなり。結句は必ず三四なれ、四三なれといふが如き説は余これをとらず。
（斎藤茂吉「短歌に於ける四三調の結句」）

やさしく言ってしまえば、四三調でおわりの三音を名詞「ところ」や「野」や「小舟」でとめた『万葉』のいい作品は、動きのイメージを定着していること、また一首の歌の調べをおわりのところでひき緊めていると茂吉はいっている。だが茂吉の言い分は一枚の絵、ひとつの景物また事象を眺めて〈これは何なにが何なにしているところだな〉とわたしたちがいまでもいうのとおなじように、この三音の名詞止めをうけとっているのにやや似ているというべきだ。いいかえれば「実相に観入して自然、自己一元の生を写す」（「短歌に於ける写生の説」）というじしんの写生の説にひきよせすぎている。
この四三調の名詞止めのよさは、上句のはじめから主観的ないきさつをあれこれ言いまわしながら、いちばんあとに客観的な主格にたどりつく懸垂（サスペンション）のよさではないのかとおもえる。これは矚目の景物や、接触した事象を描写する以外に心の動きを表象させるすべをもたなかった『万葉』の時代の日本語の言葉の生理、民俗、神話に帰すべきものといってよい。
茂吉は「地獄極楽図」の着想をどこからえたか語っている。

『木のもとに臥せる仏をうちかこみ象蛇どもの泣き居るところ』といふ歌は、仏涅槃図を写生したもので涅槃会雑者のすべてをば、『象蛇どもの泣き居るところ』であらはした。この歌は写生を心がけて居つてもそれに徹せねば出来ようとは思はれない程の歌である。予は稚い頃から涅槃図に親しんでゐたが、竹の里人の此歌を読んだ時、無限の驚嘆をした。そして歌を稽古しようと決心するに至つたのである。その頃は未だ写生などといふことを知らなかつたのであるが、今おもへば、子規の写生能力に驚いたのであつただらう。かういふ能力は竹の里人は俳諧の方から悟入したので、元禄あたりの俳人でも、実に敏く看て確かに写生してゐるのがある。この歌の、『木のもとに臥せる仏をうちかこみ』までは誰でもいふ。『象蛇どもの』になると、さう容易には出来ない。写生を心がけて謙遜してゐるものでなければ出来ない。その象蛇から、直ぐ、『泣き居るところ』と続けたのは写生の行きどころで、かく直接に行くのが写生の一つの特徴である。

（斎藤茂吉「続「短歌と写生」一家言」）

ほんとは原図がないとたしかでないが「象蛇どもの」という非凡な句が、「写生を心がけて謙遜してゐるもの」だからできたなどということはありそうもない。対象の選択としての「象」と「蛇」が非凡だからできたというほかかない。取囲んで悲しんでいる弟子たちを択んでもだめだし、「象」と「猿」や

「犬」でも非凡ということにはならなかったにちがいない。

茂吉は直感的にいい歌だとおもえるものは、みな「写生」として解決しようとして、だんだんに「写生」の概念を拡張した。主観的な描写も内面描写も、生命感を感じられればすべて「写生」が徹底しているからだということになっていった。子規の歌、

瓶にさす藤の花ぶさみじかければ畳のうへにとどかざりけり

この作品はたしかにいいものだ。ということはよほど特別な好みでももたないかぎり、誰でもいいと認めるにちがいない。だがなぜいい作品かということになれば、「みじかければ畳のうへにとどかざりけり」というのが、「止みがたき作者の主観の声」で「とどかざりけり」とさも重大事件のように詠嘆しているのは、寝たきりになった作者の真実の声がそこに含まれているからだという茂吉の解釈は、説得力がない。「畳のうへにとどかざりけり」という対象への着眼が、瓶にさした藤の花の視覚像を揺り動かし起きあがらせるような、特異な着眼にあたっているから、いい作品になったのだ。この着眼が寝たきりの視線からくるのか、あるいは子規の万感が句のうしろに抑制されて存在するからかは、ひらき直った解釈の問題であっても創作の問題にはならない。

茂吉は写生の概念を拡張するために、背後に思い入れの深さや、情念の渦のおおきなうねりが押しこまれていれば、どんな事実描写にすぎない冷静な客観の事象の描写でも生命の切実さを滲み出させるものだと言いたそうになっている。そんなことはありえない。無意識のうちに対象選択の妙技が子規の手

についているから、いい作品なのだといった方が、わかりがいい。茂吉の写生の説は、だんだん危うくなっていく。

いちはつの花咲きいでて我が目には今年ばかりの春ゆかんとす
ゆふがほの棚つくらんと思へども秋まちがてぬ我がいのちかも

さらにこの子規の二首をあげて「我が目には今年ばかりの春ゆかんとす」「秋まちがてぬ我がいのちかも」は主観の句だが、作者の心を自然に流露させたもので、二次的三次的のからくりがないから、これも写生の歌だと言っている。それならばいい歌はみな写生の歌だといっているにひとしい。そのうえすすんで「秋まちがてぬ我がいのちかも」の歌は寂しい心を対象とした歌で、それをあるがままに、直接に、自然に、真率に流露させたところが写生になっていると解説している。わたしには「秋まちがてぬ」も「今年ばかりの」も、じぶんの病状がもう秋には危いかもしれないなという認知を表現しているだけで、すこしも作品をよくする表現だとはおもえない。

さらに茂吉は与謝野寛の「書き散らす歌のここちに桜散り世に好色者《すきもの》の春老いて行く」をあげて、暮春が老いようとするドンファンだという幻想を落花にたいしていだいたという晶子の解説を批判して「予には、暮春は老いようとするドン・ホアンだとか、好色者《すきもの》だとかいふやうな、小生利な、軽つぺらな、痴者だましの趣味では、とてもとても駄目なのであつて、かういふのは写生ではないのである」と言っている。たしかにこの歌は写生ではないとしても、「小生利な、軽つぺらな、痴者だましの趣味」

などではない。この与謝野寛の歌が秀歌だと判断できないとすれば、その作品評価は、「写生」という概念が偏頗なところからきている。盲目な結社わけの評価だというほかないとおもえる。

つまり茂吉には寛の歌にもられた詩的な暗喩が理解できないのだ。『万葉』の歌といえど、茂吉がいうほど写生や写実ではない。心の状態を暗喩するのに自然の景物を描写するほかすべがなかったから、そうしているだけだ。景物は写生されているようにみえながら、ほんとは暗喩だった。写生とはそれを指していたはずだ。

まもりゐのあかり障子にうつりたる蜻蛉は去りて何も来ぬかも　（「留守居」明治四十年作）

床ぬちにめくまり居れば宿つ女《やどめ》が起きねと云へど起きがてぬかも　（「塩原行」明治四十一年作）

鉄《かね》さびし湯の源のさ流に蟹がいくつも死にて居たりし　（「塩原行」明治四十一年作）

ひとり居て卵うでつつたぎる湯にうごく卵を見ればうれしも　（「折に触れて」明治四十二年作）

重かりし熱の病のかくのごと癒えにけるかとかひな撫《さす》るも　（「細り身」明治四十二年作）

こういった歌は『赤光』に眼をみはらせるような新鮮さをもたらしている。〈さり気なさ〉の要素として『赤光』の底辺をささえるものといってよい。茂吉は写生という言葉でうけとったり、実地の歌という言葉でいってみたりしているが、子規がきりひらいた〈さり気ない〉ような実感の表現が前提にあって、そのうえに乗って安堵しているのが、これらの歌だといってよい。子規の実作がなかったらこういう平易な実感の表現が秀歌になりうることに、茂吉は気がつかなかったにちがいない。もちろん子規のまえに良寛や橘曙覧をもってきて〈さり気なさ〉のひとかたまりの表現をかんがえてもいいわけだ。茂吉は思いきって日常のあるひとこまの動作や感覚の瞬間を言葉に定着している。「蜻蛉は去りて何も来ぬかも」はないだろうが！　そう言いたいところだが、この種の思い入れのひき外しは子規が大胆にやってしまっていた。茂吉は思いきってその感受性を模倣すればよかったのだ。

この種の茂吉の歌の発明はふたつの要素からできている。ひとつは鮮明なイメージまたは視覚像をよびおこしていることだ。もうひとつはそのイメージや視覚像に誰でもそんな経験がありそんな動作をやったことがあるとおもわせるような普遍性が与えられているということだ。このふたつはとりもなおさず秀歌の条件だといいたいところだが、そうじゃない。茂吉のいう写生とか実相観入とか実地を行っているとかいう言葉の意味するものが、感覚的なひらめきの普遍性をおもてにだし、それにつれて心の映えた姿を背後にひっこめているところからきている。視覚像や物の配置のイメージが鮮明で、心はあるかないかの姿でうしろにかくされてしまっている。

茂吉のこの種の秀歌は『赤光』の全体的な雰囲気をこしらえている多数の部分だが、それは歌の心映えがすぐれているということではない。一首のつくりだす視覚像やイメージが鮮明だということが、『赤光』の秀歌の特質なのだ。この特長はたぶん子規からはじまった。そして子規の歌の視覚像やイメージが静物画ふうだとすれば茂吉はそれを動態化して映画ふうにつくりかえたといっていい。茂吉流にいえば活動写真にしたのだ。かならずしも心映えゆたかとはいえない『赤光』の歌が、斬新な詩的刺戟を人びとに与えたのはそこだった。

平凡に堪へがたき性《さが》の童幼《わらは》ども花火に飽きてみな去りにけり　（「細り身」明治四十二年作）
隣室に人は死ねどもひたぶるに帚《はは》ぐさの実食ひたかりけり　（「分病室」明治四十二年作）
とほき世のかりようびんがのわたくし児田螺はぬるきみづ恋ひにけり　（「田螺と彗星」明治四十三年）
汝兄《なえ》よ汝兄《なえ》たまごが鳴くといふゆゑに見に行きければ卵が鳴くも　（「うめの雨」明治四十四年）
紅き日の落つる野末の石の間のかそけき虫に聞き入りにけり　（「秋の夜ごろ」明治四十四年）
いま吾は鉛筆をきるその少女安心をして眠りゐるらむ　（「或る夜」大正元年）

もっとあげてもおなじだが、これらの歌は子規の模倣をやめて、それでもまだ子規の影響を潜在的にのこしている作品にあたる。ここまでくれば無意識に血や肉のなかにこなされてはいりこんだ影響しか働いてないだろうとおもえる。茂吉はもちろんこれも生（命）を写すという意味で、写生だというかもしれぬが、写生とよぶ意味はない。呼ぶとすれば組みあわせの異化とでもいうべきだ。何と何を組みあわせれば、異化（際立ち）の効果がえられるかを、無意識のうちに体得した歌だといえる。これは資質のよさからくるとでもいうほかない。これもまた子規が教えたもので、その影響といえば言えるのかも知れない。対象に見入るときどこに着眼しているかというところに異化の作用があらわれる。

わたしたちは、「汝兄《なえ》よ汝兄《なえ》たまごが鳴くといふゆゑに見に行きければ卵が鳴くも」という作品が、秀歌だ、いい歌だ、すぐれているということはできるが、なぜいい歌なのか説明することはできない。意味するところはつまらないし、リズムにもとりたててよさの理由をつけることができない。〈兄さん兄さん、きてみな卵がないてるよ〉という弟（たち）のせき立てる声にうながされて兄が行ってみたら卵がないていたという、弟（たち）と兄の動作のイメージが鮮明にやってくる。しかもその兄弟の動作は卵がないているというささいなことをめぐる動作だ。そんなユーモアをまじえたイメージだというほかに、秀歌と感じる根拠はもとめられない。わたしたちが、日常におこる矚目の事実とかんがえているものよりも、もっとささいな、かくれてしまった小さな対象に眼をつけることができる凝集力の過剰な集中が、こういう視覚的な秀歌の根拠だというほかないものだ。

　歌うべき対象になる景物を名勝や旧蹟から平凡などこにでもある景物に移しかえた最初の歌人は西行だった。それとおなじ意味で歌うべき対象の景物を、日常であう平凡な事物から、ほんの瞬間に、ひとつの特異な視角からしか見つけられないような事象に移しかえたのは、子規や茂吉などの写生歌だといってよかったのだ。これが『赤光』という歌集の新鮮な雰囲気をこしらえたのだ。

なにか言ひたかりつらむその言も言へなくなりて汝は死にしか　（「おくに」明治四十四年）

うつし世のかなしき汝に死にゆかれ生きの命も今は力なし　（「おくに」明治四十四年）

雨にぬるる広葉細葉の若葉森あが言ふこゑのやさしくきこゆ　（「うつし身」明治四十四年）

死にしづむ火山のうへにわが母の乳汁《ちしる》の色のみづ見ゆるかな　（「蔵王山」明治四十四年）

寂しさに堪へて空しき吾の身に何か触れて来《こ》悲しかるもの　（「睦岡山中」大正元年）

水のべの花の小花の散りどころ盲目になりて抱かれて呉れよ　（「或る夜」大正元年）

かすかなる命をもちて海つもの美しくゐる荒磯べに来し　（「海辺にて」大正元年）

かの岡に瘋癲院のたちたるは邪宗来より悲しかるらむ　（「柿乃村人へ」大正元年）

さびしさびしいま西方にゆらゆらと紅く入る日もこよなく寂し　（「おひろ」其の一　大正二年）

あはれなる女の瞼恋ひ撫でてその夜ほとほとわれは死にけり　（「おひろ」其の三　大正二年）

みちのくの母のいのちを一目見ん一目みんとぞただにいそげる　（「死にたまふ母」其の一　大正二年）

寄り添へる吾を目守りて言ひたまふ何かいひたまふわれは子なれば　（「死にたまふ母」其の二　大正二年）

死に近き母に添寝のしんしんと遠田のかはづ天に聞ゆる　（「死にたまふ母」其の二　大正二年）

我が母よ死にたまひゆく我が母よ我を生まし乳足らひし母よ　（「死にたまふ母」其の二　大正二年）

のど赤き玄鳥《つばくらめ》ふたつ屋梁《はり》にゐて足乳根《たらちね》の母は死にたまふなり　（「死にたまふ母」其の二　大正二年）

星のゐる夜ぞらのもとに赤赤とははそはの母は燃えゆきにけり　（「死にたまふ母」其の三　大正二年）

ほのかなる通草《あけび》の花の散るやまに啼く山鳩のこゑの寂しさ　（「死にたまふ母」其の四　大正二年）

火のやまの麓にいづる酸の湯に一夜ひたりてかなしみにけり　（「死にたまふ母」其の四　大正二年）

茂吉の『赤光』のなかの、いちばんいい作品の部類をひろいあつめてみた。もはや何故いい作品なのかという問いをたててみても、視覚像やイメージの異化の効果だということができない。写生の確かさといっても意味をなさない。だから仕方なしに感性とこころとが結びついてかもしだしている音韻とリズムとが、短歌形式のいちばんふかいところでひとつの声調をつくってゆるぎがないとでもいうほかない。ただ茂吉が写生だ、写生だと言ってきたように、あとから想起して作られた歌ばかりなのに、イメージを現在形の時称で表現している特色は見事にあらわれている。記憶に呼びもどして創造したイメージにすぎないのに、記憶像を現前化する言葉の力は、ながい歳月の修練をへてゆるぎない「いま眼のまえ」というフィクションの姿を成り立たせている。

五　茂吉の歌の調べ

茂吉の短歌をどう読んでいるか、じぶんなりに自由にお話してみます。

斎藤茂吉は偉大な歌人ですが、どんなふうに偉大なのでしょうか。さいわい芥川龍之介が『文芸的な、余りに文芸的な』というエッセイ集のなかで茂吉に触れているところがありますので、まずそこから入ってみます。一般的に日本の古典時代からの詩歌は、近代に入ってからは全生活感情――芥川はそういう言葉を使っています――を表現するのが大変むずかしいので、文芸全般の基礎になるにはとても困難なジャンルになっている。しかしながら詩歌を一種物語化した人たちはいる。まず『悲しき玩具』の石川啄木と『酒ほがひ』の吉井勇で、この二人が短歌形式を散文に近づけていって、小説との交流点を最初につけていった。そう芥川は言っております。歌風はとても対照的な二人ですが、短歌の中に、芥川の言葉を使えば一種の心理描写を導き入れていったというわけです。心理描写を導き入れていくと、短歌はある程度物語化していきます。啄木の歌をひとつ挙げてみましょうか。

田も畑も売りて酒のみ
ほろびゆくふるさと人に
心寄する日

なぜこの短歌が面白いかと言えば、こんな関心をもっている啄木も興味ぶかいとともに、田も畑も売り尽くして酒ばかり飲んで家をつぶしてしまったその人物は、今はどうなったんだろうか、読む人にその続きの物語をひとりでに想像させる要素があるからです。これは啄木の短歌の大きな特徴です。吉井勇も詩風は違いますが同じで、その短歌はとても心理主義的です。

芥川は小説家ですから、短歌の中に物語性が導き入れられて、それが小説に近いところ、あるいは小説との交点をもつということに関心をもちました。そうすると第一に啄木と吉井勇が挙がってきたわけです。そのあとに挙げているのは、斎藤茂吉などのアララギ派の始祖であった正岡子規と、芥川の書いているとおりに言いますと、「明星」の子供である北原白秋です。そして最後に、斎藤茂吉の『赤光』、とくに「死にたまふ母」と「おひろ」という連作二つを挙げ、これでいわゆる日本の伝統的な詩歌である短歌が文学全般の基礎になったと考えております。

ところで、「短歌を物語化した、あるいは文学全般の基礎に近づけた」という意味なら、『赤光』よりも、与謝野晶子とか鉄幹たちの明星派の短歌のほうではないかと言うこともできます。そうすると、とくに芥川が『赤光』を挙げて、これが短歌を日本の近代文学の基礎のところに近づけていったと言っている場合のその物語性というのは、とても特異なところにあるのではないか……僕らの今の見方からはそういうふうになります。それは何かといいますと、明星派は心理描写を導入することによって短歌に物語性をもたせていった。それに対して、『赤光』の物語性がどこで成立しているかを考えますと、心理描写で成立しているのではないことです。これがとても大きな特徴です。では何で物語性を成立させているのか。「死にたまふ母」という作品がその典型で、ひとつは連作という形をとっていること。もうひとつは、人間の死というものの切実さを、茂吉の言葉で言えば声調——調べということですが——の切実さと重ね合わせていること。この二つによって短歌の中に物語性を導き入れたのだとおもいます。

「死にたまふ母」の連作は、自分が母親のところに薬をもっていって看護をするというところから始まって、危篤状態にある母親を夜通し付きっきりで看護する、そういう自分の感情や周囲の明るくなって

いく情景を実にうまくとらえています。そしてよく知られている短歌で言えば、

のど赤き玄鳥《つばくらめ》ふたつ屋梁《はり》にゐて足乳根の母は死にたまふなり

というような切実な歌に入っていきます。外形的な物語だけを言うなら、親戚の人たちや知り合いが集まってきて死にゆく母親を看取っている描写「いのちある人あつまりて我が母のいのち死行くを見たり死ゆくを」があり、お葬式の道すがらをうたった「おきな草口あかく咲く野の道に光ながれて我ら行きつも」、火葬場で母親が焼かれていく切実さをうたった「星のゐる夜ぞらのもとに赤赤とははそはの母は燃えゆきにけり」、そして「灰のなかに母をひろへり朝日子ののぼるがなかに母をひろへり」というふうに続いていきます。この連作が外形からみても、あらゆる物語性の順序を追っていることがわかります。

ここでは、茂吉の短歌のなかでもとくにそうですけれども、そんなに心理描写というのはないんです。切実な声調、調べというもので母親の死にまつわる情景を全部押し切っています。

もうひとつ大きな特徴を挙げるとすれば、茂吉の短歌は、これも物語性あるいは文学全般の基礎に短歌を近づけていった大きな要素であり、また芥川などが大変感動した要素のひとつですが、視覚の描写でもって短歌を成り立たせているということです。これはどういうことかと言いますと、短歌を万葉時代からずーっとたどっていっても、感覚、特に視覚――目と鮮やかな色彩――を前面に押し出してつくられた短歌は、まず考えることができません。確かに『万葉集』の中には「にほひ」という言葉でよく花の色彩などを感じさせる、あるいは光を感じさせる短歌はたくさんあります。しかし視覚あるいは色彩感覚を前面に押し出した短歌は、茂吉の『赤光』が初めてでしょう。この要素は一見すると何でもないように見えて、実は短歌としては革命的なことです。短歌は、どんな人の短歌でも主として、写真で言いますと白黒写真であるか、あるいは心の描写でした。ところが『赤光』はカラー写真なんです。そして、心の描写というよりも感覚の描写です。「写生」

ということを茂吉はよく言ってますけれども、単に写生ということなら正岡子規以来、とても緻密にやられた写生歌はありました。けれどもたとえば子規の短歌は、藤の花がうたわれていても、読むわれわれが藤の花の色をおもい浮かべることはありません。いくら写生と言いましても、やはり白黒写真的な伝統にのっとってつくられています。ほんとうの意味で茂吉の短歌を、あるいは茂吉の写生を近代化している要素は、色彩感覚を前面に打ち出した点だとおもいます。

次に、これはいま挙げた二つの特徴に比べればそんなに大きな特徴ではないのかもしれませんが、もうひとつの特徴を挙げてみます。『赤光』の特徴のひとつは歌の格の大きさ、大きな調べで、これはひと口に言うと儀礼歌の要素なのです。柿本人麻呂が天皇の葬儀のときに代作してうたった悲しみの歌みたいなものを儀礼歌あるいは共同性の歌というなら、儀礼歌としての調べが『赤光』の中ではとても大きい要素を占めているようにおもいます。『万葉』には、儀礼の場面自体をうたっていなくても、これは儀礼歌の調べだよと言えるものが意外に多くて、大体三分の一はそうではないでしょうか。個人の見た自然を、個人の感情をうたうというよりも、ひとつの大きな調べというのがあって、その大きな調べにのっとって自然をうたい、自分の身辺をうたっているという歌が多いわけです。茂吉は写生の手本は『万葉』だとしきりに言っておりますが、『万葉』に心を寄せたときには、儀礼歌の要素をひとりでに身に受け入れていたんだとおもいます。

ちょっと例を挙げてみましょうか。「蔵王山」という連作の中に「蔵王をのぼりてゆけばみんなみの吾妻の山に雲のゐる見ゆ」という歌があります。これはいい歌だとおもいますけれども、どこがいいのかというふうに問われたら、意味ではないとおもいます。そうすると、調べがいいんだということになります。では、この調べのどこがいいのか。ひとえぐり、ふたえぐり、みえぐりぐらいで歌が終わるほど大きな調べで彫り込まれていることが、この歌をよくしているんだとおもいます。そして調べが自ずから意味を伝えているということで言えば——茂吉は短歌は調べと意味の両方からできていると言っています——大きな調べがたくさんの意味を付けています。調べが伝える意味ですから言葉としては意味がないけれども、読む人にとってはいろんな意味が強烈に伝わってくるということになります。茂吉が声調と意味について一生懸命に言わんとしていることの本質は、「声調自体、調べ自体も意味をちゃんと伝えることがあるんだよ」ということだろうとおもいます。そしてその意味とは、もしかすると意味以前の意味かもしれないのです。伝統的な日本語のリズムとメロディというものをわれわれはひとりでに自分のなかにもっています。そういう人間には調べが伝える意味が何となくわかってしまうということがあって、茂吉はそれを言おうとしていたのでしょう。ですから『赤光』のなかにある大きな調べの歌のよさは、一種儀礼歌的な要素なんだと、僕はそういう言い方をしたい。そして儀礼歌とは何かというと、大勢の人が共通に感ずるひとつの感じ方とか、共通の心というものを象徴的に打ち出したものです。近代的な個性などは何にもないけれども、読んでいるとやっぱり意味のあるうねりを感じる、それも『赤光』の大きな特徴ではないかとおもいます。

もうひとつ茂吉の短歌の特徴を挙げてみます。一種の擬音語あるいは擬声語の使い方が大変巧みで多いことです。たとえば大正二年の作品で、「笛の音のとろりほろろと鳴りたれば紅色の獅子あらはれにけり」の「とろりほろろ」、それから「あはれなる女の瞼恋ひ撫でてその夜ほとほとわれは死にけり」の「ほとほと」など見事な擬声語です。あまり同時代の歌人は使っていないようですから、これは茂吉の発見にかかると言えます。どうして茂吉が擬声語に関心をもっていたのかを考えてみると、これはやはり声調に対する関心と同じだとおもいます。短歌の中で擬声語を使うことの効果は、少なくともいま申し上げた考え方で言えば、意味ではありません。一種の声調、音声の繰り返しで、しかも意味は禁じられていますから、言葉を複雑にする効果よりも、調べと同じように意味以前の意味みたいなものが伝わってくるわけです。茂吉が『赤光』で短歌を一気に近代化し、そして一気に日本文学全般の基礎のところに入れ込むことができた要素は、いま申し上げたような特徴でとらえることができるとおもいます。

茂吉の短歌が初期から後期へと移ってゆく経路からいきますと、大きな調べはだんだんなくなっていって、むしろ小さな調べ、あるいは小さな歌が茂吉の歌の主流になっていきます。茂吉の生涯の歴史から言いますと、そうなっているんじゃないかなと思います。これは茂吉の短歌自体に対する評価ともかかわりがありますから、僕がそうおもうというだけで、もちろん違う見解もたくさんある得るわけです。僕自身、初期の『赤光』が一番見事なんだと決めておいていいとおもってきましたけれども、いやそうもいかないぜ、小さな調べの歌というのがもしかすると茂吉の歌の本領であり、傑作なんじゃないか、そんな感じ方がじぶんのなかに出てきました。歳のせいかもしれません。

その前提として、茂吉がいう声調あるいは歌の調べなるものの性格、性質をちょっと申し上げてみます。茂吉が外遊したときにつくった歌、歌集で言えば『遠遊』とか『遍歴』というのがあります。それらを見ますと、茂吉の言う写生や調べというものの特徴が極めてあいまいになっています。なぜあいまいになっているのかと言うと、自然の風景自体が日本的あるいは東洋的な風景じゃないために、茂吉の初期の短歌をよくする要素を形づくっていたすべての条件が、あいまいにしか、あるいはそんなにいい形では茂吉の短歌の対象にはなってこない。調べの大きさ、切実さ、色彩的・視覚的な見事さ、そして物語的な見事さも薄れてしまい、言ってみれば強弱も高低もないような彫り方になっています。ということは、茂吉の言う声調とは、たぶん風土性とか生活性というものと深いかかわりがあるんじゃないかなと、僕はまず最初に外遊の歌でそう考えました。

これを伝統と言ってしまうと話が単純になりすぎてよくないので、伝統があるかないかみたいなことはあまり言いたくありません。ただ、声調とか物語性とか色彩感覚といった茂吉の特徴は、風土性と大変かかわりが深く、風土性に対する食い込みが足りないと、茂吉の調べは単調になってしまうのではないか、彫りが同じになるんじゃないかとおもいます。

その例を挙げてみましょうか。「リンデンの黄に色づきし木のもとに落葉がたまる日に照らされて」という歌があります。その続きに、「たどり来しレナウの墓の傍にほほづき赤くなれる寂しさ」「秋ふかき村の小さき墓地中の胡桃の木より落葉しやまず」という歌もあります。これを『赤光』の歌の色彩感覚と比べてみればよくわかるのですが、ちゃんと色彩感覚がうたわれてはいるのに、ぼけた感じでしか伝わってきません。それから、調べの彫り方の強弱高低があんまりついてないという意味合いで、極めて単調な調べになっており、調べの方からやってくる意味が実際の歌の意味にほとんど加わっていないような気がします。それはなぜかと言うと、生活とか風土性とか、そういうものを調べのなかで感じとるところに、外遊中はいなかったからでしょう。僕はそう理解しました。

新詩社つまり明星派の人たちみたいに、もっと心理主義的、あるいはモダンな歌のつくり方をする人だったら、一種のエキゾチズムの歌をつくれるわけですけれども、茂吉は自分の写生と声調に深入りしていて、簡単にエキゾチズムの歌をつくることはできないのです。眼前の風景に対してどういうふうに自然詠を適応させればいいのか、茂吉にはうまくつかみとれなかった、あるいはそれをつかみとることが茂吉の方法ではできなかったんじゃないか。こう考えていきますと、茂吉の言う声調とは自然の風土性、それから自分の気持ちのもち方とおおきなかかわりがあるとおもえてなりません。僕は外遊歌からそう考えたわけです。これが茂吉の声調論のとても大きなあらわれのような気がします。

われわれは西欧に出かけて行って、そこの生活をして、言葉がわかるようになれば、大体そこの人の生活のやり方とか生活感情が少しは呑み込めてきます。それはもちろん外国人が日本に来た場合でも同じで、日本語がわかるようになり、日本の生活になじんでいけば、日本人とはこういう考え方をするんだなということが大体わかってきます。しかしたとえば日本人の生活感情とか、こういうときにこういう反応をするのはこういうところに由来があるんだよ、みたいなことまでわかり切るためには……柳田国男は、何代も同じところに住みついていないとわからない感情の表し方もあるんだ、という言い方をしています。柳田国男が民俗学で突きつめていきたかったのはそういうことだったとおもいます。言葉さえわかれば、あるいはその場所に行きさえすれば大体わかるというようなわかり方ももちろんあるし、言葉も何もわからなくても、そこへ行ってみたら気がついたというようなわかり方もあります。けれども、もっと奥の方には、何代も同じところに住みついていないと、この感じはわからないよという類のわからなさ・わかりやすさもまたあるわけで、そこにはなかなかいけない。茂吉の調べというのは、そこまで届いているのです。逆に言いますと、そこまで届いている声調論は、一年や二年外遊してそこで生活したくらいでは転換も利かないほどに自分のなかにしみついていたということです。茂吉の外遊歌を単調にしている理由は、そこにあると僕はおもいます。

　ところで、何代も同じところに住みついていなければわからないというところまで茂吉の調べは食い込んでいるにもかかわらず、歴史感情——うまい言葉がないんですが——というのは茂吉にはなかったとおもえます。ほんとうならば、それほど時間の奥深くまで入っている調べだから、これを輪切りにしたら、金太郎飴みたいにどこにでも歴史感情があらわれてくるはずです。でも僕の理解の仕方では、歴史感情ないし伝統意識といったものは、茂吉にはあまりなかった。どんなに過去に食い込み沈んでいっても、その調べは生活感情であって歴史感情の方へは行かない。それも茂吉の声調の大きな特色です。茂吉も時に名所旧跡をまわって歌を詠んでいます。熊野へ行ったときの歌を読んでみましょう。

紀伊のくに大雲取の峰ごえに一足ごとにわが汗はおつ

　歴史感情に富んでいる人だったら、下の句に「一足ごとにわが汗はおつ」とはつくらず、もっと歴史感情に満ちた文句をつくるでしょう。この下の句は歌をつまらなくしているわけです。しかしつまらなくしているのには根拠があって、茂吉はどんなに由緒深い、歴史感情をそそるような場面に遭遇しても、生活感情を捨てることがどうしてもできない。やはり「一足ごとにわが汗はおつ」になってしまうのです。

　短歌というのは、僕のようにただ好きだから読んでいるものからみると、やはり今でも謎が多いものなのです。その謎に対してたとえば茂吉は「写生の妙」を言い、写生とは対象である自然とじぶんとを一元化して、それを命として打ち出すことだと言っております。そして『万葉』の歌は単純そうにみえても写生の神髄をつかまえているんだと評価しています。でも僕は、歴史感情に乏しかった茂吉の『万葉』に対する評価には疑問を感じています。これは微細な話になりますから、これ以上ふれずにおきます。

茂吉の歌は、医学留学から帰ってから息を吹き返すようにまた見事な歌にかえっていきます。僕はそれを特徴と見るわけですけれども、歌の調べから言いますと小さな調べの歌になっていく。では、小さな調べの歌はどのあたりから始まるのかというと、僕は『赤光』のなかにはほとんどなく、大正十年の『あらたま』から始まって最後まで続いているとおもいます。

歌の調べが小さくなっていくにつれて、茂吉を代表するような傑作短歌がたくさん出てくるという推移の仕方は大変興味深いことです。僕が小さな歌と言っている歌を申しあげてみます。

ふゆ空に虹の立つこそやさしけれ角兵衛童子坂
のぼりつつ

海のべの唐津のやどりしばしばも噛みあつる飯
の砂のかなしさ

「ふゆ空に」は『あらたま』、「海のべの」は『つゆじも』のなかの歌です。大変細かい刀を彫りを深くしたり浅くしたり、強くしたり高くしたりして使いながら、調べの響きを意味に変えて、言葉の意味と重ね合わせているとおもいます。もうひとつ挙げてみましょう。『たかはら』のなかの歌です。

章魚《たこ》の足を煮てひさぎをる店ありて玉の井町に
こころは和《な》ぎぬ

平凡と言えば平凡かもしれませんが、それはたぶん主題だけからくる考え方であって、小さな調べが小さな主題と響き合って意味を増幅している、まことに見事な歌です。

昭和九年の『白桃』という歌集あたりから、小さな歌がもっと小さく、極微の世界みたいなものをつくっていて、まことに抜き差しならないところにいっています。写生と声調を二つの車輪にして、ちょっとどうしようもないな、誰がどう言おうともここまで行ってしまったかというところまで達しています。『白桃』の中の「弟と相むかひゐてものを言ふ互《かたみ》のこゑは父母のこゑ」、これなど大変見事な歌で、まことに微妙な主題を、まことに微妙な調べでうたっています。

　この頃から老いの静かさ、老いの諦念がだんだん歌のなかに入ってくるようになりますけれど、興味深いことに、それは茂吉の歌の老い、つまり衰えを意味しません。主題の側と心の側の両方から来るんでしょうけれども、自分の老いをそれなりに受け入れ、それを歌の表現のなかにもっていくことによって、歌の表現自体はちっとも衰えを見せない。後期になるほどそういうふうになっていきます。これはやっぱり大変なことだなとおもいます。心の老いを自己肯定することによって、歌はものすごく緊迫した若い歌――初期の頃と同じような、あるいは『赤光』よりもっと微妙な調べを与える緊張した歌――になっています。そういう歌を挙げてみましょう。これは『寒雲』ですから昭和十年代です。

　自転車のうへの氷を忽ちに鋸もちて挽きはじめたり

　これはたぶん誰でもいい歌だというとおもいます。だけど、どうしてこれがいい歌なのかと問われたら、歌の言葉の意味からは何も言えません。声調つまり調べがいいんだよとしか言えない。では、その声調というのはどうしてわかる、と問われたとしたらどう答えるか。極微の調べになっているから、「調べなんか何にも入ってない」としか言えないし、そのようにしか見えないのです。でも本当は抜き差しならない極微の調べが、ひとつの言葉ごとに微妙に全部入っているのです。言葉の意味それ自体にひっついている極微の調べが、たちまちのうちに意味に変貌してこのなかに加わっています。茂吉の写生と調べというものが極致のところで合わさっている歌だとおもいます。

　最後に近い頃のいい歌を挙げてみましょうか。これは『つきかげ』ですから戦後四、五年たってからの作品です。

わが生はかくのごとけむおのがため納豆買ひて帰るゆふぐれ

これは、老いを一種の静かさと諦念として完全に受け入れた上で成り立っている歌ですけど、この歌自体は年をとっていない。衰えたりは少しもしておりません。言葉の意味だけをとってきても勿論これはいい歌ですけれども、それだけではなく、言葉の意味の上に極微の小さな調べが加わって、そしてひとつの響きをつくっているからいい歌なのだとおもいます。これがたぶん茂吉の一番最後にやってくる傑作ではないでしょうか。

散文の世界、小説の世界で、こういうふうに微妙な――散文ですから調べとは言わないんですが――光と影を言葉の意味に付け加えながら、最後まで衰えない散文あるいは小説を書いた人は、明治以後たぶん夏目漱石ひとりでしょう。漱石の『明暗』は「わが生は……」と大変よく対応する作品だとおもいます。『明暗』もすでに深刻な心のえぐり方などは全部、そういう意味合いではなくなっています。中途で終わっている小説ですが、読んでいると、書かれていること以外に、文章自体の中に一種のなまめかしさみたいなものが入ってきているように感じます。これはたぶん言葉の意味以外のところから加わってくる要素でしょう。『明暗』のよさは、どこか際立ってここだと言うことはできないのに、全体がなまめかしいというのか、何ともいえないよさがあって、茂吉の後期のいい作品に匹敵、該当するのではないでしょうか。

では詩人でそういう詩人はいるかと問われると、茂吉の作品がそうであるような意味合いで衰えなかったなと言える人はまずいないとおもいます。そう考えていきますと、斎藤茂吉という人は、初期を評価するにしろ後期を評価するにしろやはり大変な大歌人で、日本の詩歌の伝統、系列を文学全般のなかに導き入れていくということを初めてやったし、また最後まで衰えなかったという意味合いでは、明治以降の何ともいえない高嶺なんだと僕にはおもえます。

石川啄木

一　石川啄木

いまから五年ほど前、失業していたとき、街を職さがしに歩きながら、何か用事あり気に路をゆく勤め人や商人が、別世界の人間のように羨やましくてならなかったことがある。わたしとそれらの人々とは、たかが明日はどうなるか判らない職をもっているか、いないかのちがいにすぎないのに、まるで別世界の人間のようにこっちだけが窪んでみえるのはどうしたことか、おれの思想は、この程度のことに耐えないものなのか、こういった自問自答をなんべんもこころに繰返して歩いていた。

啄木をおもうと、そのときのことが生々しく蘇ってくる。啄木はこういうことがよくわかる文学者であった。その文学よりも、その生活のほうがもうすこし深く滲みとおっており、金がないとか、新しい背広をきて旅にでたいとかいうことが、じぶんの文学よりも大事だと本気でかんがえ、そのことによって悶える世界にいた文学者であった。「月末になるとよく詩が出来た。それは、月末になると自分を軽蔑せねばならぬやうな事情が私にあつたからである。」（「食《くら》ふべき詩」）こういうことを云えるようになって啄木のかくものはほん物になった。

ずいぶん情けない話ではなかろうか。かれは路ゆくしがない勤め人や商人とおなじ生活人の覚悟をしったときはじめて一人前の文学者になった、というにすぎないからである。しかし、日本の一系列の文学者には、はじめ軽薄な文学青年として文学者のなれ合いの小世界をわたりあるき、とうとうその世界から生活社会にとびでることによってしか、一人前になれない型がある。啄木はその系列を徹底させたほとんど唯一の文学者といってよいとおもう。その生涯のおわりまで、ただの勤め人や商人を羨やむ心情を思想の肉体としてもっていたことをわたしは評価せざるをえない。このことを評価しないで啄木をおだてても仕方がないとおもう。

こみ合へる電車の隅《すみ》に
ちぢこまる
ゆふべゆふべの我のいとしさ

打明けて語りて
何か損をせしごとく思ひて
友とわかれぬ

考へれば、
ほんとに欲しと思ふこと有るやうで無し。

煙管《きせる》をみがく。

啄木の詩のうち今日も読むに耐えるのは、この種の作品ばかりである。いずれも生活人の水平線に完全にはまることによって詩のうしろに影にそうように視えてくる何かが察知されるといった類いの作品である。生活の中で、あるときは、じぶんを憐み、あるときは、判断をとめて煙管なぞをみがくことによって、それを強いたもの（国家権力）に対峙してゆずらない方法をえとくしているといった案配である。そして、これはふつうの生活人の誰もがやっている方法にすぎないが、啄木はただそれを思想として意識していたのだ。

批評家としての啄木は、近代文学史のなかでかけねなしに第一級だが、その批評が、かれの乏しい語学でよみかじった社会主義文献の知識から噴きだしたものだとかんがえるのは、馬鹿気たことだとおもう。その源泉は、かれの阿呆のようにちぢこまってみえる生活の詩のなかにかくされている。むかし、十七歳の戦闘的な少年であったとき、わたしは、「起きるな」という啄木の詩が好きであった。いまも好きである。

起きるな、起きるな、日の暮れるまで。
そなたの一生に涼しい静かな夕ぐれの来るまで。
何処《どこ》かで艶《なまめ》いた女の笑ひ声。

二　啄木詩について

啄木の詩について多くの人がかいている。わたしの知らない範囲（そのほうが多いのだが）でも、たくさんの論があるとおもう。これらの論のなかで、多数の論旨を手際よく代表し、しかも適確な指摘をおこなっているものとして、ふたつをえらびだしてみる。ひとつは、中野重治が「啄木について」のなかでかいたものであり、ひとつは、伊藤整が「石川啄木」という解説的な小論のなかでかいたものである。

中野重治の論は、詩人啄木は感情的に受動的であり、それはひとつには形式的な新しさにひかれる模倣上手になってあらわれ、ひとつには諦め、投げやり、やけくそ、自嘲になってあらわれているというものである。「晩年の『はてしなき議論の後』『ココアの一匙』『激論』『古びたる鞄をあけて』などすべて弱々しく、かなり強い『墓碑銘』さえ芸術的に快活ではない。最後の一つ手前の『家』などには、当時の啄木の弱々しさ、受動性が、ほとんど暴露されているといっていいくらいにまではっきり現れている。」

伊藤整の論はこれにたいして、啄木の詩の特質を、ひとつには模倣の早熟性として、もうひとつは「無思慮な、むしろ浮はついた英雄気取りと、非現実的な計算、空想癖、激しい悲喜の落差」としてとらえたものである。「さういふものは、その後の自然主義系の作家たちにはあまり見られないもので、啄木に似た資質は、国木田独歩、児玉花外などである。英雄主義的、空想的、外向的、無思慮的、熱血的といふやうな型に属した。そしてそのやうな型においての発想が、現実の生活、現実の自己に定着した時、彼の後の作品が結晶したのである。」

この両様であらわれた論は、啄木の人柄や思想のほうへ身をよせて、おまえは弱々しいところがあって歯がゆいことではないかといっているか、あるいは啄木に冷静な距離をおいて早熟の才があり、また当時の詩(泣菫や有明に代表される象徴詩)は、本質的な詩の創造よりも、詩的辞句の構造に努力があり模倣がしやすい状態にあったともいえるが、弱々しい誇大癖や空想癖が啄木にあったといっているかのちがいはあっても、ほんとうはそれほどちがったものとはいえない。

現在すでに啄木詩は古典の系列にはいった。このことは、啄木にたいする愛情の距離のとりかたによって、本質的にはそれほどちがっていない評価に、微妙な差異があらわれるといったような評価の地点を超えて、啄木詩そのものを完全に対象化しうる地点に立ちうることを意味している。その意味での評価はこれからもあらわれるだろうし、現にあらわれているのかも知れないが、わたしはそれを知らない。

啄木の最初の詩集『あこがれ』が、有明や泣菫に代表される象徴詩の巧みな模倣の意味しかもちえないことはほとんど評家の定説といっていい。また、事実その通りであり、有明や泣菫の詩にはそれなりの必然的な契機、いいかえれば詩人が自己の詩と合致した時代的な契機が存在するが、『あこがれ』にはこの契機がない。空洞の意識と言葉のモザイクの合致があるだけである。作品としても「荒磯」、「光の門」、「あゆみ」、「祭の夜」などをのぞいてとるべきものがない。わずかに「祭の夜」に、啄木が流行の詩形から自己の資質を突出させようとした努力がうかがわれるだけである。
「祭の夜」は、踊りの群、酒、晴着、ざわめきに充ちた祭の夜に、じぶんは愁いに追われて市人からはなれて霧の野をさまよい、やがて名もない丘の上にたつと、そのとき「すべての声は消え去りて、ここに大なる声充てり。すべての人はえも知らぬ　ここに立ちたれ神と我。」というような誇大な観念の詠嘆に上昇しておわる。はじめに祭りの夜の踊の描写からはじまるところでは、テーマは現実の場にえらばれながら、踊の群をはなれ、丘のうえにやってくるという描写に空想があらわれ、しまいに「ここに立ちたれ神と我」という観念の描写にうつる過程の強引さと無稽さのなかに、大なり小なり啄木詩の特質があらわれているということができる。藤村や鉄幹に代表される後期ローマン詩の時代から、有明や泣菫に代表される前期象徴詩への過渡が、啄木のこのような作品の背景をなしているが、その何れの時代でも、現実から観念へのこのような強引で無稽な移行を同居させた作品は見あたらない。あらかじめある水準に設定された意想のもとに詩が構成され、それが観念性や空想性を極度に象徴しているというばあいはあっても、「祭の夜」のようにまず現実の祭の夜の情景を設定しながら、とてつもない観念性にまで詩の意想をひっぱってゆくという特徴は、啄木の資質とふかいかかわりをもっている。

　近代ローマン詩から象徴詩への推移は、外形的には音数の律としての七・五調が八・七調、八・六調、七・四調、六・五調、五・三調、三・三・三・四調などのヴァリエーションをうむことによっておこなわれた。このことは内在的には、詩人たちが情緒のはんいを現実からますます上昇させて、言葉そのものの次元に中心をうつすことによっておこなわれた。恋愛は感情の表現から言葉の比喩に、虚無感や惑乱は情緒から漢語の内包する意想の影像へとうつされた。詩的中心を情感の漠然とした表現から言葉そのものの構造へ移すこの過程は、有明や泣菫ら前期象徴詩人たちによって頂きまでのぼりつめられたものということができる。

後期象徴詩からスバル派にいたる詩的な過程は、いわばこの逆の過程であり、その逆の過程において詩的な中心は言語と情感のふたつにわたる領域を包括しようとしたものということができる。露風や白秋の詩が典型的にとらえているのはこのもんだいである。これらの詩人たちはいわば必然の勢いとして外形的には文語と口語の混合脈をつかわざるをえなかったということができる。たとえば、ここで口語脈をすぐに用いるとすれば、象徴詩が解きすすめた詩の言語そのものの構造のもんだいを脱落するほかはなかったのである。

わたしのみるところでは、この過程をたどる啄木詩は独特のものをもっている。『あこがれ』以後の時代の作品のうち、たとえば、「窓」や「弁疏」のような問答体にちかい詩は、啄木が象徴詩の解体の過程を独自な仕方でたどったものとみることができる。

弁疏

『我などて君を厭《いと》はむ。
さなり、我、などて厭はむ。』
『さらば、など、かの木の下を
かの人と手とりゆきしや。』

かくぞ君、我を詰《なじ》れる。
『さらばとか。請《こ》ふ、唯一つ
聞きたまへ、我が弁疏《いひわけ》を。
我は唯、初めて君と見たる日の
その心もて口づけぬ。かの少女子《をとめご》に。
我つひに二心《ふたごころ》なし。』

主題が詩形にのらないもどかしさを、啄木自身が感じたにちがいないことを、この作品はよくしめしている。それとともに、象徴詩の解体する過程という時代的な動向のなかを、啄木詩がどうくぐりぬけようとしたかをあきらかにしめしている。それは、問答体をかりることによって詩の意味の流れを創り出し、いわば内容の側から象徴の解体を詩として統一したものということができる。これを言いかえれば、詩的な発想を散文（小説）的な発想にちかづけることによって、一般に象徴詩人たちが言語そのものから、言語そのものを包括した情感の表現へ、という形でおこなったものを、啄木は詩的な発想から散文的・物語的な発想へ、という形できりひらいたといいうる。この作品の意味は、古い日の恋人にあなたはわたしをすてて別の人を愛するようになってしまった、となじられて、いや、そうではない、じぶんは且てあなたとはじめて逢った日とおなじ気持で、いまの恋人と接しているので、じぶんの心としてはひとつなのだ、というようなことになるだろうが、表現のぎこちなさ、もどかしさに比べて、盛られている内容は可成り高度なものであることがわかる。啄木詩が問答体の劇的な形式できりぬけた象徴詩の解体過程が、やはり必然の契機をはらみ、それが強いていえば後に三行わけの短歌で達成したところへ行きつく道程は、かなりはっきりとここにあらわれている。

この時期の近代詩の矛盾は、象徴詩が言語を構成する力そのものに詩的な中心をおいた努力をすてて、口語につこうとすれば、無内容でよむにたえない行わけ散文になってしまうという問題であった。御風や柳虹や露風などによってはじめて試みられた口語詩は、外形式としてはそれよりも旧い文語と口語の混合脈をすてなかったスバル派的な詩よりも高度さも自在さも新しささえももちえなかったのである。啄木はこのもんだいが、詩の意味の流れを内的に統一させることにより解きうるものであることをひそかに意識さえしていたように思える。

焼きつくやうに日が照る
黄色い埃が立つて空気は咽せるやうに乾いて居る、
むきみ屋の前に毛の抜けた痩犬が居る、
赤い舌をペロ／＼出して何か頻りと舐めずつて居る。
あゝ厭だ。

ジロリと俺の顔を見た
や！　歩き出した

や！　蹤いて来る、蹤いて来る。
（以下略）

一年ばかりの間、いや、一月でも、
一週間でも、三日でもいい、
神よ、もしあるなら、ああ、神よ、
私《わたし》の願ひはこれだけだ、どうか、
からだをどこか少しこはしてくれ、痛くても
かまはない、どうか病気さしてくれ！
ああ！　どうか……………

まつしろな、やはらかな、そして
からだがふうわりとどこまでも――
安心の谷の底までも沈んでゆくやうな布団《ふとん》の上に、いや、
養老院のふるだたみの上でもいい、
なんにも考へずに、（そのまま死んでも
惜しくはない！）ゆつくりと寝てみたい！
手足を誰か来て盗んで行つても

（御風「痩犬」）

知らずにゐるほどゆつくり寝てみたい！

（以下略）

（啄木「無題」）

これらの過渡的な不安定な口語詩体をくらべてみれば、啄木が無意識のうちにきりひらき、たどった道が、同時代の詩界の新傾向の試みと、どれだけ異っていたかをあきらかに知ることができる。御風の口語詩は、簡単に云ってしまえば、象徴の意想をそのまま文語から口語に移しかえたようなもので、内的な過程を欠いている。啄木の口語詩の初期のこころみには、まず、詩的であれ散文的であれ云わねばならぬ意味の根源が内部にあり、それが口語的な衝迫となってあらわれていることを理解することができる。御風の試みは当時、詩界の嶄新なこころみとして喧伝された。しかし、啄木の詩は日記のなかにかきとめられたにすぎなかった。

「心の姿の研究」という主題のもとにあつめられた「夏の街の恐怖」、「起きるな」、「事ありげな春の夕暮」、「柳の葉」、「拳」、「騎馬の巡査」などの口語詩が、啄木の過渡的な試みのすべてを物語っている。依然としてぎこちない表現のうちに、択ぼうとする内的な意味の流れが、必然をもって突き出されているものということができる。啄木が「食《く》ふべき詩」をかいたのは、明治四十二年の後期（十一月以後）であることをかんがえれば、この明治四十二年の末から四十三年のはじめにかけてかかれた「心の姿の研究」の詩篇は、まさしく「食ふべき詩」にあらわれた啄木の詩観と表裏一体をなすものということができる。多くの評価が、「食ふべき詩」を『呼子と口笛』の詩篇に、しかもそのうち「はてしなき議論の後」や「ココアのひと匙」や「激論」や「墓碑銘」のように素材だけの社会主義風俗をうたった詩に結びつけようとするのは誤解でなければならない。そしてこの誤解はたんに実証的な先き走りという意味で誤解であるばかりでなく、啄木観のもんだいとして、また素材的風俗主義にすぎない評価として誤解にしかすぎない。

周知のように啄木の最終詩篇『呼子と口笛』は、口語的な文語脈というべきものでかかれている。このことは重要であって全く口語的にかかれた「心の姿の研究」の作品からのあきらかな転換をかたっている。そして強いていえば啄木が「食ふべき詩」における詩観から竿頭一歩をすすめたことを象徴しているといいえなくもない。『呼子と口笛』において啄木は口語的な長詩がいまだ熟すべき段階にないことを自認し、いわばスバル派の詩形についたのである。口語的な文語脈によってしか発揮できない高度な詩的な課題があることを啄木は知った。「食ふべき詩」が無意識のうちに象徴詩の全破壊をきわめて単純な生活と詩との密着論理で主張しているものとすれば、『呼子と口笛』が、必然的にもちいた口語と文語の混合脈は、その主張を内在的に深化しようとするものであった。

中野重治が鋭敏に、しかし逆方向にとらえたように「はてしなき議論の後」、「ココアのひと匙」、「激論」、「古びたる鞄をあけて」や「墓碑銘」などの作品は、『呼子と口笛』のなかで優れた詩篇ではない。それは風俗的な素材として、社会主義の移入期の青年たちの断面を唱っているが、もちろん啄木のなかに足が地についた内在的な契機があまりなかったことを語る弱々しさと空疎さをまぬがれてはいない。これらの作品は、中野重治が風俗的な素材主義にわずらわされてまったく逆に評価した詩「家」や「呼子の笛」にはるかにその強さにおいて、また作品の価値として及ばないものであった。

げに、かの場末の縁日の夜の
活動写真の小屋の中に、
青臭きアセチリン瓦斯の漂へる中に、
鋭くも響きわたりし
秋の夜の呼子の笛はかなしかりしかな。
ひよろろろと鳴りて消ゆれば、
あたり忽ち暗くなりて、
薄青きいたづら小僧の映画ぞわが眼にはうつりたる。
やがて、また、ひよろろと鳴れば、
声嗄れし説明者こそ、
西洋の幽霊の如き手つきして、
くどくどと何事をか語り出でけれ。
我はただ涙ぐまれき。

（以下略）（「呼子の笛」）

もし、「我はただ涙ぐまれき」というように詩に表現されていれば、啄木は弱々しかったのだとかんがえるつまらぬ評価の仕方から自由でありさえすれば、たとえば終り五行の「やがて、また、ひよろろと鳴れば、声嗄れし説明者こそ、西洋の幽霊の如き手つきして、くどくどと何事をか語り出でけれ。我はただ涙ぐまれき。」というような稠密な内在的な転調が、当時、高村光太郎の『道程』の詩篇をのぞいて誰にも不可能なものであったことを知ることができる。このことは、明治末年の社会において啄木や光太郎のような鋭敏な詩人が現実をどのような地点で感受し、どのようにそれを内的な契機にくり入れ、またどのように耐えねばならなかったかを詩的な表現のなかに明らかにすることを可能にしているのである。

三　食うべき演劇

啄木は「食《くら》うべきビール」という電車の車内広告をみて、かれの詩論のひとつに「食うべき詩」と銘うった。啄木の「食うべき詩」というコピイから思いついて「食うべき演劇」という表題をつけてみた。ただわたしの考えてみたいことは、啄木とはいくらかちがう。すぐに比較から入ってゆく。

1

初期の啄木は七五調の新体詩人として十代の半ばを過ぎたころ詩集『あこがれ』を刊行して早熟な天才的才能と評された。もしかするとこの評価は啄木の生涯のコースを狂わせたかもしれない。よく読めば模倣された言葉の綾取りしかなく、感性の基礎となる陰影はなかった。すぐに数年後結婚生活と老父母の扶養とを一身にひきうける事情が襲ってきたとき、じぶんがただの空想家だったことに気づかされた。それと同時に、気づかされた実生活上の事態は啄木に空想の詩歌と苛酷な実生活のギャップを骨身をけずるような内的な葛藤として強いることになった。郷里岩手の渋民村から函館へ、函館から札幌へ、札幌から小樽へ、小樽から釧路へ——食をもとめて流れ歩いた。そういうよりも食と文学への捨て難い一致をもとめて、彷徨したといったほうがいい。

しだいに希望はしぼみ優雅な詩語も心情にリズムを与える音数律も、切実な生活のきびしさと何のかかわりもないと感じられるようになる。たまに注文があると、詩は雑誌の〆切りか、月末にじぶんを軽蔑せねばならぬような金銭上の事情が生じたときしか作れなくなった。ほとんど詩との決裂に瀕したところで、ついに「食うべき詩」という理念に達する。詩は実人生とへだたりのない気持で、「珍味ないし御馳走ではなく、我々の日常の食事の香の物の如く、然《しか》く我々に『必要』な詩」でなくてはならないとかれは書いている。だが現在ほんとに啄木を古典たらしめているのは、じぶんの主張よりははるかに消極的な「ちょうど夫婦喧嘩をして妻に敗けた夫が、理由もなく子供を叱ったり虐めたりするような一種の快感を、私は勝手気儘に短歌という一つの詩形を虐使する事に発見した」と自嘲気味にのべている口語的文語ともいうべき文脈でうたわれた三行の詩だけである。例をすこし挙げてみる。

こみ合へる電車の隅に
ちぢこまる
ゆふべゆふべの我のいとしさ

鏡屋の前に来て
ふと驚きぬ
見すぼらしげに歩むものかも

実務には役に立たざるうた人と
我を見る人に
金借りにけり

気の変る人に仕へて
つくづくと
わが世がいやになりにけるかな

けものめく顔あり口をあけたてす
とのみ見てゐぬ
人の語るを

打明けて語りて

何か損をせしごとく思ひて
友とわかれぬ

誰が見てもとりどころなき男来て
威張りて帰りぬ
かなしくもあるか

うぬ惚るる友に
合槌うちてゐぬ
施与《ほどこし》をするごとき心に

(『一握の砂』)

啄木の自嘲にもかかわらず、こんな作品だけがいまも古びない古典であり、実現された理想の「食うべき詩」だといってよい。これは運命の皮肉でも何でもない。同時代の詩歌と比べてみればすぐにわかるが、〈知〉の空隙に誰にでもある一瞬間の心の動き、その瞬間を過ぎればもう忘れ去ってしまう心の動きを、これだけ平易な言葉のうちに気づいて描きとめた詩人は、ほかに数えるほどしかいなかったのである。言葉遣いが平易だということと低俗ということとは、まったくちがう。これらの詩につなぎとめられた心の動きは、時代の社会の無意識にひそんだ質の高い〈知〉の劇なのだ。ただその心の動きの背後にあるものが、物質的な貧困からくる生活苦の心の揺らぎからきている点が異質な点をのぞけば、現在でも新鮮な高度な質をもった心の瞬間であるといえる。

2

わたしはここ二、三年来、ゆとりができると大小の演劇をみて歩くようにした。生活の資金や食糧は、勤めやアルバイトや自家営業でまかなって、演劇活動は持ち出しや赤字でやっているものから、主な劇団員にはまがりなりにも給与を支払って経営されている劇団の公演まで、その実体はさまざまであった。詩人啄木とちがって、現在の演劇人は食生活の点で飢えるといった意味で、貧困をもっていない。もってる者もいるかもしれないが、社会の水準としていえばその問題はすでに解決されて第二義以下のこととなっている。また啄木は「食うべき詩」として珍味や御馳走でなく、日常の食卓にそえられた「香の物」みたいに「必要」な詩と述べているが、現在、「香の物」が人々に「必要」だということ、とくに若い世代に「必要」だということは、信じ難くなっている。わたしには啄木のいう「香の物」に対応するものは、わずかにスパイス、ドレッシング、ソースの類いではないかという気がする。「食うべき演劇」ということがどうしても俎上にのせなければならないものとすれば、演劇に関心をもつ新旧の世代をはっきりと振りわけるものは、スパイス、ドレッシング、ソースの類いの多様さにちがいないとおもう。もう旧世代はスパイス、ドレッシング、ソースの類いの多様さと自在さで、新世代の「食うべき」感性についてゆくのが難しくなっている。そしてこれらの香辛料やソースの多様さを軸にして、いま急激に「食うべき」世界は転換しつつあるといって間違いない。ほかのどんなことでも同調できたり、相互理解されたりしても香辛料やソースの多様さについていけなければ新旧ふたつの世代は究極には同居することはできないとおもえる。

3

啄木の三行の詩は、珍味でもないし、とくにお客用に調理された御馳走でもなく、平易に差出された「香の物」の条件を具えていた。だが啄木自身は一種の自嘲をまじえて悲しい玩具《おもちや》にすぎないとかんがえていたらしくおもえる。啄木はもうすこし実生活とその背後に潜んでいる社会の組成にたいして積極的にたち向ってゆく姿勢をもつ詩を、たとえ「香の物」であるにしても「食うべき詩」とみなしていたように、わたしたちにはうけとれる。ここに啄木の意図と実現のあいだの誤差が潜んでいた。わたしたちは啄木が、自嘲気味に悲しい玩具とみなした主題の消極性そのもののなかに、ほんとの「食うべき詩」をみているので、かれがひそかに詩のモチーフとした高揚したときの生活と社会の詩を「食うべき詩」とみなしているのではない。啄木が目指した詩は珍味や御馳走ではないかもしれないが、故もなく荘厳にされたありもしない美味な生活や社会を、空想によって提供してみせる絵にかかれた餅を「食うべき」もののようにみなしているにすぎなかった。この啄木自身の誤差を排除してかれの悲しい玩具である三行の詩をほんとの「食うべき詩」とみなすためには、はっきり捨てなければならないことがいくつかある。ひとつは主題に積極的な意味があるとするいっさいの表現理念を無化することである。もうひとつある。平易な「香の物」の詩は安直で、低俗なもので、言葉の意味系が高雅で複雑ならば高雅で複雑な達成の詩だとするいっさいの表現理念を無化することである。これは啄木自身はかならずしも「食うべき詩」とみなさなかったにもかかわらず、現在たれでもが啄木の作品で唯ひとつ「食うべき詩」

だとみなしている三行の詩に到達するために、啄木自身でさえも捨てなければならない誤差の所在だったといえる。

当時もあったように現在でも啄木の三行の悲しい玩具と称した詩を、それほど高い品質でないと評価する文学理念も存在するし、また高級でないとみなす知的素養の質も存在している。わたしにいわせればこの何れも何が「食うべき」かについて深刻な思いちがいをしているにすぎない。それぞれ別な意味で一方は理念的にもう一方は知的に、珍味や御馳走であればあるほど「食うべき詩」だとおもい込んでいるのだとおもう。

啄木が三行の詩ではっきりとピンにとめているのは、明治の末年における〈知〉が社会のすすんでいく動向から剝れ落ちてゆくときのアニュイ、空虚、空洞になった生活の心の瞬間の微妙な動きであった。当時の〈知〉的な誰でもが感じながらさり気なく通りすぎてしまっていたものを、はじめて表現にひき出してみせた。はじめての心理の瞬間劇を所在としてつきとめたことで、高度な達成であった。しかもやがて生活人のだれもが、感ずるにちがいない社会の膨脹してゆく方向にたいする剝がれ落ちる感覚の所在を、暗示していることでほんとの「食うべき詩」であった。

現在、「食うべき演劇」は、まずはっきりと食卓に小皿に出されてきた「香の物」の単一さではなく、スパイス、ドレッシング、ソースの類いの多様さと不可欠さとしてあらわれてくるにちがいないとおもえる。それはこのはげしい転換期にしばらくは「香の物」と並列に嗜好を競いながら、きびしい軋みを体験することを免れないだろうし、何よりさきにじぶん自身のなかにある旧時代と新時代との葛藤にまず耐えてゆくという課題にさらされるのは必至だとおもえる。そして啄木がじぶんの詩の理念が指さすものと、じぶんの詩の実作が象徴するものとの誤差のために、いわば意識と無意識の葛藤を演じたまま詩と生活の不本意と不如意にさらされて死んだことを、どこかで改訂しなければならないという課題があるとすれば、演劇の理念と〈知〉の方向性を、どうしても逆転するほかないようにみえる。理念と〈知〉を社会や生活や内面の意識された部分に向けるのではなくて、その無意識の部分に向けること。わたしにはそれだけが「食うべき演劇」にいたる過程のようにおもえる。わたし自身は文学的にそうしたいと試みながら、まだじぶんのなかにある理念と〈知〉の因襲や通念にともすればひき戻されようとして、懸命な内的な葛藤を演じているといっていい。だが理念と〈知〉がこの因襲や通念とたたかって超ええなければ、じぶんでは確かな道を歩んでいると錯覚しながら死に体として漂流をはじめるほかないのだ。

4

啄木は「香の物」のような「食うべき詩」によって実生活を支えるだけの金銭を手にすることができず、実生活において北海道の都市を流れていった。啄木自身はいつも、不得手な小説を書いて販ることで、実生活をまかなおうと意図した。だが現在のこされている小説作品が語るように、とうてい社会や読者が購入してまで求めるような作品ではなく、啄木の心をいっそう苦しめただけであった。この意味でも啄木の文学的な仕事で誰でもが、はじめて購入して読んでも、とりつくことができ、興味もわくし、また目の覚めるような手ごたえも感じることができるのは、悲しい玩具である三行の詩だけだったとおもう。それは啄木から理想の「食うべき」詩とみなされた詩からは誤差をふくむものだったが、啄木にとって実生活的にも「食うべき」可能性をもった唯一のものであった。

現在、「食うべき演劇」を目指す演劇人のうち、実生活の糧を劇団の収入から得ているものは、指折り数えるほどしか存在していない。それにはさまざまな理由が数えられるが、わたしたち他の分野のものからみてどうしても納得できないことが、ひとつ、ふたつすぐに挙げられる。だいいちに啄木が理念としての「食うべき詩」と、実生活上の「食うべき詩」とのあいだに無意識のうちにも、意識的にも露呈したような誤差を、「食うべき演劇」のうちに解消しようとして未知へ向おうとする試みが、演劇そのもののうちに本気でなされたことがないことである。もうひとつある。「食うべき演劇」のうちには、スパイスもあり、ドレッシングもあり、ソース類もあり、というような多様な「必要」の概念によって、演劇という意味が組かえられ、拡張されるべきだということが、本気でかんがえられたことがないということだ。もちろん他にも、理想としての「食うべき演劇」と、実際の上の「食うべき演劇」との誤差をまねく理由はたくさん列挙することができるだろう。だが演劇理論としてほんとに考察するに価するのは、啄木が無意識の表出と意識的な詩の理念とのあいだにもった誤差の問題だけであり、演劇の実現として目指すに価するのは、理想としての「食うべき演劇」と、実際上の「食うべき演劇」のギャップを止揚する課題だけだといっても過言ではない。それ以前にある問題とそれ以後にある課題とは、さしあたってここでは問わないことにする。

折口信夫

◇折口の詩

折口信夫の詩をどう解すべきか。考えてゆくと、と惑いばかり感ぜられる。『新体詩抄』以後の近体の詩には百年もの歴史があって、あとからくるものは、それらのうち何れかを心にとめ、影響をうけながら、やがてじぶんの詩をつくってゆくということをして、いつの間にか戦後の詩につながっている。だから戦後の詩は、たんに、現在の詩というだけではなく近体の詩百年有余の歴史的な蓄積も、ひとりでにはらんでいる。こういうことは、個々の詩人の主観的な意図の外にかんがえられるといっていい。そういう意味で折口信夫の詩作品をよんでみても置くべき場所がない。折口信夫は弱年のこと『明星』に投稿していたことがあった。もう二十年ちかくも前に、古い『明星』をめくっていて、折口信夫の名を偶然にみてやっぱりやっているのだなあ、とおもったことがある。『明星』は、詩と歌とを区別していなかったから、折口信夫を『明星』のところに糸をつけて放してみれば、そこから空にあげられたひとつの凧というようにみてもよいことになる。しかし、そうかんがえたとして、すこし異形な凧とみたてて済まされるかといえば、そうもいかない。折口の詩には、近体の詩をとびこして直ぐに古代の詩に直通しようとする表情があって、その部分だけは近体の詩に系譜をつけることを拒否している。折口には、近体の詩が、きわめて危なっかしいものにみえたらしい。洋詩の模倣から新体詩がはじまって、いつまでたっても地に根を生やすことができないと、近代詩人自体がかんがえてきたことを、足の裏から眺める位置を、折口自身がもっていたからである。この位置から、古代いらいの長歌謡の流れを踏みながら、今様の詩が造りうるはずだ、そういうところからじぶんは詩を書こうと、折口自身はひそかに意図しつづけたのではないだろうか。『詩歴一通』に、北原白秋から「釋さんのは、長歌ぢゃないよ。あれは詩だよ」といわれたことを書き留めている。折口が長歌謡と称して近体の詩をとびこして古代にさかのぼってしまっている個所はどういうところで、また白秋から「長歌ぢゃないよ。あれは詩だよ」と云われたのはどういう個所をさしているか。

薄き眉　まなじり垂《タ》りて
低平《ヒラ》みたる鼻準《ハナスヂ》流れ
顴骨《ホヽ》方凸《ケタ》に、受け脣《クチ》薄く
顎張りて　言ふばかりなき　えせがたち
見つゝ駭《オドロ》く。

かくばかり　我が似る貌《カホ》の
かくばかり　何ぞ　卑しき―。

我が母は　かたちびとにて、
我が父は　うまびとさびて、
　端正《キラヽヽ》し　伉儷《タグヒ》よろしと
　里びとの言ひ来るものを――
我のみや　かくし醜《シコ》なる――
　わが兄や　我には似ず。
　わが姉や　貌よき人――。

（「乞丐相《コツガイサウ》」）

わが父にわれは厭《イト》はえ、
我が母は我を愛《メグ》まず。
　兄　姉と　心を別きて
　いとけなき我を　育《オフ》しぬ。

（「幼き春」）

よき衣《キヌ》を　我は常に著《キ》
　赤き帯　高く結びて、
をみな子の如く装《ヨソホ》ひ　ある我を
　子らは嫌ひて、

年おなじ同年輩《ヨチコ》の輩《ドチ》も
爪弾《ツマハジ》きしつゝ　より来《コ》ず。

隣り家《ヤ》と　境《サカ》ふ裏戸の
　木戸の外《ト》に人は立たして、
白き手を　婉《タヨ》にふらせり。

我が姉の年より　長《タ》けて、
わが姉と　似てだに見えず—
うるはしき人の立たして、
我を見て　ほの〴〵笑《エ》める。

しば〴〵も、わが見しことを—
今にして　思ひし見れば、
　夢の如　その俤《オモ》薄れ
　　はかなくも　なりまさるなり。

（「幼き春」）

もの心つけるはじめに
現《マサ》しくも　見にける人―
年高くなりぬる今し、
思へども、思ひ見がたく　いよゝなり行く
（「幼き春」）

こういった折口の詩の切れ端しは、折口がじぶんの詩人としての宿命をうたいあげた個処である。自虐によって虚構されているところがあることはあるが、じぶんがじぶんの宿命とみなす色調で自画像を描いているのだから、折口にとっては真実を描いているといってよい。じぶんの容貌が、親や兄や姉に似ず、ひとりだけ醜いのはなぜだろうか。そのために親や兄姉からうとまれ、軽んじられたのはどういうことなのか。どこへも帰ってゆく人間の懐はなく、乞食のように貧相な心で、さ迷い歩き、どこかで果てるべきものがじぶんの心の宿命で、いま学者めかしているじぶんの位置は、仮りの姿、偶然のなせるわざにしかすぎない。幼時に、じぶんは女装をさせられたので、近所の餓鬼たちもじぶんを爪弾きして仲間に入れてくれなかった。そういうじぶんに優しくしてくれた隣家の年上の女性がいて、ほのかに忘れ難い幻影としてある――。こういう折口がじぶんの生来の宿命に与えた規範は、太宰治などともよく似ている。陰湿さ、卑小感、肉親にうとまれているというひがみ、また、年上の女性が、なぜかそういうじぶんに優しい俤をのこしている、といった幼時からの宿命の誇張は、フトイトやユングをまつまでもなく、英雄神話に登場する〈英雄〉の心事に共通したものである。折口はここで古体の詩に、じぶんの近代的な自虐を呼びこんでいるといえる。もし、折口が、じぶんでいっているように感傷派であり、ロマンチケルであるとすれば、じぶんの幼時を卑小化した自虐でとらえることで、無意識のうちに、じぶんを英雄神話の〈英雄〉にまで昇華している点にもとめられる。こういう折口の詩的な自虐は、近代的な自虐を不自由な古体の詩の表現に封じこめようとしたものだ、とうけとるのは、たぶん、間違っている。もしそうなら、日本の近体の詩の歴史は、もっと鮮やかに自己の内的な自虐をとらえる方法を身につけている。折口が詩で意図したのは、そういうことではなかったらしい。古代からの詩歌の流れのなかに身をひたしながら、いまじぶんをとらえている宿命感を表現することで、神話の〈英雄〉にじぶんを同化させたかった。それ以外の自虐は、西欧近代的な自虐のパターンを具えていたとしても、折口には嘘が混じったものとしか視えなかったにちがいない。もともと折口学の学問的方法もまた、そういうふうにして形成されているといってよい。折口が〈妣の国〉へ〈常世〉へというときの〈妣の国〉や〈常世〉は「隣り家《ヤ》と　境《サカ》ふ裏戸の／　木戸《ト》の外に人は立たして、／白き手を　婉《タヨ》にふらせり。」（「幼き春」）という隣家の年上の女性と同一なものであった。

　ではなぜ神話にでてくる〈英雄〉は、親（父）にうとまれているという自虐をいだき、年上の女性に慰藉をみつけだし、流離をつづけて悲劇的に途上で死ぬというパターンをもっているのか。それは神話的英雄なるものが〈神〉の話（神話）と〈ひと〉の話（歴史）の中間の過渡的な形を象徴するものだからである。この〈英雄〉は、もう〈神〉（父親）と同等に振舞うべき現実の根拠を喪っている。つまり、ひとびとが〈神〉の系類だというようにじぶんを思えなくなった時期にこしらえあげた像である。そうかといって人々は〈神〉を遠く高みへやって、じぶんたちは見離されて、それなりに自足した人間なのだという信仰に達するまでにはなっていない。そこで神話の〈英雄〉の心事は、親にうとまれ流浪してあるき、旅の途中で野垂れ死してしまう乞食者（祝言者）の心事と似てくることになる。折口のいう貴種流離というのは、卑種流離というものと、まったくおなじものとかんがえられている。折口が、古典古代の乞食者（祝言者）が、村々を巡行していくイメージを獲得したのは、〈英雄〉と乞食者とが内的に同一であるというところからであった。内的に同一の古代的自虐をもっているとすれば、外的にも〈英雄〉と乞食者とは同一でなければならないはずである。ひとびとは、神話の〈英雄〉というのを華麗な像でおもい描き、村々を巡行する古代の乞食者（祝言者）を、貧弱な野晒しの旅芸人の像でおもい描きたがるだろうが、それは、たぶん、感傷的な嘘である。古代の乞食者（祝言者）の像から、逆に神話の英雄が作られているのだ。『風土記』にでてくる「倭健天皇《やまとたける》」は、燧石ひとつと剣ひとつぐらいを身につけていた乞食者（祝言者）で、風俗人《くにびと》に〈神〉のお告げを、芸もまじえて宣布して諸国を歩いた乞食者（祝言者）群の象徴であり、その祝言の内容が天皇家の宗教に属していたものの謂いである。もちろん、時には神話の記述通りに、〈女装〉などをして天皇家の祝言を嘲笑する風俗人《くにびと》を、剣でだまし討ちにすることもあったし、だまし討ちにされそうになることもあったにちがいない。この〈女装〉もまた神話の〈英雄〉が〈神〉（父親）に対等になり得ないことの象徴であり、折口は、幼時に女の着物を着せられていたので、近隣の餓鬼たちから爪弾きにさせられたという体験を、神話の〈英雄〉にひきよせて詩のなかに封じこめている。大和朝廷が、大規模な軍勢を動員して辺境の討伐を試みたのは、もちろん歴史時代にはいって政治的にも軍事的にも制度をつくりあげてからであった。

勝手な推測をくだせば、折口はじぶんを神話の〈英雄〉に同化し、しだいにじぶんの生涯をもその軌跡にあわせようとこころみた、といえなくはない。そのために女性を近づけなかった。また、肉体的に女性的な弟子たちに男色行為を仕掛けたりした。いいかえれば〈父〉となることを怖れ、また成人することを恐れ、ほとんど意志的に神話のなかの〈英雄〉の初期から晩年にかけての悲劇に、じぶんの心の遍歴を封じこめたかの感がある。折口の生涯の理想像は「魂の化して白鳥となつたやまとたける、鵠の高行く声を聞いて、うつけ心に魂をとり入れたほむちわけ」であった。

あなかしこ　やまとをぐなや――。国遠く行きてかへらず　なりましにけり
青雲ゆ雉子鳴き出づる　大倭《ヤマト》べは、思ひ悲しも。青ぐもの色
わが御叔母《ミヲバ》　今朝の朝戸にわが手とり、此《コ》や　ますら雄の手と　なげきけり
来る道は　馬酔木《アシビ》花咲く日の曇り――。大倭《ヤマト》に遠き　海鳴りの音
（「やまとをぐな」から）

こういう歌は事実と虚構とを織りまぜたもので、あるばあいには戦死した養子春洋を〈やまとをぐな〉になぞらえ、あるばあいにはじぶん自身を〈やまとをぐな〉に擬し、あるばあいには神話の〈やまとたける〉を、そのまま現前化しているということになっている。そして、「わが御叔母」には、幼時にわが家に同居していた叔母や、やさしくさしまねいてくれた隣家の年上の女性の詩的幻影が二重にかさねられている。

折口は生涯じぶんを成人させようとしなかった。その詩の主調音も、暗くねじけた貧相な宿命感を誇大に拡大して、そのまま、老齢とともに凍らせておわっているといってよい。それは、詩のなかに、かたくなに古語をさしはさんで生ずる不協和音に、最後まで固執していることとかかわっている。

はるかなる野末の石の
心美《ウラグハ》し　自己《オノレ》輝き、
眩《マギラ》はし　心を快《ヨ》くす。

（「飛鳥の村」）

水漬《ミヅ》き田を　現目《マサ》に見おろし、
松風の梢《ウレ》を仰ぎて、
　さびしさは　いよゝきはまる。

（「香具山にのぼりて」）

　忽に　過ぐる向《ムカ》つ峰《ヲ》―。
ある山は　大き赤崩崖《アカナギ》―。
ある尾根《ヲネ》は　清き植林《ショクリン》―。
山の端の青き空より―　滝さがるなど

（「陸羽西線」）

朱鳥《アカミドリ》　色なる　袴
翡翠《ソニドリ》の　青き上衣に、
　糾《アザ》ね髪　清らに垂れて、
自転車を押して立ちたり。

（「自転車」）

「はるかなる野末の石の」は、明治の新体の詩の初期に、はじめてつくられた表現である。「心美《ウラグハ》し」は、古代歌謡にまでさかのぼることができる言葉である。「水漬《ミヅ》き田」は古代歌謡にさかのぼれる表現である。「現目《マサ》に」は奈良朝以後のものである。「梢《ウレ》」は平安朝以後の常用である。時間を、古代にあわせるなら〈カラ〉とでも云わなくてはならない。「向《ムカ》つ峰《ヲ》」は古代歌謡の言葉、「赤崩崖《アカナギ》」の「崩崖《ナギ》」は無理していえば、奈良朝以前、「植林《ショクリン》」は近代以後の言葉である。なぜ、折口はこういう時代の異った用語をおなじ詩につかって、不協和音を詩のなかで奏でたのか。この不協和音が、折口の詩をすんなりと新体詩以後の定型詩の系列におきえない要素であることにまちがいない。また、表現上のことだけでいえば、こういう不協和音を入れなければ云いあらわせないような味は、折口の詩にはひとつもないといってよい。せめて『若菜集』以後の七五調の詩体をつかっても、この程度の内容はもっとスムースに唱いきることができるはずである。そうだとすれば、古代語から近代語までのあらゆる時代の言葉を、一篇の詩のなかにさえ混淆しているのは、折口の詩心のなかに数千年の〈時間〉が、大事に集められ、しまいこまれていたからだとおもえる。この〈時間〉は、折口のなかで数千年を絶え間も、継続も、飛やくもなくじぶんに至る、という具合になっていた。この〈時間〉の内蔵の仕方が特異なものであることが、折口の詩を特異なものにしている。数千年の〈時間〉のうち、どの瞬間も一篇の詩の表現にとび出してくる可能性があり、ひとには不協和音ときこえようとも、折口にとっては、まったく自然なことと考えられていた。

　折口の詩は、学問的な業績や歌業にくらべたら、いちばん拙いものである。近体の詩の歴史の傍に異様な黒衣をまとって佇んでいるといった以上の評価をあたえることは、とてもできそうもない。ただ「釋」を名のっても、心に乞食の風態を装ってみせても、みじめに肉親にうとまれた幼児〔ママ〕を、自虐によってかえりみても、折口がじぶんを神話的な英雄に擬して、その自己同一化を詩につくり、生涯を貫いたことは変らなかった。戦後の詩「生滅」に、

　ざあつと言ふ音―。
とてつもなく　ひろがつたおれの翼
おれは　空を渡つてゐる―。
真白な総身《ソウミ》を叩いて　飛ぶ白鳥だ。

でも　おれの、昔から持つた悲しみを
だれが　知つて居よう―。

何かから　明りのさす地層のなかに―
蚯蚓《ミヽズ》でゐたをとゝひだつた―
　さうだ―。目がなくて
仰《アウム》いた口だけが　ものを考へてゐたおれだ―

きのふは　空想のない犬で、気楽にゐた。
腹のくちくなるだけの　日々《ニチ、、》に飽き／＼した。
いつそ　おれが　消えてなくなればよいと思へた―。
死にきることの出来ない　生物《セイブツ》に生れついて…

たゞ飽きることだけが、能力だつた―。
あきた瞬間　ひよつくり　思ひがけないものになり替る。
この白鳥の身も　明日は　飽きてしまふだらう―。
飛んでとんで、飛びくたびれたら
今度は　岩山の苔に　なつてゐるかも知れない。

死にきれないおれ
　死にきれないことを　考へるにも　あき／＼してゐるおれを
　だれも　もう　かまつてくれるな

「白鳥」というのは、折口によれば鵠《クヾヒ》のことであり、鵠がまれになると羽色の白い鳥をすべて含むことになった（「零時日記」Ⅲ）。そう記したことがある。折口の詩は、どうひいき眼にみても、学問や短歌にくらべてけっして高い水準にあるものではない。ただ、折口が生きることが嫌になった晩年でも、詩のなかでじぶんを「魂の化して白鳥となつたやまとたける」に擬していることが、重要だとおもえる。神話的英雄の虚構を、じぶんの生涯の心につらぬくために、折口は詩以外の容器をもっていなかった。その意味では、かれの詩は不可避であった。生に「飽きてしま」ったあとで、「白鳥」は岩山の苔になってしまうかもしれないという感懐によって、神話的〈英雄〉の嫌々ながらの生は、おわりにちかづいてゆく。〈飽きる〉とはどういうことか。折口の内部で数千年来の〈時間〉が停ったことであった。もしひとびとが、神話のなかの〈英雄〉の本来的な意味を誤解しないならば、たぶん、折口の詩は誤解されないはずだ、とわたしにはおもえる。

前川佐美雄

◇佐美雄短歌の魅力

前川佐美雄の短歌の魅力は、薄ら日の光の艶のなかで、静かな自我の姿と狂おしい自我の姿が交響しあっているところだとおもう。これが一首のなかでメロディーをつくっているばあいも、べつべつの歌にわかれ、作品の幅になっているばあいもある。その距たりの大小によって音階が違って聴える。その魅力はきりがない。

なにゆゑに室《へや》は四角でならぬかときちがひのやうに室を見まはす
死をねがふ我をあざける友のこゑ聞きたくなりてききに行くあはれ
かぎりなきこの世の夢やまぼろしもわがものとして生きゆかしめよ
この国を今はほとほとあきらめて腐《くさ》り残れる薯《いも》も食《く》ひゐつ
笠置シヅ子があばれ歌ふを聴きゐれば笠置シヅ子も命賭けゐる
新緑の朝なりたかく日の照るをまた狂乱の滅多斬りあり

諫《いさ》められ母にいはれて鳥撃ちを思ひとどめき十九なりしか
飛鳥川のみなもとの谷をのぼりつめて蟹と遊べり砂ながすみづ

これは昭和の一桁のときの作品から戦後の作品にかけて、レールの枕木のように変ることがない。いわば決して安堵しない前川佐美雄のむきだしの魂の姿のようにおもえる。だがいつも明るい光に包まれていて、そのくせに半音を連続して使っているような不定な響きが、一種の永遠の未完の魅力を湛えている。矛盾した言葉遣いをすると、その未完の半音が、のどかな苛立ちの姿勢をつくりだしている。

かれの短歌がここから完成した美学をつくりあげるために、何かがなければならなかった。この何かをかれの心の自伝にそって言うことができないのだが、作品が語りかけてくる声に耳をかたむければ、かれの自我と風景を往き来する言葉が、ひとりでに歴史を包みこむ方法を獲得したからだという気がする。もともと年少の時期から、戦争をなかに置いた歴史が、かれの生涯の魂を苛立たせてきたにちがいないのに、ある時期からふと、歴史が風景の姿に化身する術を獲得した。そのときから前川佐美雄はじぶんの詩魂を鎮める方法を手に入れたにちがいない。

蒲公英の花ほほけ散る春日《はるひ》なか日代《ひしろ》の宮はまぼろしをなす
比良山は雪まだありや夕がすみ茜《あかね》さしつつ雲にまぎれぬ
女《め》の神のうしはく飛鳥入谷《にふだに》のみづに五月の晩《おそ》ざくら散る
酔《あひ》さめて起きれば夜半《よは》になりゐたりおぼろの月は瀬戸の鳴門に

彼岸花棒もて倒しゐる子あり矢田の丘みち雨雲うごく
石蕗《つは》よりも黄色き蝶が海の上をひらひらしをりどこに行くらむ
フランスの瓦焼爺《かはらやきぢい》にいくらでもある顔といふか師をたふとべよ
父の齢《とし》すでに幾つか越えぬると冬くらき井戸を覗きこみたり
山鳥の胸裂くを見し山鳥はいくつぶか樫の実も食ひゐたる

日代の宮や、比良山や、飛鳥や、瀬戸の鳴門は風景に化身し、彼岸花や海の上の蝶や顔の表情や父の齢や山鳥の内臓は歴史に幻生して、かれの詩魂は鎮まっている。その歌の姿がわたしたちに慰藉を与えてやまない。

近藤芳美

一　歌集『喚声』読後

はじめに、ひとつ訂正しておかなければならない。
この歌集にもおさめられている広島をうたった一首

呪詛の声今は弱者らの声として歳月が又許し行くもの

この意味をまえに小論のなかでまちがって解釈した。わたしは、かつて昭和初年にマルクス主義政治運動がさかんだったころ、リベラリストのがわからなされた批判が、弱者の声として卻《しりぞ》けられたように、いままた、インテリゲンチャの批判がおなじように遇されてゆく、というように解した。この歌が、広島のことを主題にしたのを知らなかったためである。

近藤芳美といえば、奥野健男やわたしなどが学生のときだした『大岡山文学』に寄稿された二・二六事件のころの暗い学生生活を描いた小文が記憶にのこっており、かつはまた、その政治的関心を披瀝した作品があたまにあったため、広島の歌を、ひとりでに政治にたいするインテリゲンチャ的な姿勢をうたった作品にすりかえてしまったのである。

しかし、この誤読は、こんど歌集『喚声』をよんでも、ある必然をもつもののようにおもえた。集中には、戦争の暗い記憶がうたわれ、スターリン批判がうたわれ、ハンガリー事件がうたわれ、また、安保闘争がうたわれている。そのいずれも、くぐもった声の独特な情感におおわれており、虚偽をひとつも許すまいとする姿勢と、じぶんの実感にそぐわない声に和して、じぶんが築いた世界以上には飛躍しまいとする意志につらぬかれている。それは、あるときは、もどかしく、また、あるときはきびしく、またあるときは苛立たしくも感じられる。しかし、これはおそらくわたしのほうが軽薄だということだろう。時代などというものは、うわべは転変がはげしいようにみえて、その基底はなかなかかわらないものである。近藤芳美が第一次戦後派としての先駆性をいまもなおもちつづけているのは、よく己れを熟知した歩みをうしなわないためのようにおもわれる。

しかし、わたしは、前衛的な政治運動が頂点にあり、その周辺に弱いインテリゲンチャのシンパッシィがあつまり、その対極には、現状保守を欲する反動があつまる、という戦前派的な図式をまったく信じていない。インテリゲンチャは不屈の批判をあらゆるものに自在にむけうるだけの自立性をもたねばならず、前衛運動は、もしそれが虚偽であれば、大衆の手によってひきおろされねばならないとかんがえる。近藤芳美の政治的関心に、わたしがいささか不満をもつとすれば、この点にほかならない。

無謬の世界その独裁を正義としたたえつづけ来ぬ幾億の文字

政治のこの変説はうべなわんたれが苦しむか文学の場合
一人の名たたう言葉に始れるすべての文字よ逃れ得ぬ今
くるしみて何故今言わぬ歴史の中一つの愚かさの終り行く日と

こういう作品が、近藤芳美の独特の世界をしめしたすぐれた作品であるにもかかわらず、それが天道につらぬいたというようなふっきれた感じをもちえないのは、「無謬の世界」はなんべんも再生産され、「一人の名たたう言葉」も、逃げおおせてはまたなんべんも再生産されるものだ、という透徹した批判において不足があるからではあるまいか。
いつもそう感ずるが、『喚声』でも、粒のそろったすぐれた作品を相当数しめしているのは、夫人をうたったものである。

鳩時計しめりて時を打たざる夜糸繰る妻と吾が二人あり
ガスの炉を消せば聞ゆる夜の落葉稚なく妻は我が名ささやく
水に浸し妻が忘れしあじさいかテラスに青き霧のあかりに
ななかまど吾が庭くまに咲く或る日病みし彼の夜のまなこせる妻

こういう作品をまえにしては、ほとんど云うことばがない。今年は、島尾敏雄の「死の棘」や、庄野潤三の「静物」などのような、解体してゆく夫婦の生活を、薄氷をふむおもいでささえてゆく夫の冷あせがでるような世界が、文壇の話題にのぼり、また、かなりのすぐれた作品をうんだ。しかし、この歌集のなかの夫婦は、はじめからこわれているのではないか、とおもえるほど危機というものがない世界に住んでいる。古風だ、といいたいところだが、どうして、この作品の夫婦は、キーンと張った鋭い神経の持主同士で、しかも独特の距離がその崩壊を防止しているようにおもえる。子供がない（であろう）こともさいわいしているといった案配である。こういう沈せんした世界は、せんぼうにたえないというより云うことができない。

わたしたちの日常は、感覚を鈍麻させることによってしか、とうてい耐えられないような騒音にみちている。それを、この作品のような世界にまで静かにさせるには、独特の工夫と絶えまない努力がいるにちがいない。さいわい短歌は、こういうかくれた生活上の工夫や努力のほうは隠してくれる。ひとびとはここに、人間が現世に執着することの本質的な意味をみつけだす。わたしは、戦争中の弱年のじぶんにただひとつ後ろめたい悔恨があるが、それは兵士たちとなって出てゆく民衆の家庭の事情について、とくにその精神的事情についてほとんど何も理解しなかったことであった。近藤芳美の相聞歌をよみながら、そんなことを改めておもいだした。

この歌集で、わりあいに弱い自然詠のなかから記憶にのこった作品をひとつだけあげておく。

薔薇の棘白くするどく地を這えり入日の後を雪きたる如

二　近藤芳美

つつましき保身をいつか性《さが》として永き平和の民となるべし

（『埃吹く街』より）

戦後すぐの、日本が占領下にあった時期の歌だ。自分は小さな保身を心掛けながら永い平和を送ることになるだろう、というほどの意味だが、優れた短歌だと思う。簡単な歌のように見えて、複雑な感情と多重な意味の含みが込められている。近藤芳美さんが、戦争直後の時期を代表する歌人であるゆえんをよく示している。

当時の日本は戦争に負けたばかりで、家を失った人も多かった。戦地から帰っても職はなく、何もすることのない人々があふれ返っていた世相が背景にある。

一方で、にわかに共産党の活動家らが出獄して、大きな顔をし始めた時期でもあった。彼らは「平和的な民主国家の建設」といったことを声高に語っていたが、私のような戦中派には違和感が大きかった。

近藤さんはとても謙虚な、温厚な歌人だから、こういう抑えた表現をしているが、でも、はっきりと言うべきことは言っている。優れていると思えるのは、「保身を性として」というような自己相対化ができている点だ。従軍体験をもつ戦中派としての自覚と、戦後の世相への違和感がきちんとうたい込まれている。「永き平和」という言葉には皮肉も含まれていると思う。

近藤さんは、アララギ派で岡井隆さんの一回り上の世代に属する。私と同じ東京工業大を出た建築技師で、図面を引いたりする仕事の風景を歌った作品もある。彼の短歌で一番優れていると思うのは、次のような「もののあわれ」をうたったものだ。

鷗《かもめ》らがいだける趾《あし》の紅色に恥《やさ》しきことを吾は思へる

（『早春歌』より）

白い鷗の群れを見ている時、ふと目にした足の鮮やかな赤からエロチックなことを連想したという意味だろう。

近藤さんがよく題材にし、知られてもいるのは、戦後社会の現実に取材し、状況をうたった歌だ。

いつの間に夜の省線にはられたる軍のガリ版を青年が剝《は》ぐ
今にして罵《ののし》り止まぬ彼らより清く守りき戦争のとき
言ひ切りて民衆の側に立つと云ふ君もつづまりに信じては居ず

（『埃吹く街』より）

こうした歌は、今になってみると、これらの歌がなければうまく再現できないような複雑で微妙な敗戦直後の状況と感情の記録ともなっている。近藤さんの中には、自分が戦争を肯定して従軍したことに対する戦後になってからの否定の感情があると同時に、戦争体験そのものに対しては言い知れぬ懐旧の感情が錯綜してある。ひと言でいえば、「平和」という言葉を簡単に言うのは面白くないという感情だろうか。そうした幾重にも折り重なった思いを表現し得たことが、近藤さんの歌が同時代の人々に共感をもって迎えられた理由だと思う。

江口きち

◇私の好きな歌

眠《ね》たらひて夜は明けにけりうつそみにききおさめなる雀なきそむ　江口きち

すべてそらんじている音韻のままに記したものだから、漢字や仮名遣いなど正確かどうかわからない。言葉はたぶん間違いないとおもう。記憶があいまいだが、たしか昭和十五年ころ、工業学校の上級生の年齢で読んで感銘をうけたものだ。江口きちというわたしたち読者にはまったく無名の新潟在住の歌人の歌集のなかにあった。辞世の歌だ。貧困で不運に家族を支えていたが、ついに力尽きて自殺した。そういうのがこの若い女流歌人にたいして記憶している輪廓だ。

わたしの住んでいる東京下町の片すみでも、明け方に電線や屋根にとまった雀が、ちっちと鳴いて、ほの白い夜明けになる日が、よくあった。だからとても鮮やかなイメージが浮んで、寝覚めのいい気分と、これがこの世の最後の日の暁だという思いとが交錯した歌人の姿を思い描いて、十代半ばすぎの感動は著しいものだった。それがそらんじていまも残っている理由だとおもう。いい歌だが決して力量のある作品ではない。切実な感情と稀有な事柄とが、偶然のようにこの歌を生んだのだとおもう。それでいながら田園ののびやかな風景のイメージが、連れそっている。

そのころは戦争の足音が高くなったりしていたせいか、文芸雑誌ではいい作家のいい作品は払底して数えるほどしか現われなかった。川端康成が素人の少女の手記に眼配りしたり、北条民雄のハンセン氏病者を扱った小説や明石海人の歌集などが、別なところから新鮮な刺戟を文学好きのあいだに与えていたとおもう。その脈絡のなかで江口きち女の『武尊の麓』という歌集も、わたしなどのような短歌や詩の読み手のところに届いてきた。記憶に間違いがないとすれば江口きち女は身障の弟の面倒をみながら一家を支えていたが、力尽きて自殺したのだったとおもう。貧しい農村の生活も、明日食べるものも危うい都会の生活も、まだ日常のうちにあった。それにしてもこの『武尊の麓』は陰惨でも悲惨でもない明るいのびのびしたリズムがあって、不思議な気がする歌集だった。

塚本邦雄

初期歌謡の形態に片歌《かたうた》というものがある。五・七・七ないし四・七・七の音数律の歌を二人が応答しあう形式だ。これを一人の作者が一首のうちで問い、答える形になったものが短歌の始めと思われる。問答歌に代わって、五・七・五・七・七の形、つまり上の句が五・七・五で問いかけ、下の句の七・七で答えるという和歌の形式がそこから生まれた。

ここで何が重要かというと、初期の短歌は、上の句と下の句が問答のように、互いに同じ構図で並列しているような対応関係をもっていなければならなかったことだ。それがやがて時代を経るにつれて、上の句が下の句の暗喩や直喩になっているような関係に変わっていった。

さらに時代が下ると、比喩を使うのは当たり前のことになって、使っても使わなくてもいいという段階に至る。すると短歌は、いわば一行で書けるもの、すなわち問いと答えのように並列しているのではなく、一人が上から下へ一行で詠み下す構造になっていく。

現在でも多くはそうだが、近代の短歌は、上から下に順に読めば、ほぼ意味が通じるように作られている。塚本邦雄と岡井隆という二人の戦後の歌人は、短歌をこの段階から、さらに格段に進めたと思える。歌われている内容も新しいが、形式からいっても、彼らの歌は比喩や音数律をはるかに自在に操れることによって、短歌の表現を近代の歌人たちが考えていたものより一段高次な次元に高めたといえる。

上の句が下の句の比喩であったりその逆であったりというのが近代短歌の構造だ。しかし彼らの場合は、五・七・五・七までが比喩だったり、最後の「七」のうちの三か四までが、残りのわずかな部分の比喩であったりと、全く自在な形式がとられている。

五・七・五・七・七の音数律がほとんど意味をもたないほど自由に言葉を操りながら、しかもポエジーとしても優れた歌を作るところまでもっていった。問答形式から始まった短歌を、今までのところその最終的な形式まで試みたというのが、彼らの業績であるといえる。

割禮の前夜、霧ふる無花果《いちじく》樹の杜《もり》で少年同士ほほよせ

（『水葬物語』より）

塚本さんの作品の一つの特徴である同性愛的な意匠が詠み込まれている。もう一つの特徴である異国的な雰囲気もよく出ている。形式的には、五・七・五・七・七の音数律の感性はほとんど崩れている。ここに実際に即して書かれていることといえば、少年どうしがほほを寄せている情景だけだ。「割礼の前夜」と書かれているが、日本にはそもそも割礼の風習は存在しない。あえていえば、「割礼」という表現には、レトリックとして少年たちの性的な未成熟さを予感させる意図が込められている。少年どうしの同性愛的な感覚の情景を描きたいための技術だということになる。

夕映の圓塔《ドーム》からあとつけて來た少女を見うしなふ環状路　（同）

塚本さんが風景を描くと、いつもそこは日本の風景ではない。異国、異邦を思わせる。草花でも樹木でも、日本の花鳥風月とは全然違う。しばしば外国の地名が出てくることもある。西欧の感性、感覚を感じさせる作風は、この歌人がひとりでに日本の伝統との切断を望んでいるところからきていると思える。現代詩でいえば、西脇順三郎とも共通する特徴だ。

平和祭　去年《こぞ》もこの刻牛乳の腐敗舌もてたしかめしこと　（『日本人靈歌』より）

多くの人々が「平和祭」に集まって大まじめに「平和は大切だ」などといっているけれど、おれは去年も今年もその日は腐りかけた牛乳を飲んでいたよ、というほどの意味である。「平和祭」に象徴される戦後の左翼的な風潮を半分からかっているのだが、このような皮肉、批判の表現も塚本さんの短歌の一つの特徴だ。

ここで「たしかめ」られている腐敗した「味」とは、そういう風潮の「味」をも指しているのかもしれないし、作者は「平和祭」より「牛乳の腐敗」のほうが大切だといいたいのかもしれない。いずれにせよ、対比するものとして「牛乳の腐敗」という感覚的なものを持ちこんだのは優れた技術であるといえる。

塚本さんの短歌とは何かといえば、形式的な破調と、内容的には同性愛的な傾向を盛り込んだこと、そして戦後の多少とも政治的な色彩をもった運動の、当事者にも気付かれていない腐臭への批判を作品に込めたことが挙げられると思う。

あえて付け加えれば、岡井隆さんとともに塚本さんは、初めて短歌の完成された技術と内容が調和した作品を可能にしたといえる。この短歌でいえば、ある人が「平和祭」への批判をもっていたとしても、それを腐りかけた牛乳のような全くかけ離れたものを使って表現することは、並の技術ではできない。批判もまた政治的な主張に陥りやすいものだ。

塚本さんは、風景を目の前にして歌うというのではなく、家の中にいながらどのような風景も自然の描写もできるというイメージの作り方をしている。人工的に作られていると感じさせるような作り方を意識的にしているともいえる。前川佐美雄に師事した塚本さんは、日本浪曼派的な系譜から人工的な作風を受け継いでいる。浪曼派の短歌から情緒的なところを排除して、それを技術的にとても高度なイメージの短歌にまで高めたといえよう。

これはそう簡単にできることではない。倦まずたゆまず書き続けてきた修練を経てはじめて成し得たことだといえよう。詩もそうだが、短歌や俳句はある意味で片手間にでもできる芸術であるからだ。塚本さん、岡井さんほど本格的な仕事をしたといえるのは、詩では萩原朔太郎や宮沢賢治、中原中也、短歌では斎藤茂吉といった名前を挙げられるにすぎない。

村上一郎

◇村上一郎論

昭和十八年九月末、学士試験合格。身を海軍に投ず。

けふのみの武蔵国原手を振れば八月《はちげつ》の雲の涌きやまずけり

幻のための三十余首より（岡井隆に）。（五首）

とのぐもる武蔵国原騎《の》り行きて布陣すあはれ幻のため

魂魄のあはれこそいへしかすがに阪東《あづま》の児とし死すべかるなれ

（村上一郎歌集『撃攘』より）

村上一郎の「幻」のなかには、しばしば徒手、徒歩で、あるいは武装、騎乗で、関東平野を何ものか眼に視えぬ敵と対峙しながら、疾駆するじぶんの姿が去来していた。それは内戦とか内乱とかのイメージのようでもあるし、上陸した「米夷」を関東平野に迎え撃つ、かつてあるべくしてあらなかった太平洋戦争の敗戦期のイメージのようにも受けとることができる。このイメージは「武蔵国原」や「阪東」

の地域にたいする特別な思い入れと結びついている。しかも数十年の期間に耐えて強く固執されていることが、はじめの短歌とあとの短歌との歳月の距りからわかる。ひと通りの意味でいえば「阪東」の地が村上一郎の郷土だからだ、そして父祖や一族の武勲や、キリスト教伝道や、流浪や、誇るべき（とかんがえた）一族の事蹟が、沁み込んだ伝来の土地だからだということになるだろう。わが身に振り当てればすぐにわかるが、じぶんの出生の地が、こういう武断のイメージと一緒に想起されるところには、村上一郎の特異な資質的な執着があるような気がする。駄菓子を買い食いしながら、終日遊びほうけた東京下町の街筋のイメージや、子供のころ親たちが強い執着を折りにふれ露出された、郷里天草にたいする特別な感情が、わたしにもなくはない。だがそれは誇りや、栄光や、武断のイメージとはまったく結びつかない。おもうにわたしの家系や一族が、どうでもいい大工とか土百姓で、およそ由緒とか格式といえるものを、親からも祖先からも、受けとった覚えがないからであろう。村上一郎の思想を理解するのに、まず第一に考えなくてはいけないのは、ふつうの地域史や時代史のなかに、時として名前を出すような誇らしい家系や一族を背景に背負い、子女の育成や教育や出処行蔵《しゅっしょこうぞう》にたいして、一定の信念をもってしつける見識をもった両親の下に生長したということのようにおもえる。もうひとつ考えるべきことがあるとすれば、海軍の主計将校として戦時を過し、敗戦を迎えたという体験である。これもただの体験としてみれば、いわゆる戦中派の年代の一般的な体験といってもいいもので、特別に挙げつらう必要はないことである。だが村上一郎のばあいには、この体験が、幕末期に武蔵や常野の地史を背景に、さまざまな義挙に名を連ねた、由緒ある一族たちの事蹟の語り伝えと結びついて、独特の強固な地史的な心情を形成している。近代海軍の学徒出身の主計将校として戦争末期を過したことは、かれのなかで、幕末期の関東における武士や郷士層のうち、とくに水戸学の理念を中心にして、生死の構えを形成していった志士たちの像と、強固に独自に結合していたとおもえる。それは父祖の出処を背負い込むことであるとともに、天下とか社稷《しやしよく》とかの行方に、個人を超えて責任をもたなければならないイメージとしてあった。この海軍将校＝武士像＝国家社稷の主導者という特異な結びつきは、村上一郎の敗戦体験に特異な色調を与えている。

一、米国ヲ以テ終生ノ敵トシ、米国的資本主義勢力ヲ日本社会ヨリ駆逐スルコトヲ念願トス
一、米国的労働運動ノ導入ヲ防ギ、協調ヲ排シ、上カラノ妥協ヲ徹底的ニ排撃ス
一、資本主義的快楽主義及其ヨリ派生スル一切ノ虚無的遊惰ヲ除去シ東洋的ストイシズムヲ社会主義的ニ訓練ス
一、社会ニ対スル愛情ト誇ヲ保持高揚シ、之ヲ以テ一切ノ宗教及宗教的民族意識ニ対抗ス。特ニキリスト教的ヒューマニズムノ安易ナル妥協精神ヲ排除ス
一、窮局ニ於テ社会主義革命ノ速カナル着手ニ邁進シ之ヲ共産主義的革命ニ高揚スル基礎トス

（「ぼくの終戦テーゼ」）

これを、一介の主計将校が、敗戦時に心の中に誓ったメモとして読むとき、なにが特異なところだろうか。わたしには、民衆を媒介としない直接的な心情が、民衆のマッスに拮抗する規模で表白されてい

ることが特異とおもえる。戦後数十年を経た晩年にも「不幸なことに、わたしにとって米夷撃攘こそわが終生の念いである。」（「わが撃攘」）という決意は繰返されている。また「山本五十六がミッドウェーその他の責を一身に負いほとんど自決に近い死をとげた時、石原莞爾は反町栄一に対し、その武勲さだめし地下の継之助先生も御満足と信ずる旨書き送った。共に米夷と闘い敗れた一人として涙沛然たる想いである。」（「北越戦争と河井継之助」）とも記している。また「自殺と暗殺は、階級的革命をのぞくすべての人間の行為の極北である。」（「日本軍隊論序説」「第三のノオト（進化論）」）という言葉もみえる。すると少なくとも暮夜ひそかに孤座して、部屋にいるときの村上一郎は、敗戦時に記したメモにある「米国ヲ以テ終生ノ敵トシ」という想念の幅に、絶えず惹き寄せられながら、その生涯を終始一貫したといってよいようにおもえる。一介の主計将校が背負い込むには、あまりに重すぎるし、また過剰な超自我的な倫理でありすぎる想念を、敢えて背負い込んで、絶えず手離さず、戦後の行動と生活を律したところに、村上一郎の特異さも、悲劇も、そして厳しい倫理も、こめられているようにおもえる。これを戦中派年代の嗤うべき思想的な妄執とみてしまえば、村上一郎の戦後は、偏執の狂気にちかい思想的な境涯を、いわば内在的には、非転向のまま終始したことになる。だが戦争期に父祖伝来の〈義〉を背負い込んだ青春として、武人的に貫かれた倫理を、そのまま戦後に根ぶかく持続したまま、情勢や時務に患わされずに、貫いた生涯としてみれば、これほど特異な生粋な身の処し方は、ほかにもとめることができないほどである。

戦争期にわたしたちが鼓吹されたスローガンは「鬼畜米英」だったから、敗戦時にひとりの海軍主計将校が「米国ヲ以テ終生ノ敵トシ」とメモに記したことは、かくべつ特異なことではないようにみえる。

だがなぜか「特ニキリスト教的ヒューマニズムノ安易ナル妥協精神ヲ排除ス」というところと考えあわせると、キリスト教の伝道を志して渡米し、宣教を学んで帰国した父親村上友二郎にたいするエディプス的なこだわりが、深層にわだかまっているようにもおもえる。

ここまできて、もうすこし深く村上一郎の敗戦時のメモの内容に固執してみる。「窮局ニ於テ社会主義革命ノ速カナル着手ニ邁進シ」と記したばあいの「社会主義革命」は、村上一郎にとってどんなイメージをもつものだったろうか。もともと、白面の一海軍主計将校にとっても、戦後の一介の在野の思想者にとっても「社会主義革命」のイメージが、明瞭な輪郭で組み立てられているかいないかは、さほど意味があることではない。いいかえれば、そんなことはどうでもいいことだ。だがここでも村上一郎の特異さはあらわれている。かれは戦後に「社会主義革命ノ速カナル着手ニ邁進」することを標榜する党派に属したこともあった。またその影響下に振舞うこともあった。けれど根柢では、ただ自分が敗戦時に抱いた固有のイメージだけに固執しつづけたとみてよかった。それが「戊辰戦争」や「日本軍隊論序説」のような、戦記を戦史にまで高めようとするモチーフから書かれた論稿や、武技や、刀技や、武的倫理を解明しようとして書かれた一系列の仕事の最大のモチーフだった。かれのこの系列の論稿は二つの大きな意味をもっている。

ひとつは昭和二十年八月十五日の敗戦を境にして、一夜にして平和的な文化国家に変装しはじめた国家と知識人と民衆の大勢のなかで、諸悪の根源として指弾され、できるならば誰もが古傷としてあばかれたくない、一刻もはやく忘れたいと考えた〈軍国主義〉の主題に、内面の抵抗を排除して分析のメスを固執してきたことである。これは咽喉もとも過ぎれば熱さを忘れて、またぞろ再武装などをいいはじめた国家や、知識人や、大衆の動向、その循環のサイクルなどと峻別されるべきである。たとえ死せる村上一郎が見掛け上、それらの動向と至近の距離にみえようとも、それは最大の距離であるが故に、相似的な外観をもつものだと申すべきである。晩年の村上一郎は、自身で三島由紀夫の死にざまに、最大のシムパッシイと共鳴を示した。それらの至近に位置づけられてもいっこう差支えない側面をもっていた。だがその思想の由緒というべきものは、まったく異なっていた。

これらの論稿のもうひとつの大きな意味は、戦争、軍隊、戦闘、その方法、武技、刀技、格闘といった武ばったことにたいするかれの嗜好そのものである。村上一郎はこれらの武ばったことを叙述するとき、どこかで相好をくずして、昂奮しているところがある。そのこと自体が文学者あるいは思想者といった紙の上、口のさきの言葉の行使者のなかで、村上一郎の特異な大きな意味となっている。たとえばわたしはおなじような敗戦時の体験から、かれと反対に武装した強い日本人、その戦史というイメージを、根柢から信用していない。村上一郎はじぶんのこの特異さを保って、戦後の平穏な社会の、さほど波瀾のない日常生活のなかで持続した。そのために、たぶん日常の生活に、厳格でせまく鋭い倫理的な規範を課して、じぶんを呪縛したにちがいなかった。武断的なことと文弱なこととを、現在の社会で統一的に持続する方法は、誰にとってもひとつしか考えられない。たえず裸の形で、直接的に〈生命〉（生活ではない）が内省的に見えている場所に、じぶんの生活の日常を収斂させることである。わたしの推測では、実際に村上一郎はたえずそこにじぶんの日常性を追い込んでいたにちがいないとおもえる。

村上一郎の文体には感傷や陶酔のほかに、ある種のメロディが存在してひとを惹きつけるのだが、このメロディは意志に追い詰められた〈生命〉が、裸形で歌うもののようにおもわれる。

そのような〈生命〉の倫理を、戦後の社会で日常生活の倫理とすることは、時代錯誤ではないのか。そしてかならず不可能の壁に衝き当って倒れるほかないのではないか。この普遍的な真実にたいして挑みつづけるほかに、思想を安堵させることはできなかった。それが村上一郎の思想的な存在理由であった。これを嗤うものは、必ず一度は罰せられるような気がする。

明治三十年十二月一日、東京・神田青年会館において、鉄工組合がその発会式を行なったとき、加盟鉄工一、一八〇人中、砲兵工廠職工六七七人、実に七割を占めたことを、今日の労働運動を論ずるものは忘れてはならない（次いで多いのは横浜鉄工一八五人、新橋鉄道局職工八六人）。まだマルキストとなるにはほど遠いクリスチャン・片山潜が、高野房太郎・永山栄次・大江松蔵・平井梅五郎らとともに、指導せねばならなかったのは、軍の造出した労働者であった（鉄工組合は後に五千数百人）。むろん、一方に日本鉄道矯正会（千数百人）が生れる。が、当時の鉄道に対する軍の発言力を思うなら、これまた軍が政府とともに間接に育成した産業戦士である。産業報国の観念の深さ、暗さ、執拗さは、ここに存する。昭和十年代にみる如く、多くが産業報国会の戦士に、何の断絶・抵抗もなしに「移動」せしめられた日本プロレタリアートの汚辱の根は浅くない。

しかるに戦後「解放」を与えられた日本の民主的経済学界・史学界は、明治政権が、地租改正を行なって農村を封建的搾取によって収奪した仕方に眼をうばわれ、そこで収奪されたものによって、明治政権が、諸外国において市民革命政権の行なってきた産業革命を断行した、もう一方の事実を、過小に評価した。この本質的側面を評価することは、三二年テーゼへの反逆として嫌悪された。まして、軍の行なった職場の改革・改良・近代化等々を云々することは、「進歩的」学者の禁句でさえあった。軍は警察とともに、主として天皇の親衛隊であるかにみなされ、資本主義の推進者・守護者ではないかの如く解釈された。

（「日本軍隊論序説」の「第二ノオト（プロレタリアート）」）

ここから推知されるのは、村上一郎が敗戦時の決意から持続して、戦後に抱きつづけた「社会主義革命」のイメージに、もっとも近づいたときの輪郭像とその根拠である。この輪郭は茫んやりとしていて、つかまえどころがないが、それ自体は大したことはない。わたしたちのあいだで流布されている「社会主義革命」のイメージは、輪郭がはっきりしていないから無意味だというわけでもないし、輪郭が明確だから意味があるというわけでもない。この種の構想は無意味だといえばもっと根柢的に無意味なのだし、意味があるというならば村上一郎がここで言及している程度で充分の意味があるといえるものだ。

かれは社会学が通常いうような意味で、戦役や、軍隊の装備的近代化と、軍需的産業が、不可避的に産業構造を飛躍的に近代化し、大規模化し、改革させる梃子だといっているのではない。近代的な天皇制のアジア的専制の要素として、武家層―農民（そして擬似的農民としての都市労働者）の延長線のうえに、軍隊と軍産業の近代化はあった。そこで明治政権の近代的な性格のいちばん主要な支柱は、農民（そして擬似的農民としての都市労働者）を、軍隊組織および軍産業組織に吸い寄せる力そのものであったと主張している。だから軍国主義・軍隊組織・軍需産業を倫理的な悪として断罪しては足りないし、またこれらの軍事的な要素を近代化の不可避な過程に呼び込んだ、わが国の戦役を悪として抹消しただけではこと足りない。本来的にいえば、軍事と戦争の意味を抹殺することは、明治以後の日本の近代化の全過程、それに骨がらみに吸い寄せられていた大衆（農民および擬似農民としての都市労働者）の事業を抹消するにひとしいと主張されている。村上一郎のこの主張を延長すれば、おのずからかれの抱いた「社会主義革命」の形像は浮びあがってくる。軍隊・警察の武装力を、いわば体内に内包する共同意志とした都市労働者（擬似農民として）と農民（擬似労働者として）による武断的な政治革命のイメージが、村上一郎が抱いたひと通りの「社会主義革命」の形像であった。この構想で天皇の処遇はどう考えられたのか？　どこにもはっきりと言及されていない。村上一郎の「社会主義革命」のイメージのなかでは、天皇は無化された存在で、機関説にもなりえないものだったようにみえる。そしてその代償として、風雅の文化的な伝統の核として、特別の位置が与えられていた。

この村上一郎の「社会主義革命」のイメージとその根拠は、わが進歩派や全左翼のモダニズムと、ロシア的マルクス主義の呪縛にたいして、毒性と危険性をどこかに孕みながら、充分な反措定となりうるものであった。反措定として、充分な真理を内包したといいかえてもよい。わたしたちは敗戦時に、少壮の海軍主計将校として村上一郎が思い詰めた「社会主義革命」のイメージが、戦後の平穏な日常性と、平和を謳歌する風潮のなかで、自殺死まで持ちこたえられたことに驚いてもいいのである。その善悪や正誤の判断は判断として、武断的なイメージが少しも衰えたり、風化したり、変更されたりせずに持続されたのは、驚くべきことだったとおもわれる。

わたし自身は村上一郎が持続しつづけた武断の構造に、いつも異議を抱いてきた。問われればそういう主題の追求ですら、いわば超自我の噴出として賛成できないことを述べた。けれど村上一郎にとっては、この主題の追求は、戦後になお生きている根拠につながるものだった。わたしのかんがえでは、村上一郎の武断の構造の追求は、帰するところ、エリート層の構造の追求と、エリート層がもたねばならない実践的倫理の厳格さの、やや古風な追求に帰着してしまうとおもわれた。わたしがおなじ戦争体験をふまえながら、日本の権力構造や農民や、都市労働者や、知識人に抱いているイメージは、まったくこれとちがっていた。もちろんわが進歩派や全左翼のモダニズムと、ロシア的マルクス主義の呪縛にかかった理念の把握ともまったくちがっていた。けれどそんなことは、ここではどうでもいいことだ。村上一郎の戦争論、軍隊論、戦史論、武断論は、わたしたちが推察していたよりも遥かに深い意志として、敗戦時から持続されたものだった。結果的にそのことを認知することが、とても重要な気がする。

かれが幕末期「戊辰戦争」に加えた考察のうち、いちばん重要なのは、それを「内戦」論にまで昇華しようとする意図がみられることだ。「戊辰戦争」を「内戦」としてとらえるためには、いくつかの前提が必要だとおもえる。ひとつは幕府軍・会津藩を中心とする東北軍と、長岡藩に象徴される北越軍を、敗残に瀕した幕藩擁護軍とみなし、薩長連合軍を主体とする西軍を革命的な新政権軍とみなす視点をまったく排除することだ。村上一郎は、両者をおなじように、天朝への「恭順」を理念として、政権構想のヘゲモニーを競う対等な対立軍だという観点を、明瞭にうち出している。このために村上一郎は、ありきたりの名分論や進歩史観を排撃した。そういうよりも幕府軍・東北軍・北越軍側に内在する視座に眼をすえて、関東平野、会津盆地、北越山間地で展開された合戦を掘り起こしている。うがってゆけば、村上一郎の父祖の地である関東平野にたいする抜き難い郷愁と身びいきが、この視点に加担しているとさえ云えるかもしれない。

もうひとつの前提は、戊辰戦争の、関東、東北、北越における局面は、東北軍の戦略技術の如何によっては、いつでも攻守を倒転する可能性があったという視点である。

とくに奥羽越列藩同盟結成後は、明瞭に盟約・宣言があり、不完全ながら統一幕僚部をもち獅子身中の敵を自ら断とうとしており、寝返りは寝返り、スパイはスパイとして判然たるものがある。したがってこれに対する西軍も、戦争指導の統一を強め、補給を体系化し、陸海協同作戦にまで発展し、ここに一つの戦闘体系と一つの戦闘体系とが総力をあげて相討つ形勢となった。そういうことなしに「内戦」は「内戦」たり得ないし、こうなった以上、戦争ははっきりした征服と屈伏に終るほかないのである。（「戊辰戦争」）

村上一郎は「戊辰戦争」、いいかえれば明治維新の戦乱（混乱）を「内戦」として把握し、結局は敗退した幕府、会津・長岡などの奥羽越同盟軍の側に視座をすえて、戦術と戦略上の欠陥をどう克服できていたら、勝機はあったかという条件を、執拗に描き出そうとしている。わたしには明瞭にそうおもえるが、それはかれがじぶんの構想していた「社会主義革命」のイメージが、かならず「内戦」につながるべきものだと把握していたからにちがいない。さらにもうひとつのモチーフを重ね合せることができる。敗戦時に日本列島の西南部と、関東東北部から上陸して侵攻してくる「米夷」にたいして、かく戦うべきであったが果されないでしまった本土の「内戦」の様相が、村上一郎の「戊辰戦争」の記述に、絶えず想起されていたにちがいない。

かれの「戊辰戦争」論もまた、〈もしも幕府軍・東北諸藩軍・長岡藩の北越軍が、かくかくのごとく戦い得たら〉という主意的な願望にない混ぜられた戦記の記述と、それはど異質なものとはおもえない。だがこういう戦記的な記述からでも、村上一郎の戦後の出処行蔵を貫いた〈悲しみ〉はいやおうなく伝わってくる。かれはこれらを記述するとき、机上に地図をひろげ、作戦を練る参謀の資質のように、ある種の心おどりの表情を文体に浮べている。この云い方がやや遠いとすれば、戦争ごっこにふけっている少年の昂ぶりのようなものに、心情をゆだねている。そのことがまたわたしたちの感受するかれの〈悲しみ〉を倍加させる。地図の上で練られた作戦のとおりに、多数の生命を賭けた兵団が動き、合戦するというイメージは、心がおどるものであるかもしれない。けれどそれは支配とか指揮とかに固有な心おどりであり、じっさいに行軍し、戦闘し、合戦する兵士、大衆のものではない。兵士大衆にも、戦闘の戦慄とわかちがたい快楽や、解放がないとは云えない。けれどじぶんが銃剣を担い、武器を操作して、局地の具体的な戦闘に編入される、という次元にないことがはっきりわかっているものが、決してもてあそんではならないものが、戦争のような気がする。慣れ、熟練は生死についてもまた、云えることなのだ。それは恐るべきことだといっていい。

村上一郎の戦争論・軍隊論・刀技や武技に関する論策は、かれにとって戦争体験の必至の帰結であるとともに、論策そのものが、かれを自責と自罰に追いつめたという構造を、その〈悲しみ〉をわたしは信じる。

ただ言いたいことは、東北＝北越内戦ならびに北海海戦が、西軍（新政府軍）の圧勝を当然とする歴史的必然ともいうべき戦争であったのではないということである。そしてつけ加えるならば、東北軍は、もし戦機の把握、戦局の転換により巧みであり、一軍の盟約がさらに堅く、名実共に統一された参謀部ならびに作戦給養部を有していたなら、より本格的な持久戦に入ることができたに違いないということである。そしてもし持久戦がつづいたとするなら、薩長藩閥政権の聳立は、形を変えたものとなったであろう。少なくも、イギリス植民主義の東洋における手先となるような形で、この藩閥政権が、明治二十年代以降のような天皇制とブルジョア独裁との抱き合わせの形態として聳立することははばまれ、よりナショナリスティックな形をとったと思われる。そして明治文明開化が、いたずらなる欧化に止まってはいなかったであろう。歴史に無いものねだりはできない。が、東北同盟の思想には或る可能性があった。

（「戊辰戦争」の「内戦は無駄であったか」）

ここで村上一郎が「北海海戦」と呼んでいるのは、荒井郁之助、甲賀源吾・土方歳三らが指揮した榎本武揚艦隊の回天・蟠竜・高雄による宮古湾の接艦斬込み作戦を意味している。村上一郎は関東平野における宇都宮城の攻防戦や、河井継之助ら長岡藩の北越戦や、会津藩の抗戦を、官軍による残敵掃蕩の小競合いとみることを肯定しなかった。それとおなじ理由で、この榎本武揚艦隊百名ほどによる特攻的な斬込み作戦を、幕藩擁護の賊軍の追い詰められた「デスペレート」な足掻きとみることをも肯定せず、あくまでも「海戦」という概念に昇華しようとしている。どんな微小の局地戦にも膨大な可能性のイメージをつけ加えずにはおられなかったからである。

村上一郎が「イギリス植民主義の東洋における手先」となった近代天皇制下の藩閥政権ではない「よ

りナショナリスティックな形」をとった政権というもので、どんな国家のイメージを抱いたかは、すでにかれの「社会主義革命」の推進勢力の把握として触れた。三島由紀夫と楯の会のメンバーが、自衛隊の市ヶ谷駐屯所に押しかけて自刃した事件に、晩年の村上一郎が異常なほどの昂ぶりと共感をしめしたのは、この挙動にほとんど、もうひとりの自分と、もうひとつの自分の「社会主義革命」のイメージを視たからであった。すくなくとも自衛隊員として反戦ビラをまくという方策よりも、三島事件の方が、かれのイメージに喰い入る本質的な共鳴性をもっていたことは疑いない。

もともと戦争にまつわる議論は、クラウゼヴィッツの古典的な『戦争論』も、レーニンの『社会主義と戦争』に関する諸論議も、毛沢東の『持久戦論』も、一般的に政治支配者、あるいは戦争指導者、あるいは戦闘指揮者の位相でなされている。じぶんが指揮者や指導者や政治支配者になる気が、まったくない場所から読まれると、いい気なものだというほかない、つまらぬものばかりである。戦争は政治支配者、指導者あるいは統一司令部門の指揮者の次元における諸問題ばかりで成立つものではない。この他に、軍事諸組織や編成の次元に介在する諸問題もあれば、これともちがった兵士大衆の次元に存在する諸問題もある。そしてこれらが混同されて一挙に放出されるとき、わたしたちは幻惑されるのだ。いずれにせよ兵士大衆の次元では、兵器・武器を直接あつかい、生命の抹消や、傷害を蒙る惨劇、生々しい流血の様相が伴い、軍事諸組織の次元では、編成・秩序・指揮と服従にまつわる諸問題が起こり、政治支配や戦争指導の次元ではクラウゼヴィッツの「戦争は政治におけるとは異なる手段をもってする政治の継続にほかならない」(『戦争論』篠田英雄訳)という古典的な容貌の通用する課題が存在する。そしてこの何れの次元の問題を欠いても、戦争論にはならないはずである。一旦戦争にまつわるこれらの諸次元の矛盾を、内在的に課題とするとき〈戦争は大衆弾圧におけると異なる手段をもってする大衆弾圧の継続にほかならない〉という課題が、姿を現わすことは必至である。

こういう視点から見かえるとき、村上一郎の軍隊論・戦争論・武技や武的倫理に関する諸論稿は、軍事諸組織と編成に関する論議と、軍事現場における指揮者論に帰着する性格をもっていた。この意味ではかれの論稿は、政治支配者や戦争指導者の次元でなされる戦争論にたいして、批判のモチーフを潜在させていた。それとともに、たぶん兵士大衆の次元の戦争論を欠いていた。

前登志夫

一　異境歌小論

1

前登志夫の歌の言葉をあちらこちら渡り歩きながら、もう幾晩か過ぎた。ひと通りの意味でなら歌集『子午線の繭』と『霊異記』と『縄文紀』の関わりと推移とが把めるような気がしてきた。だがどこからかれの歌作の秘密ともいうべきものに近づいたらいいのか、おぼつかない気がする。

ほんとをいうと前登志夫の歌は難かしい。この難かしさは時間のテンポが短歌としては類例のないところからきているとおもう。わたしの理解の仕方では短歌的な歌謡の形は、せいぜい『記』や『紀』の歌謡のうち、あまり早くない時期にしかさかのぼれない。時期としてはさかのぼれなくても、無理に感性としてもっと古層にさかのぼろうとすれば、『万葉』の東歌のようなものにゆきつくことになる。時代の前後を確定することはともかく表現意識の深層としていえば、東歌のほうが『記』『紀』の短歌形よりも古層にあるといっていい。だが東歌もまたそれほど古層の意識を保存しているわけではないとおもう。前登志夫の故里にひきよせたいので、そんな歌を例にとれば、

真金吹く丹生の真朱《まそほ》の　色に出て言はなくのみぞ吾が恋ふらくは
（『万葉集』巻第十四　三五六〇）

吉野丹生の地の、丹生族が精錬する辰砂の朱い色のように、という上句は、下句の「色に出て」をひきだすための喩をつくっている。そしてこれが喩として成り立つための条件は、すでに丹生の地で水銀の硫化物が精錬されていることが、あまねく各地にしられるようになっていて、場合により辰砂《しんしゃ》（硫化水銀）を産出する土地、あるいはその精錬を職とする人々の住む土地が、どこも丹生と呼ばれるようになっていることだとおもえる。いいかえれば平地の農耕の人たちが、もう辰砂を産する丹生の地のことについて、熟知していることが前提になっている。その時代がさほど古いとはおもわれないのだ。

これは修辞的な面からも言えそうな気がする。「じぶんの恋は顔のおもてに出さないようにしているだけで、ほんとは恋い焦れている」という下句の本意をいうために、「真金吹く丹生の真朱《まそほ》の」という山人の土地の名や辰砂の精錬の職業を、比喩にする時間の継起と接続の仕方は、もう農耕生活の折目によって、季節の時間の区切りや継続の仕方を知ってた作者がつくったとしかおもわれない。

なぜこんなことを言いだしたかといえば、前登志夫の歌が実現している時間（無時間）のテンポは、ほんとは農耕社会と都市の系列にはなく、山人の異系列に属する特異なものではないかと言いたいためだ。

2

前登志夫の歌は、おおざっぱな流れからいえば故郷の吉野山中の村を離れて、都市に感性の解放と活路をもとめた知的な詩人が、ふたたびやむをえず家業を継がなくてはならなくなって帰郷し、それまで身につけた都会風の知識や素養を、山里の風習と自然に融け込ませて和解する過程に唱われた歌に違いない。ただこれだけならありふれた帰郷者の詩人にほかならないだろう。これははじめにすこしだけ違う気がする。かれは朔太郎や中也みたいに都市の生活に挫折したのでもなければ、田園詩人みたいに文明を呪詛したはてに、故郷の山里に憔悴の身を安息させようとしたものでもなかった。ここから前登志夫の特異さをいうべき領域にはいる。帰郷の仕方とかかわりがあるにはちがいないのだが、故郷の吉野の山里は、前登志夫にとって焦慮をいやし挫折を慰さめてくれる場所でもなければ、文明の疲労を忘れさせてくれ、それで終りという場所でもなかった。異土的でもあり異族的でもあるまったく別種の文明の原郷として開花しきれないまま、わが国の都市と農村を源流とする文明にたいして、異文明として対峙するにたるような由緒を、歴史と地誌のなかに潜ませている場所であった。もうひとつ言うべきことがある。故郷の吉野の山里はたんに文明の疲労を和らげさせる程度の半端な眠りをゆるさない何かがあった。かれは「私は杉の樹であり、沫雪であり、谷間に湧く午前の靄なのである」というところまで、同化を強いられた。わたしは岩頸だって岩鐘だってみんな時間のないころの夢をみているという宮沢賢治の詩句を思い起こす。郷里の山里の自然は、かれに時間のないころまで遡るべきだと囁きつづけたような気がする。

いきおい前登志夫の歌は、わたし流のわけ方をすれば二つの系列に分離を強いられたとおもう。ひとつの系列はかれのなかの近代の自意識や文明の現存感が故郷の山里に棲みついたあとで、ときとしてあげる異文化の根拠にたいする叫びや、異和や、うめきのようなものだ。もうひとつは営々とつづく山里の生活の時間のなかで「杉の樹」になり「沫雪」になり「谷間に湧く午前の靄」になり、とうとう無時間のテンポに同化する過程を象徴する系列の歌である。

かへるべき村はいづくぞ木がくれの辛夷に問はば山焼くけむり
遣《やら》はれしとほき心よ忍ぶれば花しろき空鳥はあそべる
みんなみの大峰の空にまばたける南極寿老星よ、われのいのちよ
権力はここにおよばずむらがれる通草《あけび》の種の熟るるひそけさ
父われに殺してくれといはざれば夕闇朱《あか》し高き山畑
たかだかと朴《ほほ》の花咲く、敗れたるやさしき神もかく歩みしか
けもの道に若葉のひかり差し透るこのさびしさよ猿田彦いづこ
歯がみしてわれのうつけを憎み来し父も山びとかぎりなく老ゆ

(歌集『縄文紀』)

じぶんの存在や、都会生活の余韻をまわりの山里の自然物、空、木の花、とぶ鳥、山畑などの静まりにたいして際立たせようとして声にならない文字の叫び声をあげてみても、またじぶんを神話時代の侵入者に追われた「敗れたるやさしき神」に擬してみても、侵入者を道に迎えて先導した土着の神「猿田彦」になぞらえても、都会と知的な生活に誘惑されたじぶんのうつけを憎んだ壮んな日の「父」を、いまの老いた山里の老爺である姿と重ねてみても、それはすべてのないことだ。それがわかっていてもじぶんが青春期をついやして築き身につけた文化と文明の異根拠からの無声の叫びや、異和や、焦慮の中立

てをかかげずにはおられない。そんな場所から歌いだされているようにみえる。だが作者はこういう無声の申立てが「山焼くけむり」や、あそんでいる「鳥」や「通草」の熟れた実や「山畑」の雰囲気に吸収され、消去されてゆくのをよく知って唱っているとおもえる。それがこれらの歌の終止のリズムのようになっている。

もちろんここで作者がぶちあたっているのは、緑あふれる自然などではない。平地の農耕社会とその延長線にある都市文化に対立する潜在的な異文明と異文化に当面しているのだ。

すでに心の深層は大部分、山里の習俗や、天然や、自然に身をよせ同化している。それでもなお唱うべき異和の思いがあれば、分離しなければならない。そうでなければたんなる緑豊かな自然詩人と誤解されてしまうからだ。

ひと冬はつばきと梅の枝を焚き色身いたく燻さるるかな
あけぼのに春の雪ふる血はくらし花くらしとぞ山鳩は啼く
結界に霰降りけり肉《しし》むらを数千《すせん》の霰撃ちてしづまる
沢蟹のいそぎて砂に隠るるを見凝《みつ》めてをれば一生《ひとよ》過ぎなむ
草負ひてあゆむ古国《ふるくに》、伝承の咎みえわかず曇しづめる
稲びかりひそけき山に眠りゆく父の疲れはげにはるかなる
おろかしきわれのたつきと思へども天《あめ》の焼畑に夏至の種播く
はつかなる野火見ゆるかな権力のおよばぬ境村と呼びつも

（歌集『縄文紀』）

これらの歌では、作者は山里の住人として心の深層をどこまでその村里の生活にひたしているのか、どこからは異文明の近代や都市の残像を保っているのか、作者の夢のなかに無意識に侵入してくる映像の節片をつなぎあわせでもしないかぎり、ほんとはわからない。作者自身はじゅうぶん承知したうえで、秘めるべきは秘め、露出させるべきものは露出させているのかも知れないし、無意識に修辞の必然と流れにうながされて、これらの作品を織りあげているのかもしれない。それを作者が知るよしもない。ただ境界は引けなくとも、ふたつの点からこの作者が都市ではぐくんだ異文明の名残りおしい感じと、山里の時間（無時間）のテンポを、歌のリズムで喚び起こそうとする思いは、感受できる気がする。

前登志夫の歌をモダンな感性と古俗の感性とのせめぎあい、あるいは古俗の感性をモダンな感性で詠むものとしてもいいのだが、わたしにはそんな言い方はあまり意味深いとはおもえない。べつな言い方を探したい。

都市と農村とはおなじひとつの文明と文化の系列に入れられる。そうかんがえる見方からすれば、都市と農村の対立はただ時間のテンポの遅速に還元されてしまう。ところが山里と平地の農村との対立は、わたしたちのこの列島では、おなじひとつの系列の対立ではない。これは山里でも焼畑に種子を播き、山の傾面に段々の田を起こし、水を張っていても、ひとつの系列に属さない、異文明と異文化の対立なのだ。だから農村と山里との対立は時間のテンポの遅速では還元できそうもない。わたしの臆測にすぎないが前登志夫は歌集『縄文紀』まできて、はじめて表現意識のうえで、山里の人と平地の農耕の人とがまるで異系列の文明や文化に属することに、意識して気をつけるようになったのではなかろうか。その象徴として挙げたい作品は、つぎのようなものだ。またわたしが意識して言いたいことは、そのあとにやってくる。

くらみつつかすかに渡る水の上《へ》に丹塗りの夢の淡き夏かな
空わたる鳥は知るなれ山原のかそけき迫《さこ》に利鎌棄て置く
龍門村佐佐羅のなだりわざをぎのをみなの陰処《ほと》や曼珠沙華燃ゆ
猟銃を磨きてをれば終焉の林ぞみゆる陽に明るみて

（歌集『霊異記』）

ひと冬を鳴く鶸《ひわ》ありきたましひは崖にこぼるる土くれの暈《かさ》
わが柩ひとりの啞に担がせて貧のかげ透く尾根越えにゆけ
風やみて死者の境《さかひ》に近づきぬわが足あとのすでにあらずも
冬の星鳴り交ふ空の内耳にて誰がのこぎりぞ樹を挽くらしき
葛城の斑雪《はだれ》の痛きあかときにくらき硝子の窓をひらきつ
言葉すくなくわれらの冬も終りぬと斑雪《はだれ》の山に山鳩を待つ

（歌集『子午線の繭』）

いくつあげてもおなじだとおもう。歌集『霊異記』や歌集『子午線の繭』の世界は、いくらかの例外を除けばすべてこの系列の作品ばかりからできている。前登志夫のこの系列の作品は子規や左千夫や茂吉以来のどの写生歌にも似ていないし、鉄幹、晶子、史、佐美雄の系譜のどの浪漫歌の流れにもひき寄せられない。吉野の山里の自然のなかで自我を際立たせる日常生活の詩などいっさい無効で無駄だということを体感していった。じぶんが「杉の木」になり「沫雪」になり「靄」の微粒子になって、永遠に漂うだけで進行しない時間のテンポに身をゆだねるより術がない。またそんな発見が前登志夫の歌の始まりであった。子規や左千夫や茂吉の系譜の写生歌は、装いはそれぞれであっても、帰するところ農耕の村落の感性を近代的に展開したものといえる。また鉄幹、晶子、史、佐美雄の系譜の歌は、それよりもテンポが速く軽ろやかな都市の感性を象徴している。前登志夫の歌はこれと似ているようで、まったく違う。歌はわが山里に固有な縄文期いらいの無時間のテンポだし、そのテンポの発見なのだ。この発見のまえには、農耕社会の四季をめぐる時間のテンポも都市の休息のない、す早い時間の推移もまったく異質な世界だ。前登志夫は吉野山中の家郷に帰って父祖の伝来の習俗に身をゆだねるようになって、すぐにこのことに気づいた。だがそれを意識的に納得するまでには、やはり半生の歳月が必要だったにちがいない。

『記』や『紀』の井光《いびか》や石押分《いわおしわけ》の世界は、海抜七〇〇米以上の縄文期の世界だ。前登志夫はそのことが何を意味するかを無時間のテンポを作品のうえで実現し、それをじぶんの青春期までに蓄積した農耕村落と都市を流れる文明の系譜と自覚的に分離できるようになってはじめて納得したに違いない。

山の樹に白き花咲きをみなごの生まれ来につる、ほとぞかなしき
鬼一人つくりて村は春の日を涎のごとく睦じきかな
夜の虹をみせむとおもひ厨辺に声かけにけり月ある庭ゆ

木がくれの蒼き巌《いはほ》に湧く水をけものとわれとこもごもに飲む
山びとの焚火の燠のあたたかし、雪ふる山にまぼろしもなし
雪の日はもの音なべてやはらかくきこゆる山ぞ夢のごとくに
みあぐれば遠やまなみに風ひかりいづくの鳥か翳《かげ》曳《ひ》きわたる

（歌集『縄文紀』）

これが吉野の山里で「樹木」になり「沫雪」になり「靄」になり、また伝承の「鬼」（山人）になったりすることとで、無時間のテンポを歌の作品に実現した前登志夫の極限の姿だ。この系列をおなじ歌集『縄文紀』のなかで最初に挙げた作品と自覚的に分離している意味を思い、何度もよみかえしてみるべきだとおもう。わたしたちの神話や伝承いらいの歴史や地誌は、まったく系列を異にしたふたつの異文化を、現在でも創造の原泉にしている。そのことを前登志夫の生きざまも、ためらいも、やさしさも、また作品の無時間のテンポも、そしてときに泡だつような現代の無声のおらびも、象徴してやまないのだ。

二　前登志夫の呪術性と野性

前登志夫の短歌やエッセーがわたしたちの関心に訴えてくるのはどこかをさぐることが大事におもえる。たとえば『遠野物語』をみてみると山のなかで異貌の山人に出あった村人の女が、夢うつつのうち

に瘴気にあてられ、山人のとりこになり、子どもは喰べられてしまっても、なお山人の雰囲気に金縛りにあったように村里に逃げかえることができず、妻になって生涯をおくる。また『古事記』の神話では神武の軍は熊野の村で、おおきな熊にであい夢うつつのうちに倒れ伏して眠りこけてしまう。そして高倉下《たかくらじ》のもたらした太刀によって瘴気を切りはらって目覚める。この瘴気とそれを切りはらう呪術とは、両方とも山人がもっている異郷の霊性だといえる。神話の記述では、もっと山の奥に、さらに荒ぶる神がたくさん潜んでいるので、八咫烏が先導をつとめることになっている。

神話は山人のうち神武の軍に接触する境界に出てくる土着の神を三つ記載している。ひとりは吉野河の河尻で筌《やな》をこしらえて魚をとっている贄持《にえもつ》の子だ。もうひとりは井戸からでてきた尾のある人井氷鹿《いひか》だ。さらにもうひとりはやはり尾のある人で岩をおし分けてでてくる石押分《いわおしわけ》の子だ。この三者は平地の神と和解する術を知っていた山人たちを象徴するものにちがいない。

前登志夫が吉野に根拠を定めて樹木をあつかう仕事をし、歌をつくり、そしてときに都市に出講して言葉を語る術を職業として択んだとき、当然のように『遠野物語』の説話や『古事記』の神話のなかに出てくる山人たちのことをわが身になぞらえたことがあったにちがいない。そうすると現代の歌人前登志夫の表現に何が起こったのだろうか。

おお退屈きはまる風景掻き消してふる霧のなか走れ樹木は
坂にある石屋の友が磨きゐる墓石《いし》の粧ひよ死ぬまで削れ
水分《みくまり》にわれの墓あれ　村七つ、七つの音の相寄る処ここにある緊迫感、高ぶり、声のない叫び、いやおうなしに死の想念にまで風景を連れだささずにはおられない声調は、現代の魂の働きがやみがたい宿命のような場所におかれたときの軋みのようにおもえる。呪術をかけようとしているのだが、静止を本性とするものは動かない。だが静止の本性をもつものが死にいたるまで動かなければ呪術とはいえないのだ。前登志夫はこういう声調に駆られるところでは、山人の資質とじぶんのなかの、超現代とを接合する夢に駆られているとおもえる。いわば高倉下の太刀を西欧的感性に持ちかえて、山の地層の深くに沈みそうな静止を切りはらっている超現代の歌人なのだ。

わたしは注意して贄持の子や井氷鹿や石押分である前登志夫をさがしだそうとする。

月光を縞目に吸へる浅き瀬に鼻揃へのぼる鰭《ひれ》の韻律
河ぎしの夜の息づき灯しつつ蛍は青き死のさかな釣る
さかな漁る夜振火《よぶりび》遠くさかのぼり翡翠《かはせみ》色の欲情は来む
病める河われの指沈め流れたり空はねる魚千千に砕け

これが贄持の子としての前登志夫だ。そして推測が見当はずれでないとすれば、こういう歌の舞台のイメージは、神話とおなじように吉野河の河尻からとられたにちがいない。これらの歌は神話の贄持の子の内部をのぞき込むことで作られたのではない。前登志夫自身が超現代の贄持の子の無意識に映し出したイメージのなかの人として作品行為をしているのだ。

それでは吉野の首《おびと》の末裔として、また吉野の国巣の末裔としての前登志夫はどんな歌をつくっているのだろうか。

いちめんに椿の花の散り敷ける湧井に来つれ花を掃かむと
黙すれば兇器のごとしそのかみの井光《いひか》の水の澄みとほりたる
太虚《おほぞら》を脱け出でて来しひかりかも湧井の水に入るひかりかも　（井光の水）

花なべて木末《うれ》にかへさむ紫の斑雪《はだれ》の山を人は焼くなり
国栖びとの手漉きの紙に額《ぬか》伏して春あけぼのの机にねむる
わが首とりて去りたる春風のなまぐさきあと草萌ゆるべし　（喝食）

ここでは温和な山人の表情や生活の断片が言葉の意味としてではなく、言葉の動きの静かさとして獲取されている。読むものはすこし安堵する。なぜかといえばこの静かさは平地人や都会人の叙景の写実的な静かさではなくて、叙景が心の動きの暗喩になっている静かさだからだ。平地人や都会人の現代的な叙景歌だったらもっと彫りが浅くなるかわりに、写実的に緻密になるにちがいない。前登志夫のこの叙景としての暗喩歌は、それとはまったくちがう。山人の呼吸の深さと大きさが短歌的な暗喩のリズムになっている。わたしたちはいつも、すこしずつ不思議がっている。もし叙景の写実歌をつくろうとしたら、とてもこんなふうに正面きった深い調息のリズムをつくれないだろう。前登志夫にだけはこんな正面きった景物の暗喩がどうして可能なのだろうか、というように。ここが前登志夫の短歌のいちばんの秘処だとおもう。わたしたちもまた吉野や熊野のような山国に出かけて樹木のあいだの路を歩き、眼にとまる雲の動きや山の静止を眺めやることができるだろう。また歌ごころがあればその景物を叙述することもできるはずだ。だが前登志夫の歌は棲み着き土着しているものにしか聴きとれない音や匂いや動きが異和のようにひそんでいる。

向う岸に菜を洗ひゐし人去りて妊婦と気づく百年の後

この「百年の後」という修辞は言葉が歌になる表層のところで誇張されたり強調されたりして出てくる表現ではない。山に棲み時間の流れが悠久のように遅いために、気づき方もまたその時間に沿って遅いことを知りぬいたところからきている。平地人や都会人にはそこに棲んでいないということだけで、ほとんど不可能な表現だとおもえる。歌の技術とか才能とかいうものでは絶対的に不可能といっていいものだ。

この岩が蛇のごとく鳴くことを疑はずをりしろき天《あめ》の斑《ふ》
青吉野とほき五月に料理せし山鳥の胃に茶の芽匂ひき
橋わたり対岸に行く霊柩車甲蟲のごとく昼をかがやく
丁々と樹を伐る昼にたかぶりて森にかへれる木霊のひとつ
金色《きん》の魚《よ》過ぎれる暁《あけ》の林みゆ凄じきかな樹々の萌ゆるは

わたしたちはここにあるような声調を、短歌的な声調としても、とうに喪くしてしまった。言葉は意味だけではない。また洗練された韻律だけでもない。それぞれの樹木や森や山の生き物にはそれぞれの呼吸や調息の遺伝的な仕方があるにちがいない。それを聴きとったり、視線に入れたりできるものが同化し永住し、またそれを言葉のリズムでのせることができるようになるのだろうか。前登志夫の短歌的な声調には、そう言うより仕方がない呪性と野性とが憑いているとおもえる。

木地師らの住みしひと村、かぐはしき麦一粒は陰《ほと》より生えき
三津の村われ恋ほしめば宇陀《うだ》越えやくさあぢさゐの道細りたり
ひだる神に憑かれし話幾十回吾妻に告げて父老いたまふ
昼くらき杉の木群《こむら》に磷磷《りんりん》と鈴鳴らしゆく飢渇者われは

もっと挙げることができるだろうが、これは神話や伝承と現在の生活感性とが稀なほど幸運な声調でむすびついている歌だとおもえる。それはたぶん吉野という土地がもつ原イメージに遡ってゆく細い筋路をわたしたち読者の現在の生活感覚にいたるまで比較的スムーズにつなげることができているからだ。もっと直かに言ってしまえば作者の言葉の表層は恐ろしい異和をかきたてようとしているのに、無意識の声調は稀に調和した流れをつくっているからにちがいない。

『吉野紀行』の序のなかで作者はこう述懐している。

ぼくはいつも、吉野を出て大和平野に入ったとき、かえって心の憩いをかんじるからふしぎだ。三山の見えかくれする野を迷ったり、葛城や二上山にみつめられているとき、外界との限りない和解がある。盆地特有の厚い夕靄につつまれて道を間違えたりしても、そんなに不安ではない。国原という世界の秩序をかえってつよく感じるばかりなのだ。吉野はまったく逆である。五万分の一の地図をたよりに山の稜線をよこぎり、山里をすぎ、未知の山川の出会うところをたしかめなどしても、落着かない。

（前登志夫『吉野紀行』）

たぶん前登志夫のなかでは吉野の地勢も大和平野の地勢もたんに自然の景観というだけではなく、隅から隅まで歴史と融けあって存在するまでになっているにちがいない。だが神話は最古の記述では、さきにあげた贄持の子と井氷鹿と石押分の三つの象徴のひとを登場させているほかは、瘴気がただよい呪術がそれをおさえるほかに、歴史的記述をあたえるものをさしだしていない。吉野の奥をさがすことは歴史の原基をさがすこと、歴史がまだ胎児であったころの無意識の構造をさがすこととおなじなのだ。前登志夫には吉野は荒々しい歴史の無意識の貯水池であり、じぶんは平静に整序された生活感覚を統御しているとおもいながら、ときとした抑えることのできない荒れた無意識の奔騰に無声の叫び声をあげる瞬間があるのではなかろうか。そしてここにあげたような調和した声調の歌は荒々しい無意識をかかえたまま平地人や都会人のリズムとイメージに身をゆだねることができている珍らしい瞬間なのだとおもえる。

岡井隆

近代短歌の系譜でいえば、岡井隆という歌人はアララギ派の写生の短歌から出発した。彼の前に斎藤茂吉、土屋文明、近藤芳美といった優れた歌人が出たが、岡井さんはその系譜を格段に違う次元にまでもっていったと言える。形式論だけから見ても、短歌でできる限りの語のつなぎ方をすべて試みているといっていい。

岡井さんは、塚本邦雄さんと並んで近代短歌の歌人の中で飛びぬけた存在だし、大歌人といえると思う。この人たちを技術的に超えた歌人というのは過去にも現在もいない。二人の前にも力のある歌人は出たが、彼らほど短歌的な情緒を超えた情緒の短歌、短歌的な音数五・七・五・七・七を超えた形式の短歌、を技術的に意図して、意図通り従来なかった高次の短歌的表現を実現してみせた歌人は過去には存在しなかった。岡井さん、塚本さんより若い世代の歌人たちも、まだ彼らほど高い次元の表現をなし得てはいない。たまにできたことがあったとしても、それは偶然のようなもので、意識的ではなかった。

言いつのる時ぬれぬれと口腔《こうくう》みえ指令といえど服し難きかも
母の内に暗くひろがる原野《げんや》ありてそこ行くときのわれ鉛の兵

（『斉唱』より）

岡井さんの第一歌集に収められた、よく知られた二首である。所属する集団を批判する歌はたくさんあるが、政治的な言葉など使わないのに感覚的な肉声さえ表現として伝わってくる。技術的にきわめて高度な作品であるといえる。

二つ目は、おそらく母親に対するこの歌人なりの違和感と親近感を同時に表現している。荒涼たる原っぱのように冷たくあしらわれてきたために、母親に感情移入する時の自分はいつも「鉛の兵」のように構えてしまう、情緒を欠いた態度になってしまうということだろう。さまざまな複雑な比喩が込められていて、繊細な解釈を呼び起こされる作品でもある。作品の核は最後の「鉛の兵」にあって、その前の部分はこの言葉を引き出すためにあるといってもいいほどだ。

岡井さんは、どのような場所にいてどういう作品を書いていようと、ある程度は実際の光景や場面をもとに歌のイメージを作っていると思える。これは塚本さんの方法とは異なる点だ。傾向として岡井さんの短歌ではイメージの背景に必ず実景が考えられているのに対して、塚本さんの歌は本来的なイメージだけで作り上げられている。イメージさえ具体的に浮かんでくれれば実景は伴わなくていい、空想でもいいという作り方であるといえる。

岡井さんの場合は、写実をもとにして短歌のイメージを作るアララギ系統の歌人に共通する特徴を備えているといえるだろう。そう考えてみると、最初に茂吉が作った写実、写生の論理は随分大きな影響を後代まで及ぼしているということができる。そこから飛躍したいという欲求が岡井さんには強く、また事実、飛躍してもいるのだが、それでも作品の根にはいつでも実景が浮かんでくるという感じがする。

夕餉《ゆふがれひ》をはりたるのち自《し》が部屋にこもりたれども夜更《よふ》けて逢ひぬ

帰りしとき紅潮させてゐた妻に気がつかぬふりをしたりせんだり

（『E／T』より）

これらの歌を収めた岡井さんの最新の歌集は、新しい妻との結婚生活を記念するものとして出版したと思われる。初めの歌は、「きょうは勉強をするから」などといって自分の部屋にこもったけれども、夜遅く妻が部屋を訪れてきて逢ったという情景を描いている。

二つ目は、家に帰った時、顔を赤らめて性愛の願望を表している妻に対して、知らないふりをしたりそうでなかったりという自身の態度を歌ったものだ。どちらも若々しく、エロチックな感覚にあふれている。

塚本邦雄さんが同性愛的なイメージをしばしば短歌に盛り込んだのと同じように、岡井さんは性的な生々しさをよく作品に込めている。岡井さんがアララギ派的な写実主義を根底にもちながら、それを崩したり飛躍させたりしているのも、ちょうど塚本さんが日本浪曼派的な感覚をもとにしながら、それを崩したり高度にイメージ化したのと似ている。

岡井さんの最近の短歌がとても自在になって、ある意味では平易な表現をとるようになってきていることも、塚本さんと共通した特徴に挙げられるかもしれない。塚本さんの中期の歌にも、「はつなつのゆふべひたひを光らせて保険屋が遠き死を賣りにくる」（『日本人靈歌』）のような比較的わかりやすい作品があるが、一見するとあっさり解釈できるような気がする短歌も、この二人の場合、やはり並大抵ではない技術に支えられている。時代や社会構造に応じて平易に変わったのだともいえるが、単純に見えるイメージに含まれている意味はむしろ初期よりも複雑になっていると思える。

もしかすると、二人が平易な表現をとるようになってきた背景には、佐佐木幸綱や福島泰樹、俵万智などの平明な言葉を使った短歌の刺激、影響が大きいかもしれない。とりわけ、俵さんの歌集『サラダ記念日』は画期的な意味をもったと思う。逆にいえば、前衛短歌を先導したといわれる岡井さん、塚本さんは、こうした新しい表現の出現にもとても鋭敏に反応した。初期の作風の延長線で続けていってもひとかどの歌人としての評価は得られただろうが、彼らは若い世代の仕事でも優れたものは取り入れていこうとする探究心をもっていた。

多くの歌人や俳人、詩人は自然発生的に創作に入り、それが行き詰まったところでやめてしまうものだ。ところが、この二人はその段階を突き抜けて、本格的な修練を継続してきた。彼らが短歌の世界にとどまらず、現代詩を含めた文学の広い領域に影響を及ぼしたといえるのはそのためだ。詩人でいえば、荒川洋治などの平明な言葉の作品にはこの二人に近い要素が感じられる。

寺山修司

◇物語性の中のメタファー

短歌の物語性

寺山さんの短歌の特徴をかいつまんでお話ししましょう。私の考えでは、短歌の中に物語性を導入したことが寺山さんの短歌の一つの大きな特徴だとおもいます。それは現在でいえば俵万智さんみたいな歌人につながっていくもので、短歌の歴史の中で大きな意味をもっているのではないかとおもいます。

寺山さんが初期に影響を受けたのは啄木ではないでしょうか。啄木は短歌に物語性を導いてきた最初の歌人だというふうにいえます。寺山さんを近代短歌のなかで系譜づければ、啄木の系譜に入っていくところから歌作をはじめたのだとおもいます。啄木の短歌と寺山さんの短歌の物語性はどこが違うかを考えてみます。啄木の場合は現実の生活場面とか社会的な場面を歌うなかで物語性を実現しています。

これに比べて寺山さんの物語性は、現実の生活場とか社会的な場面に、物語性を見つけたというよりも、言葉の感覚的なきらめきのなかに物語性を導いています。こんなふうにいうと啄木との違いがある程度はっきりしてくるとおもいます。でもこの違いはある場所ではまったく同じようになってしまっているし、ある場所ではまったく違う、というふうにとても幅をもっています。

例を挙げてみましょうか。寺山さんの初期の短歌で、

煙草くさき国語教師が言うときに明日という語
　　は最もかなし

というのがあります。比較的それに近い啄木の短歌を並べてみましょう。

　　夏休み果ててそのまま
　　かへり来ぬ
　　若き英語の教師もありき

　いまお聞きになったようにこの二つはほとんど違いがないとおもいます。この啄木の短歌はよみおわったあとで、「この英語教師はどうしたのかな、どこへ行っちゃったのかな」とか「女と駆け落ちしたんじゃないか」とか、物語をそこに付け加えることができます。寺山さんの短歌でも煙草くさい国語教師が「明日」ということばをいう、その「明日」という言葉を、寺山さんはもっともかなしいとうけとっています。何となくしょぼくれた国語の先生が「明日」という言葉に何か特別な意味をこめているように見えたのが、何とも言えずにかなしいというふうに寺山さんが感じたのでしょう。私たちが一首の短歌を読んだ後で、何か物語を付け加えようとすればいくらでも付け加えられるし、その付け加える物語のイメージは全く自由であるというふうにいえると思います。このへんの所は寺山さんの物語性が啄木の物語性とよく似ているところじゃないかとおもいます。

　さらに、寺山さんの短歌の方向がどういうふうに行ったか考えてみますと、物語性をどんどん突き詰めていくことで、物語性をこめること自体が、また別の暗喩、メタファーになっているんです。これは寺山さんしか実現していない短歌の世界だとおもいます。そういう所を突き詰めて極限までいったんじゃないかな、とおもえるところへ寺山さんはいってしまいます。ここまでいくと寺山さんの短歌は啄木とまったく異なった物語性のほうに傾くわけです。たとえば啄木の短歌で、

　　打明けて語りて
　　何《なに》か損をせしごとく思ひて
　　友とわかれぬ

誰《たれ》が見てもとりどころなき男来て
威張りて帰りぬ
かなしくもあるか

というような作品があります。この物語性は啄木が初めて導入したものです。要するに一瞬に成り立っている物語です。つまり一瞬の思いを逃さずに定着させているというのが啄木の短歌のひじょうに大きな特徴なのだとおもいます。正岡子規とか、斎藤茂吉といった子規系統の歌人の場合は短歌は物語性ではないということになるのですが、啄木の短歌は瞬間の物語を定着していることが作品の要めになります。

これらの短歌がなんでもないことを唱っているようにみえて、なぜ滅びないかといいますと、物語性が一瞬の心理を写真のように短歌の中に描き込めているからだとおもいます。ある一瞬を過ぎてしまえばなんでもないことになってしまうのですが、その瞬間をとってくれば、「打ち明けて損をしたな」という感じで友達と別れた、という誰もが感じる心理状態の、とても見事な定着だということができます。

いま挙げた歌で、「かなしくもあるか」という表現はすこし誇張ですけれども、「なんでこの野郎はこんなに威張っているのだ」と、癪に障るということはよく日常に体験することです。つまり啄木はその瞬間を物語として、だれもがある時に感じる、あるいは感じられる歌として書き込めたわけです。あるいは、相手から「あの野郎、馬鹿のくせに威張ってやがって」というふうに感じられてしまう体験ならだれでもあるわけです。少なくともどちらかの体験は誰にでもあるが、その瞬間をすぎれば忘れてしまうものです。それを啄木は歌に定着させているわけです。

寺山さんの短歌はあきらかに啄木から引っぱってきたというふうに思われます。寺山さんの物語性というのは啄木に比べれば生活の色合いはないのですが、そのかわり感覚的なモダンなひらめきが強いのです。寺山さんの短歌は啄木の真似をしながらも、啄木と違うところは初期のころから一貫しています。

物語性とメタファーの結晶

僕は自分についてもそういうふうに思うことがあるのですが、寺山さんというのはたいへん孤独な人だったとおもうのです。例えばインディアンに囲まれたアメリカの騎兵隊とか、アメリカの騎兵隊に囲まれて砦に籠もったインディアン、どちらでもよいのですが、比喩でいうとそうなると思います。どういうことかと言えば、砦の中に本当はひとりしかいないのに、色々な銃眼から、つまりこっちの銃眼から鉄砲を撃ったかとおもうと、また違う窓から鉄砲を撃ったりして、たくさんいるかのごとく見せ掛けなくてはなりません。けれども本当は孤独で、ひとりで頑張っているんだよ、というのが寺山さんの姿でしょうか。

寺山さんは、短歌や俳句から、詩、散文、小説まで、戯曲も含めてあらゆることに手をだしています。砦に籠もった単独者のとても大きな特色だとおもいます。別に見せ掛けでやっているわけではないのですが、たくさんの穴から、たくさんいるかの如く見せざるをえないという場所に置かれているというのはとても大きな特色です。内側に籠もって、いろいろな銃眼からたくさんいるかのごとく見せる手段というのは自然に寺山さんの身についてしまったのだとおもいます。しかしそれはかなりモダンなものだということができます。物語性をモダンなかたちで突き詰めていくというところに歌人としての寺山さんの特色があったわけですが、僕の理解しているかぎりでは『田園に死す』という歌集のところで、寺山さんの短歌との決別、歌との別れが極まったということができると思います。

この『田園に死す』という歌集の作品は日本の近代、明治以降の短歌の歴史のなかではじめてのことをやったというふうにおもいます。寺山さんはここで短歌の物語性と比喩性の二つを極限まで重ねあわせているという感じをもちます。たとえば当時寺山さんと並んで塚本邦雄とか岡井隆といった前衛的な歌人がいたわけですが、そういう人たちは一篇の短歌をメタファーにしています。とくに塚本さんはそうですが、メタファーであって同時に物語であるということは従来の近代短歌の概念では不可能であるとされていたことです。寺山さんはそれを『田園に死す』でやってしまったとおもいます。これは近代以降も日本の歌人のだれもやれなかったことですし、いまもやられていないことだとおもいます。メタファーの短歌は素材としては現実的ですが、寺山さんの『田園に死す』はメタファーであり同時に物語性である短歌を成立させてしまったとおもいます。『田園に死す』はその意味で隔絶した類例のない達成だとおもいます。

たつた一つの嫁入道具の仏壇を義眼のうつるまで磨くなり
老木の脳天裂きて来し斧をかくまふ如く抱き寝るべし

これはフィクションだと思います。そしてフィクションだけかというとそうではなく、この全体がなにかの暗喩になっているわけです。この何かというのが寺山さんが言葉ではなく本質的に表現したいことなのでしょう。全部フィクションであり、何かのメタファーになっているという作品です。

村境の春や錆びたる捨て車輪ふるさとまとめて花いちもんめ

これもとてもいい作品だとおもいます。これもフィクションであり物語であり、そして何かのメタファーになっているとおもいます。この「何か」というのが問題なわけですけれども、それは一応は言うことができそうな気がします。短歌としてこういう短歌を作った人はいないわけです。つまり物語の短歌だけなら啄木の系譜の人は、現在の俵万智にいたるまでたくさん作られています。しかし物語の短歌で、それが何かのメタファーになっているというのはだれにも作られていないのです。いってみれば物語性とメタファーというのは短歌のなかでは少なくとも二律背反で、どちらかをやろうとすればどちらかが捨てられるという関係にあります。寺山さんは何かの比喩であり同時に物語であるという短歌を、それは虚構の真実をあらわす短歌なのですが、なしとげたのだと私はかんがえます。

物語で虚構の短歌といえば、それは絵空事をやっているということになりそうですが、そうならないのはなぜかというと、何かの比喩になっているからです。何かの比喩になっているということは寺山さんの本質に関わることではないかとおもいます。『田園に死す』のなかの短歌はとても注目すべき作品で、寺山さんのことばで書かれた散文も詩もあるわけですが、特筆すべき歌集ではないかとおもいます。ここはゆくゆく僕らも検討しなければならないことに属します。それまでの短歌でしたら、物語性の短歌は啄木が明治の末年からやっちゃったことだといえばその通りです。よい作品かどうかということを別にすれば啄木がやったことです。すでにやられたことだから、物語性のある短歌というのは僕らにとってそれほど不思議ではないのです。天然や自然というのをどれだけよく写生するかとか、どれだけことばで切り刻むことができるかということなら、アララギ派の歌人がとても良い作品を残しています。

物語性のある短歌で、しかもそれが同時に何かの隠された比喩になっていて、リアルな心の動きの何かを意味しているのだという短歌は、寺山さんがはじめてやったことです。たぶん今もやられていないのではないでしょうか。たとえば福島泰樹なんかの短歌も物語性は十分ですし、またいい短歌ではありますけれども、何かのメタファーであるというものではありません。それは必要でないといえば必要ないことなのです。物語性のある短歌はリアルな感情とリアリティーがあれば十分なわけで、メタファーである必要はありません。これは俵万智も同じで、物語であって同時にメタファーである作品はほとんど作られていません。どうしてかと言うと、そういう二重性は別に必要ではないからです。

ある意味では、寺山さんが『田園に死す』でやったことは短歌の死といったらいいのか、短歌としてはどん詰まりというか、行き詰まりというのか、つまりもう極限なのです。もうこれ以上短歌の表現というのは成り立たないし、いらないだろうとおもいます。つまりそこまで物語性と比喩性を実現してしまっているという短歌は存在しないわけです。

生命線ひそかに変へむためにわが抽出しにある
　一本の釘

という作品があります。これは物語性をつよく感じさせる短歌です。つまり手のひらの生命線がきっとどこかで切れていて、手相によれば生命線が切れていると短命な証拠だという固定観念があって、それが厭なものだから切れているところをつなげようとした、という短歌だとおもいます。物語性が豊富な短歌です。だけどこれはメタファーではありません。そのまま理解できる短歌です。こういうふうにやったけれど、おまえもそんなことあるだろうと誰にでもいえるなかなかいい作品ということになるでしょう。でもメタファーではありません。比喩ではなくて事実を物語として短歌によく定着しているという作品だとおもいます。寺山さんの『田園に死す』のなかにはこういう作品もあるわけです。でも比喩と物語性が二重になっている作品が『田園に死す』の主流だとおもいます。こういう短歌は寺山さんがはじめて実現したのだとおもいます。

既視感と自分の帰る場所

それでは物語性があって事実であれば、あるいは事実感覚あるいは事実心理に合致すればそれで短歌として十分なのに、なぜ比喩と物語性が二重にあるような短歌を寺山さんは『田園に死す』で実現したのでしょうか。それは寺山さんのある資質に関連するとおもいます。たとえば『田園に死す』の中に、

大工町寺町米町仏町老母買ふ町あらずやつばめよ

というのがあります。これもいい短歌で、同時に比喩を感じさせます。その表現している何かというのは、寺山さんの資質に関わるものです。そこをもう少しだけ突っ込んでいきたいとおもいます。

寺山さんの比喩と物語性を二重にさせている表現の背後にある「何か」とはひと口にいってしまえば「生まれ」ということ、具体的にいえば「母親」と「家」ということに対する寺山さん独特の思い入れで、それが物語性と比喩を二重に実現している短歌の背後にあるものではないかとおもうのです。それはどこで捉まえるのが一番いいのかなと考えるわけですが、僕が捉まえたいと思うのは寺山さんの作品のなかにある一連の思い入れみたいなものです。

それは母親と家ということに帰着してしまうのですが、その思い入れのなかで興味深いのは、たとえ

ば「羊水」という短い文章のなかで既視感について語っているところがあります。既視感というのはだれにでもあるのではないかとおもいますが、意識が朦朧として道を歩いていると、その道が初めてであるにもかかわらず、いつかこの道は来たことがあると感じる体験ということです。僕は富士山に十五、六歳のころ登って、降りてきて、朦朧として御殿場までの並木道を歩いていたときに、どうしてもそこの並木道がいつか見たことのある道だというふうに思えて仕方がなかったことがあります。それで反対の方向にいってしまって兄貴だか友達に「そっちじゃねーぞ」と言われてはっとしたことがあります。一般的にそういう初めてであるにもかかわらずこういう景色は見たことがあるなと思える感じは、心理学的に言えば既視感ということなんでしょうが、この既視ということに対する心理学的な解釈というのはそれぞれです。僕の解釈は朦朧状態で人間の了解の時間性がひっくり返ることがあるということだとおもいます。既に体験した時間がまだ体験していない時間になって、体験していない時間が体験した時間になるということです。

寺山さんはそういうふうに解釈しないで、既視感の体験を語りながら「これは自分が生まれる前に見た光景なのではないかと思った」という解釈をしています。それは寺山さんに独特な解釈だとおもいます。このてのことを寺山さんの文章の中から探しだそうとしますともう一つ見つかりました。恐山へ土地の郷土史研究家に案内されていったときに、その研究家が自分に話をしたことがある。それは青森の下北郡の次男か三男で、姉さんに「自分はどこから来たの」ときいたら、姉さんは怪訝な顔をする。そして「おれは隣の村の、だれそれのところから来たような気がする」というふうに言ったというんですね。自分の家の父親と母親にその話をしたら、親は「そんな馬鹿なことがあるか、おまえは私が生んだんだ」と言うんだけれども、隣村にいったら子供が言ったとおりのうちがあって、そこには十年くらい前に死んだ子供がいて、生きていたらちょうど自分と同じくらいになっているという。そういう話を寺山さんは聞いたと書いています。これもまたいまの既視感の話とつながってくるわけです。生まれ代わりの話になります。

この話に寺山さんがたいへんな興味を抱いたということがあります。そういう理解の仕方をもう少し先まで引き伸ばしてみます。それはどういうことかというと、寺山さんのアジテーションに「家も書物も捨ててしまえ、家出をしてしまえ」という文章がたくさんありますが、それに関連します。要するにそういう厭なものは捨てて家出してしまえ、家なんか捨ててしまえ、母親なんか売り飛ばしてしまえという言い方です。そういうことを短歌にしたり文章にしたり、寺山さんは盛んに言っているのですが、生まれ代わりみたいな話を聞いたことから寺山さんは、人の母親というのはたくさんいていいはずなんだ、自分を生んでくれた母親が母親だと思う必要はないということに結びつけています。要するに母親はたくさんいる、あるいは他人の母親をみてこの人は自分の母親だったことがあるような気がすると考えたって、既視感からはいいはずだということだとおもいます。

寺山さんはこれを一子多母制とか一子多父制とかいっています。父親でも同じで自分のうちの父親だけを父親だと思う必要はないわけで、もっと他のところに父親がいるくらいに考えたほうがいい、ということは寺山さんの一連のアジテーションの思想につながっていることになります。全般的にとは言いませんが、アジアとかオセアニアの未開地帯には自分の母親の姉妹はみんな母親で、自分の父親の男兄弟は全部父親と呼んだという時期があるわけです。つまり寺山さんは意識的にではないとおもっているわけですが、変えたいのは、いわゆる近代的な家族制度でした。寺山さん自身が、そんなに大切なものではないのだ、破壊してしまえ、というふうにアジテーションをしてゆきたかったことですが、寺山さんは無意識のうちにアジアやオセアニアの海辺や島にある、そういう一子多母制とか一子多父制とか未開の地帯に帰りたかったのではないかとおもいます。

寺山さんは母親が嫌で捨て子同然で、意地悪く育てられて、ちっとも暖かい母親ではなく、と盛んにいろいろな形で母親を呪詛する文章や短歌を作っています。それがもとになって家なんていうのはそんなに素晴らしいものではないよ、早く出ちゃった方がいい。いつまでも精神的に乳離れしないことが人間には一番駄目なんだということを盛んに主張します。そこに寺山さんの近代的な家族に対する社会的ラディカリズムというのがあるわけですけれども、未開時代の部落で母親と同世代の女の人はみな母親と呼ぶのだ、父親も父親と同世代の共同体の男はみな父親と呼ぶことになっていた、そういう未開の時代に帰りたい無意識の欲望があったのかもしれないとおもいます。

それは個人の歴史でいえばまだ胎児の時代で、まだ冷たくされなかった時代に帰りたいという願望が寺山さんのなかに無意識のうちにたくさんあって、それが主張させたと考えるとわかりやすいような気がします。寺山さんが終始メタファーで言いたかったことは、そういう母親とか家のことだとおもいます。こうして、寺山さんはさまざまな反抗の仕方や表現の仕方で、資質的な運命みたいなものに逆らってみせたわけですし、それは非常に多種多様な形でいま僕らの目の前に託されているわけだとおもいます。天才的なひらめきがあって、先ほど言いましたように一人でたくさんの人がいるように見せる、いろんな銃眼から弾を撃つ方法でやっていったとおもいます。

寺山さんの究極の問題はそこに帰ってくるのではないかとおもいます。現在は寺山さんが考えたのとは違う形で、しかし家族制とか親子制というのがちぐはぐで、あるいは解体にさらされているということができます。また都会というのも、寺山さんが行った東京というのとは、またワンサイクル違った形になってしまっていて、そこは家郷を捨ててやってきても、そんなに不満不足を満たしてくれるところでもなんでもない状態になっているとおもいます。

寺山さんが家を捨てたり母親を捨てたりして、それではどこへ行くんだということになれば、何はともあれ、都会へ行くんだ、あるいは東京へ行くんだという形でした。東京に何があるかわからないけれど、少なくとも自分の故郷に乳離れしない惨憺たる姿でおさまっているよりは大都会のなかに行ってしまったほうがいいのだ。もし母親に何かしてあげられることがあるなら、一度乳離れしたうえで面倒を見るという形で、いわば、母親と一度は他人のように冷たくなって、また顧みて肉親であることが自覚できる場所が得られるのだ、という形で寺山さんは東京に出ようというアジテーションをやったわけです。

　しかし現在の東京は、いってしまえば人間の住み方というか、住まいの作り方を弾き飛ばしてしまうような場所に変貌しつつあるし、家というのも寺山さんがぶっこわしてしまえといった近代的な家とはまた違った位相で、崩壊しつつあるというようにおもいます。そういう意味でワンサイクル違っていってしまっているかも知れません。でも寺山さんがやろうとしたこととの眼目は同じ地点にあるとおもいます。

「思い込み」の過剰

　自分が少なくとも恋しくなるような母親のイメージというのは自分の実際の母親に得られなかった。そこで母親と同世代の人にそれを得たいとおもったり、自分と同世代の恋愛関係のある女の人にそれを得たいとおもったりという形で、寺山さんにはいつでも母親とか家とかいうものに対する憎悪と同時に、憎悪を裏返すと過剰な愛着がありました。この二つが寺山さんをあまり悪魔的にしなかったところでしょう。

　そこから寺山さんの理念が作品世界に表現されていき、また理念が実現されるということになったのだとおもいます。たぶん、短歌で言うと『田園に死す』というところでメタファーと物語性というのを二重に短歌形式の中で実現しました。そういうところまで行ったときに、たぶん寺山さんが言葉で表現する次元では質的に満たされなくなったんだろうとおもいます。そういう時に詩とか散文という言葉による表現のやり方には二つ道があるわけです。

　一つは、表現を言葉の表現という間接性をとることをやめてしまう形にもっていくか、もう一つは、いっそ言葉だけにしてしまうといえばあまり良い言い方ではないのですが、言葉だけやって他になにもないといいますか、その他に比喩することはなにも言わないで言葉のなかにすべてを封じ込めてしまう、という表現の方向にゆくことです。このどちらかだと思います。寺山さんは自分の表現の重点を実際の行為とか、ドラマの表現とか、映像の表現という形のところに大きな重点を置くようになっていったのではないでしょうか。寺山さんが本当は重要だと考えたドラマによる表現、あるいは身体による表現とか、映像による表現といった分野について、ここでは僕が大してうち込んでいないので、あまり言えないのは残念ですが、僕が言葉の表現というところから見てきた寺山さんは、家とか母親ということに関連してくる寺山さんの芸術理念というものがありまして、その芸術理念が言葉の表現としては極限までいったとおもいます。そこからたぶん、映像表現とか身体表現に重点は移っていったのではないかという感じがして仕方がありません。

初期からそういう次元を寺山さんはもっていたわけですが、本当の意味で重点を芸術行為に込めていったのは言葉の表現がある極限までいった後ではないかとおもいます。そこで寺山さんは言葉の表現にある見切りのつけ方をしたようにおもいます。現在も文学や詩歌の表現はとんでもない袋小路に入っている気がするんです。そこで言葉の表現にはどんなに頑張っても駄目なんじゃないかなという感じが付きまとって離れません。寺山さんはつとにそういうことを体験して、別の表現の場所、身体表現の場所とか、映像表現の場所の可能性に重点を移していった気がします。

寺山さんの散文の表現で何が一番いいのだろうか、考えてみましょう。さまざまな見方があるでしょうが、寺山さんの資質に則していえば、母親が自分を捨てて家を出ていったとき残されたもののなかに春本があった。その春本を読んでいたら、当時で言えば猥褻罪に引っ掛かるようなところに伏字で××と書いてあった。その××というところに、母親のはつという名前を埋め込んで読んでいくのが、母親に対する一つの復讐のように思えたという短い文章があります。手掛かりとしてはそれが一番いいんじゃないかと思います。それが寺山さんのラディカリズムの根源にあるものを一番よく表しているような気がします。

もちろん詩歌でいえば『田園に死す』が一番いい寺山さんの作品で、その辺で寺山さんの資質と言葉の表現が非常に稀な一致を示しています。そしてその稀な一致が、近代短歌でいえば新しい短歌的表現を極限まで実行してしまっているということだとおもいます。それまでにもその後にも、寺山さんのやったような短歌表現を継承して、寺山さん以上のことをやったというのはないとおもいます。たいていは物語性があれば比喩性はなくなってしまって、比喩性の方が主体になっているものでは物語性はなくなってしまっているというのが短歌的な実現にあたります。

近ごろ寺山さんの作品はまた盛んに新しく出版されて、再評価が出てきております。寺山さんについての論もいくつかは出てきているようにおもいます。それは当然で、寺山さんが新古典の形で甦りつつある徴候ではないかと思います。寺山さんが古典としていま甦りつつあるのは、寺山さんがラディカリズムとして主張したことがいまは時代の実感としてだれもが感じるものになりつつあるということではないでしょうか。

寺山さんは一所懸命になって、自己史のなかの不幸なる母親、不幸なる家に対して、一種のラディカルな復讐と対抗意識を盛んに主張したわけですが、その主張はいまそれほど無理がなく、寺山さんほど悲劇的な主張をしなくてもひとりでに形にできてしまいます。そのことが寺山さんが一所懸命考えたことをもう一度改めて甦らせて、一般的に受け入れられるような基盤ができてきたことの意味ではないかとおもいます。

寺山さんのどこがポイントなのか、つまり詩歌として寺山さんはどこがポイントなのか、散文家としての寺山さんはどこがポイントなのか、あるいは劇作家としての、映像作家としての寺山さんはどこがポイントなのか、というのは集約的に捉まえられてしかるべきだと思います。そういう形で寺山さんの再評価が本格的になっていったらいいなとおもいます。

僕はたしか初期と晩期と座談会の場でお会いしたことがあるのですが、そういう地続きの実感でいくと、こういう理解の仕方になるということを申し上げてみました。モダンで開明的な明るい野放図さが寺山さんの砦の恰好です。それからインディアンか騎兵隊かどちらでもいいのですが、取り囲まれて、砦の中に籠もって、本当は一人しかいないのだけれど、周囲はみな敵なのだということで、あっちの銃眼から撃ってみたり、こっちの銃眼から撃ってみたりしてたくさんいるかのごとく見せ掛ける、というやり方をしながら色々なことに手をつけて、色々なところで色々な弾を撃たなければならないというところは、寺山さんの一番いいところだという気がします。

寺山さんは本格的に不幸な生い立ちだったとおもいます。ただ不幸というのは幸福とある意味で同じで、物語化する以外に照れ臭くて表現できないものです。そのことは寺山さんの表現に大きな影響を与えているとおもいます。

これは古典としての寺山さんではなくて、地続きとしての寺山さんとしていうと、純文学とか現代詩とかそういうところに寺山さんは愛想をつかして、サブカルチャーの人と場面をいつも自分のなかに繰り入れてきた人です。寺山さんを否定的に評価する観点を見つけようとすると、たぶん寺山さんの作品の表現には偽感情があるということだとおもいます。つまり文学というのはフィクションであってもプシュードじゃないんだ、あるいは偽感情じゃないんだという言い方をすれば寺山さんを否定的に評価したい場合には、できないことはないとおもいます。だけどこれは言ってみれば純文学が至上であって最も進んだものだという観点にもとづいた言い方になります。

寺山さんの作品にある偽感情が寺山さんのサブカルチャーに対する関心の大きかった理由だとして、それは寺山さんの本領なんだということができます。この偽感情がどう処理されているかということは、とても大きな寺山さんの特徴になるとおもいます。純文学の人にも偽感情はあります。ただ、自分には偽感情はなくて、真実の感情だけを表現しているとおもっているわけです。少なくとも日本に流布されている純文学の作家だとか詩人はみなそうです。偽感情はあるんですけれども偽感情はもたないとおもっているわけです。

純文学の人には自己欺瞞という形で偽感情はあらわれます。寺山さんの場合にはプシュードな感情は真実を表現すればみなが白けてしまうだろう、言葉が凍ってしまうだろうという思い込みをもたらします。本来的にいえばそれがあるということが文学ですが、それは物凄く恐いんです。純文学の人は自己欺瞞としてそれがあるからあまり恐怖は感じないで、やっていられるのです。サルトルは一所懸命に自己欺瞞の質を哲学的に考えたわけですが、そういう追い詰め方をするものは純文学とか純哲学には避けがたくあるとおもいます。これを言葉に表現したら読者はいなくなってしまうという「思い込み」が寺山さんにあって、それは俺はあまりに不幸に生まれたという思い込みと同じなのですが、どこかで偽感情を入れなければ、うまく人に提供できないということが寺山さんの文学の本質だとおもいます。

寺山さんには思い込みの過剰がありました。その思い込みの過剰こそが寺山さんの資質の本来的な姿をあらわしていました。寺山さんを新しい古典として取り上げるのなら、この問題をよく突いてほしい気がします。

寺山さんには固有のとても甘美な情念の雰囲気がありました。それはたぶん文学の根源にあるもので、正確な形で作品のなかで押さえられている問題のようにおもわれます。それだけでもあまりに大きな思い入れがあって、その思い入れが効いて一種のプシュードになっていく感情の表現はいつでも付きまとっていました。でもそこから本質的なものに迫ろうとしているということを寺山さんはたとえば『田園に死す』という短歌作品のなかではじめて実現したのだとおもいます。つまり寺山さんはプシュードな感情をメタファーに変えたのだとおもいます。

とても偏った見方に終始したようにおもいますが、これで寺山さんをめぐるわたしの話をおわらせていただきます。これからあとは、皆さんの寺山修司論がはじまるところだとおもいます。

佐佐木幸綱と寺山修司

俵万智さんの師である佐佐木幸綱さんは、歌人佐佐木信綱の孫に生まれ、古典についての素養が深く、歌に盛られた言葉にも古典を感じさせるところがある。

佐佐木さんが歌人として活躍するようになった転換点は、いわば歴史の積もった言葉だけでなく、口語調の言葉を駆使するようになったところにあった。それでもまだ古典の素養を感じさせる言葉が残っているのが、佐佐木さんの短歌の特徴であるといえる。

正午の鐘鳴り止まざりき炎天下ひた走り希望を病みいし頃よ
一国の詩史の折れ目に打ち込まれ青ざめて立つ柱か俺は

（『火を運ぶ』より）

初めの歌は、町か村の正午の鐘が鳴り響いている時に懸命に炎天下を駆けていた過去の少年の自分の姿を、まだ希望があるんだというようなおかしなことを考えていたものだよ、と振り返っている。俵さんほどくだけてはいないけれども、口語を自由に使ってやさしく表現しようという姿勢が読み取れる。しかし、古語の素養が深いために伝統的な言い回しも完全には破れず、混合した形で出てきているのだと思う。後の歌は、そのような場所にいることをこの歌人がよく自覚していたことを示している。

表現を平明にしようという欲求は、佐佐木さんの同時代に一般に、例えば福島泰樹さんや、俳句でいえば角川春樹さんなど、短歌にも俳句にも詩にもあった。その元祖が、短歌では寺山修司さんということになる。

大工町寺町米町仏町老母買ふ町あらずやつばめよ
売られたる夜の冬田へ一人来て埋めゆく母の真赤な櫛を

（『田園に死す』より）

寺山さんの歌の特徴は、歌われている内容がフィクションか本当か分からないところにある。短歌を物語に仕立てることができるという意味では、フィクションを作っているとしか思えないところがある。言葉の修辞としてはとても優れているけれども、真実を歌うものだという和歌の伝統的な考え方からは外れていて、歌でフィクションを書いているといえるかもしれない。

こうした寺山さんの特徴は、上の世代の人々から「この歌人は偽物《にせもの》だ」と悪く言われるゆえんでもある。私小説的でもないし、自伝的でもなく、真実を描写しているのでもない寺山さんの短歌は、レトリックで物語を作ってしまっていると思わせるのだ。

しかし、本当は物語ではないのかもしれない。というのは、この歌人があまりまとまった家庭に育ったのではないことだけは真実だと思えるからだ。そのことをさまざまな表現で物語にしているのだが、あまりに巧みにできているので、着想のよさだけで作っているのではないかと思わせることになる。

こういうことは古典的な日本の詩歌においては全くの異端だった。大なり小なり私小説的であったり自伝的であったり相聞歌であったりというもの以外には、日本の短歌は存在しなかったし、物語を作ってしまうところまでやった歌人は誰もいない。修辞的には申し分ないほど優れた技術を発揮して、短歌の創造力を架空のところにまで拡大した歌人といっていい。

辺見じゅん

◇歌集『闇の祝祭』

辺見じゅんの歌集『闇の祝祭』の特色は何だとおもうかと訊ねられたら、印象の消えないうちなら、すぐに下句の起こし方の特異さ、下句の位置の原始性、それがひとりでに短歌の声調を短詩の方に近づけていることをあげるとおもう。

かりがねの
伊吹《いぶき》の山をわたるとき
滅びゆくもの清《すが》しと思ふ

大津絵《おおつえ》の
鬼にかつぎし鉦《しょう》の音《ね》の
光りてとよむ

桃のおぼろ世
腋《わき》くらし鳥の翔《と》び発《た》つあさまだき
厨《くりや》に菜種《なたね》油こぼるる

をみならは花のゆらぎに似てゆるる
雪ふれば雪の暗きしづまり

この種の下句の特異な歌は、半分以上を占めるとおもう。下句の起こし方、呼吸、リズムの非短歌性といったものが、わたしに『万葉』東歌の声調をすぐ連想させた。

3351　筑波嶺に雪かも降らる否をかも　かなしき子ろが布干《ぬのほ》さるかも
3425　下野《しもつけぬ》安蘇《あそ》の河原よ　石踏まず空ゆと来ぬよ汝が心告《の》れ
3453　風の音の遠き我妹《わぎも》か着せし衣《きぬ》　手本《たもと》のくだり紕《まよ》ひ来にけり

この印象の類似を何とか言葉にすれば、語音とリズムの響き合いからくる高揚が、下句のところで、もう一度やってくるから、一首の歌がふたつの呼吸を含んでいる感じともいうべきものになっている。東歌がそうなっているのは、わたしどもの解釈では短歌がまだ古歌謡のうたい方を保存しているため、複数の付け合いの呼吸がのこされているからだ、ということになる。

辺見じゅんさんの歌が『闇の祝祭』まできて、このリズムの複核性をあらわにしてきたのは、どんな理由によるのだろうか。わたしには現代短歌の声調を無意識のうちに壊して、短詩性に近づこうとしているのではないか、と思われてならない。このことを直接本人に訊ねてみたことがあった。答えは見掛けのうえでは逆で、この歌集ほど短歌を短歌として意識して作ったことはなかったということであった。これはじつに興味ぶかいことに思われた。

そこでじぶんの理解をもう少しさきまで延長してみたくなった。この歌人の歌のモチーフの奥深くにあるのは広義で、そして原始的な意味での巨大家族の意識のようにおもえる。まだ部族以上には共同体をつくれなかった太古に、姪も甥も氏族の子供もみな娘や息子と呼ばれ、叔（伯）父や叔（伯）母もまたみな父や母と呼ばれた時代があった。そのおおきな家族の親和感と暗さのようなものが、辺見じゅんの人間関係をうたうモチーフに潜在していて、人間をうたうことと家族をうたうことが同一の色濃い執着と思い入れに充されている。重苦しく暗い情念の世界だが、同時に濃密な親和感が充ち溢れている。この特異な感性の世界から『闇の祝祭』の複核的な初源性はやってくるのではないかと思われてくる。

ふるさとの古井に水の動かねば
祖母の小櫛《おぐし》のくらきくれなゐ

滅びたるものに寄りゆく雪の秀《ほ》に

野太き声の父帰り来よ
越後路《えちごじ》は雪のまほろばはろばろと
わが形代《かたしろ》のとほき夕映え

木には木の鳥には鳥の鬱《うつ》あるや
いもうとの死に若葉しづくす

書き沈む父の背中に沼ありて
この世あの世の万燈会《まんとうえ》かな

これもまた限りが無く深い底と、終りがない時間の向うまで続く歌物語のモチーフのようにおもえる。この歌人のなかでは過去をうたい語ることと現在をうたっていることとがおなじであり、歌の物語のなかでは大過去と過去と現在と現在完了とが境界のない混融された時間のなかに一体になっている。また近親をうたうこととまったく別の地域の別の住人をうたうこととが同一化されて、どんな山里も都会もおなじ感性の空間に包まれてしまう。わたしにはそれが未開の部族社会の時代の習俗を、無意識の夢の痕傷として指さしているように感じられる。

岸上大作

一　去年の死

　まだそういうことに意義があるとおもって花田清輝と本気になって論争していたころだったとおもう。京都大学で上山春平氏などと談たまたまその論争におよんだとき、論争はわたしのかちです、確率からいけば花田さんの方がさきに死ぬにきまっていますから、といっておおいに笑ったことがあった。

　ところが、どっこいそう巧くはいかないことを昨年はおもいしらされた。六月十五日の警官隊との押しあいでは、息が苦しく、胸部はへしおれそうで、ああ、おれもここで死ぬなと一時は観念せざるをえなかった。そのときの残像は「時のなかの死」という詩で女子学生の死の描写にのこしておいた。死はどこにでもころがっていて、一休和尚のように「門松は冥途の旅の一里塚」というように老衰の自然死ばかりをあてにすることはできないとさとった。もっとも、花田清輝のように時いたらばいつでも人生におさらばするなどと称して、週刊誌のゴシップを種に諷刺詩をかいて、闘争のほうはもっぱらテレビでというほうが長生きをするともかぎらない。この人生、そうかんたんにおあつらえむきの死場所などあたえてくれるものではない。

昨年の死で、もうひとつわたしの記憶に生々しいのは、国学院大学短歌研究会の優れた歌人、岸上大作君の自殺である。かれは温和な内気な学生であったが、六月十五日の押しあいへしあいのどこかにいたということをきいた。文字通りその日の体験は、岸上君の転機をなし、時代の重圧のなかへ出てゆこうとしたようである。『短歌研究』十一月号に「しゅったつ」という作品がある。

　血によりてあがないしもの育くまんにああまた統一戦線をいう
　美化されて長き喪の列に訣別のうたひとりしてきかねばならぬ
　欺きてする弁解にその距離を証したる夜の雨ふらしめよ

　しかるに、岸上君は「みえない関係がみえはじめたとき」、とつぜん自殺してしまった。その原因はよくわからないが、かれの眼に、時代はどうしようもない閉塞として映ったようである。わたしは、マヤコフスキイの自殺にはあまり関心をもたないが、わたしたちの若い詩人の自殺にはうごかされ、一本の刃がこころをつらぬくのを感ずる。

　岸上君、なにはともあれ自殺なんてべらぼうなことではないか。なぜなら、弱者は時代に耐ええず死ぬ、とうそぶく連中がいるかぎり、わたしたちはみずから死んではならないのだ。また、政治には裏切りやペテンはつきものだなどと称するサド＝マゾヒストが、いっぱしの活動家気取りでいるかぎり、（こういう奴はじぶんが裏切りの経験者にきまっている）きみの詩は政治をはなれてはならなかったのだ。

わたしは、「去年《こぞ》の死」について語りすぎたかもしれない。しかし、半歳にして「去年の死」に何のかかわりもない構造的改良派が、大手をふってそこらを歩きまわっているのだから、まんざらそれを語ることは意義がないわけではないとおもう。

さて、新年は、こういうペテン師たちのお手並を拝見する年になりそうである。「去年の死」はいずれもいくらかは悲劇的な外貌をもたざるをえなかったが、ペテン師たちは賑やかなおしゃべりをかわしながら楽天的に死ぬ。おおきく深く息をしながらかれらの破局を観察しよう。ことわっておくが、この破局は人々の眼には商売はんじょうと視えるにちがいないのである。

また、こういうことをいうわたしを傍観者などといってはいけない。きみとわたしとは傍観と参加の意味がちょうど逆立ちしている。わたしのことばには参加者の否定のかなしみがあるが、きみのことばには傍観者の否定のかなしみがない。それがないかぎりいくら組織活動してもきみは革命者になれないと知るべし。

二　岸上大作小論

岸上大作と最初に出会ったのは、六〇年の何月であったか。記憶は定かではない。わたしのほうに記録とか記憶とかを信用しきれないところがあり、投げやりであるため、記憶のほうもまた逃げてしまうといった関係があるのかもしれない。また、ある意味で、ある程度まで、人間は極端に都合のいいことと、極端に都合のわるいことを、まったく〈都合〉の構造にしたがってしか記憶しないようにできあがっている。つまり記憶は現在の別名にしかすぎないともいえる。

その頃、岸上大作は、国学院大学短歌研究会のメンバーとして、講演を依頼したい旨の手紙をよせてきた。この種の依頼には、いつも消極的にしか応じないのだが、ちょうど〈安保闘争〉の敗退したあとの大雪崩のなかで、じぶんなりに〈情況〉のある部分をひき受けようと意志していたので、たしか、承知した旨の返事をかえした。ところが、しばらくたってから、せっかくの受諾をいただいたのに、短歌研究会担当教授から、さしとめられた、理由は〈建学の方針〉みたいな学是があり、それに背反するというものである。じぶんは短歌研究会のメンバーとして、その不当さとたたかうつもりである、という来信があった。すまなさ一杯といった心事があふれていて、わたしのほうがむしろ恐縮した。早速、返信して、そういうことに割合に慣れているし、また、もともと人前でのお喋言が苦手なので、中止が幸いといった気持だから、気にする必要はないから、という主旨のことを申し述べたと記憶している。岸上大作のほうでは、それではおさまらなかったらしい。ふたたび返信があって、短歌研究会の人たちが、一緒にたたかってくれないので、どうすることもできない、じぶんは研究会をやめるつもりでいる、というようなことが書かれてあった。

さて、そのあとはほとんどじぶんの記憶を信ずることができない。ある日、岸上大作がわたしの家を訪れた。わたしのほうが、そんなことはどうでもいいんだ、暇なときに一度、遊びにきて下さいと返信した結果の訪問であるのか、岸上大作の自発的な訪問であったのか、それも定かでない。また、このときが最初の対面であったのかどうかも、このあとに第二、第三の訪問があったのかも、しかと覚えてはいない。

こういう定かでもない記憶をたよりに、岸上大作との小さな交渉を書きはじめたのは外でもない。そのあと、しばらくして〈突然〉(わたしにはそう感じられた)、岸上大作の自殺の報が耳を打ったからである。わたしは、一瞬、講演中止について〈過剰〉にすまながっていた岸上と、むしろ中止のほうが匆化の幸いだくらいに〈過少〉にかんがえていたわたしの、ちぐはぐさの〈感じ〉に、かれの自殺を結びつけた。〈おれはもしかすると、あの学生歌人の必死なおもいを、読みきれなかったのではないか。それが全部の原因とかんがえるのは傲慢だとしても、原因の一部ではないのか。おれが、講演を依頼してきた学生一般のひとりとかんがえていても、相手のひとりひとりは、固有の思いと事情を持っているかもしれないではないか〉。

この思いは、わたしの安保体験の〈狃れ〉や〈事件ずれ〉の退廃に喰い込んで、はっと内省の光線が射しこむのを〈感じ〉た。〈おれは無意識のうちに少し駄目になっているな〉と思わずにはいられなかった。だが、どうすればいいのかについて、応急な処方箋が得られたわけではない。岸上大作の遺書「ぼくのためのノート」が公表されたのを読んで、さらに愕然とした。そこには、わたしに関する記載がある。

〈遺書〉をよんで、まっさきにわたしを通過したのは、言葉にならない一種の〈かたまり〉のようなものを呑み込んだ思いに似ていた。この〈かたまり〉の内容は、たやすく分析することができる。〈まったく面識のない学生歌人が、講演依頼に関連して二、三度訪問してきた。かれは、もの静かで大人しく、問われると、とりとめのない話題について、口数のすくない会話を交わすほどで、いつも帰っていった。わたしのこの印象にまちがいがなければ、それだけの私的交渉からは、あまりにもおれは立ち入られすぎている。こういうことがありうるのだろうか〉という思いに尽きている。ここでも何かが〈ちぐはぐ〉である。たぶん、この体験は〈もの書き〉にとっては、大なり小なり普遍的な体験にちがいない。岸上大作の遺書は、わたしに、この〈ちぐはぐ〉さの意味をかんがえつめることを、ほとんど強制したといってよい。あるいは〈書く〉ことの恐ろしさ、重さを、これをみろというふうにつきつけられたといいかえてもよい。〈言葉〉は〈凶器〉であるのか。〈書かれたもの〉を公開するということは、いったい何を意味するのか。

わたしの得た一応の結論はこうである。

〈書かれたもの〉を公開するかぎり、読んだ者から過剰に〈立ち入られ〉ても耐えるべきである。過剰な評価も、過少な評価も、感情的な評価も許容すべきである。いささかの弁解も、誤解を正すことも、すべきではない。なぜならば、〈書く〉という行為が、純粋に自己にたいする行為であれ、他者の注文に応じた行為であれ、書く者にとっては自足した行為であることにかわりはない。そこでは、書く者の世界が、よくもわるくも完結した世界を閉じている。しかし〈書かれたもの〉が公開されるのは、まったく別個のことで、書く者にとって余計な〈露出〉であることにかわりはない。この余計な〈露出〉が、たぶん、読む者に過剰な〈立ち入り〉や恣意的な評価を強いる根源ではないだろうか。そうだとすれば、どんな結末がふりかかっても、それをひき受けるべきではないだろうか。

〈書く〉という行為と、それを公開するという行為のあいだで完結される表現者の位相について、岸上大作の自殺は、わたしに最初の内省を強いたといっていい。だが、わたしの得た結論がどうであれ、おなじような出来事は、そのあとも幾度かつづいた。そして、わたしはその都度、無類の思いで耳をとぎすまさねばならなかった。

しかし、岸上大作のばあい、わたしには救いがあった。かれの〈死〉のなかに、かりにわたしの〈書かれたもの〉が介在していたにしても、かれは歌人として、優にその存在を主張するだけの力量をもっている。かれとわたしとの接点が、どんなに重く速やかだったと想定しても、かれはじぶんの軌道をそのまま〈自死〉までたどっていった、といってよかったからである。

わたしが自殺者の近親者からうけた非難は、いつも〈おまえの書いた変な書物をよまずに、まともに学業にはげんでいれば、こうはならなかったものを〉というパターンをもっていた。だが岸上大作の近親者からは、おそらく、そういう非難をきくことはあるまい。それに〈遺書〉のなかで、じゅうぶん、わたしの著書に復讐している。

呼びかけにかかわりあらぬビラなべて汚れていたる私立大学　(「意志表示」)
美化されて長き喪の列に訣別のうたひとりしてきかねばならぬ　(「しゅったつ」)
欺きてする弁解にその距離を証したる夜の雨ふらしめよ　(「しゅったつ」)

ほぼこれが、岸上大作とわたしが、はじめて会った一九六〇年秋ごろの岸上の場所であったといっていい。あるいは、六月十五日の国会構内の抗議集会のどこかで、すれちがって出会っていたのかもしれない。そして、誰もとおなじように、かれもわたしも窒息しそうで、他人をかえりみる余裕もなく、門外におし出されていた。フィルムを逆にまわしてみなければならないが、その直前の岸上大作は、いったいどこでなにをしていたのだろうか。よくわからないところがあるが、たぶん岸上は、母親に育てられた貧困な生活から必然的にやってきた心情的な社会主義感に、理論的な支えを獲得しようとして、社会科学や経済学の勉強をはじめていた。すでに短歌の創作で早熟な才能をしめしていた岸上大作には、これは、まことに不得手な格闘であったようにおもわれる。「いま、僕にとって急務はマルクス主義による理論武装であることは、はっきりわかっていながら、実際はデカダンスな毎日であった」（高瀬隆和宛一九五九年四月二日付書簡）と書いている。

なぜかわたしには「マルクス主義による理論武装」というときの岸上の努力が痛々しく感ぜられる。この感じは、すでに〈歌人〉として早熟な自己確立をとげているのに、みすみす孤立の道へ一歩ずつ近づいてゆくときの岸上の弱々しさからやってくるのだが、その上に、また戦後マルクス主義の破産か否かが、問われる刻限に近づいている〈情況〉のなかで、はじめて「マルクス主義による理論武装」の問いに迫ろうとする岸上の〈処女〉性が、痛々しさをもたらすものだといってよい。だが、青年をはじめてとらえる内的な、また外的な課題は、はたからはどうすることもできないものである。かれは時代の不幸をじぶんの不幸に、うまく重ねあわせようとする。しかし、うまくゆくかどうかは誰にも、また、おそらく本人にもわからない。かれは自己の資質と自己の課題のあいだで、孤独な格闘を、矛盾を、手に持ちなおすよりほか術がない。

すでに父親は戦争で死に、あとは母親の手で一家の生計が支えられている。

人恋うる思いはるけし秋の野の眉引き月の光にも似て
悲しきは百姓の子よ蒸し芋もうましうましと言いて食う吾れ
恋を知る日は遠からじ妹の初潮を母は吾にも云いし
ひっそりと暗きほかげで夜なべする母の日も母は常のごとくに
白き骨五つ六つを父と言われわれは小さき手をあわせたり

（「高校時代」）

貧しく静かで、内に籠った母子三人家族の生活はこんなふうに描かれている。たぶん、この時期の歌は啄木の影響をおおきくとどめている。母親は、息子を大学に通わせようとしている。そして、できるなら実業的な科目をえらび、ゆくゆくは、一家を支えてもらいたいと願っている。息子は大人しく母親おもいであるが、できるなら、文学的な仕事を専門にしたいとおもっている。説得すれば、母親は自分の志望を肯定しないまでも、赦してくれるだろうとかんがえている。これは、どこにでもみられる貧困な母子家庭の生活で、そのうちでは岸上の家族は、葛藤のすくない平穏な家庭に属しているかもしれない。けれど息子には、どうしてよいかわからない岐路がやってくるのが、眼にみえている。母親を棄民するか、自己を座礁させるか、そのいずれかを択ばなければならない日が。もっとも短歌の創作は、金銭と結びつかず〈余技〉という性格をもっているから、抜け道はあるかもしれない。一家の生計を支えながら〈歌う〉こともできるかもしれない。

岸上大作は、たぶん、この岐路の予感をまえにして、即物的な貧困と、心情的な社会主義との相互反撥を、ある〈構成〉を媒介にして、ひとまず切り離したいとかんがえた。それは初期に多くの人が惹かれた体験をもっている啄木の影響からの離脱であり、また、一挙に現代性まで、歌作を跳躍させる欲求でもあった。

その背後〈家〉負うことば母の愛ある時つねに放れて　淫乱
接吻くる母の昧き瞳みたる頬埋めんにむしろ負担にて　雪の白
愛などにもはや哭き得ぬ母の裡荒野ありそこ耕やさん　誰
過去断てば華麗のかたち母のため設計しているわたくしの家

（「四角い空」）

この〈構成〉の媒介によって、父親の戦死後に〈女手ひとつ〉で子を育ててきた貧困な母の像は〈変容〉する。母親は亡夫の残像と貧困に制約されながらも、〈放たれた女〉として岸上の短歌の世界に登場する。いずれが実像に近いのかを問うことはいらない。この〈変容〉は、母親から〈母〉を棄民し、〈女〉を拾いあげたための〈変容〉である。また、短歌のうえでは、啄木の影響の大きかった初期から、一挙に現代短歌まで跳躍したための〈変容〉であるといってよい。

岸上大作の感性が、この〈構成〉をつらぬきとおすだけの冷たい眼をもっていたら、危機は煮つめられた形ではやってこなかったかもしれない。けれどこの〈構成〉は、短歌的にいってもきわめて不安定であり、また感性的にいっても岸上大作の持続できるものではなかった。貧困だけがあり、無惨な家族であったら、かえって、それも可能であったかもしれないが、貧困はそのまま母子家族の小さな温味のある調和とも結びついており、とてもその吸引力の圏外に跳び出したままでいることはできにくかったにちがいない。さればといって、軌道はもとにもどれないヒステリシス現象を呈する。前後する時期の「風の表情」は、また、べつな母親の像で、その間の機微をあかしているようにみえる。

母にやるわれの言葉を運ばんに風はあまりに乾きていたり
坂はすでに影を映さぬ時刻にて母はあまりに遠くに病めり
風はすぐゆくえ知られず去りしゆえ残されて母の病いは重し
ある時は母の言葉をはなちつつ坂を転がる風の表情

（「風の表情」）

「風」が乾いているという表現は、ここでいう〈機微〉に触れている。「風」は吹かなければよかったし、また、吹くならば乾いていなければよかったのだが、岸上がすでに佇っているところは、そのいずれからも拒否された場所だったのである。

わたしが、一九六〇年秋ごろから巻きもどしてきたフィルムは、たぶん終りに近くなっている。岸上大作は、既成の前衛から離脱して急進化していった一群の学生運動の熱気のなかに、しだいに跳び込むようになった。同時にその渦中で、ひとりの女性に惹かれていった。岸上には、その女性に惹かれていったために、新左翼の学生運動の渦中に入ったのか、少年期からの貧困の体験から獲得した心情的な社会主義感に、現実的な機会を獲ようとしてその渦中に入っていったのか、あまり定かではなかったにちがいない。安保闘争の座礁から、指導部が四散したとき、すでに孤立した焼けのこりの杭がとりのこされ、風に吹き晒されて、文字通り孤立のうちにこの風圧に抗わねばならなくなった。この〈情況〉のなかで、岸上大作もまた、その場所で孤立した焼けのこりの棒杭のように、風圧をまともにうけなければならなかった。岸上は、ふたたび、マルクスやレーニンの著書にとりつき「しゅったつ」の決意をしめした。どのような具体的な事情が介在したかわからないが、安保闘争の渦中で出会った女性との恋愛を同時に失った。たぶん、白けきった〈情況〉のなかで、誰もが大なり小なり体験した白けきった情緒の喪失がやってきたのだ。岸上大作は、その風圧に耐ええなかったとき、時代の風圧の証しとして自殺した。かれは〈遺書〉のなかで、失恋だと書いたり、弱かったのだと書いたり、また故意に道化てみせたりしているが、もっと奥深いところからかれを誘って死におもむかせたのは、かれの〈遺書〉の裏側を流れている巨きな、時代的契機であったような気がする。わたしは岸上大作の死に〈立ち入り〉すぎたかもしれない。ただ最初に出会った時までの、岸上のおおよその軌跡を、わたしなりに納得してみたかった。もはやここで筆をおくべきだろうか。岸上の霊よ安かれ。

福島泰樹

◇福島泰樹論——風姿外伝

1

最初にしてしまった決定的な体験、最初に記述してしまった決定的な言葉、そこからどう逃れるのか、というモチーフが福島泰樹の短歌的な道程、その出発をおおっていたようにみえる。もうすこし丁寧な云い方をすれば、決定的な体験、決定的な記述、そこから逃れることが、そのまま再現するのとおなじだという課題こそ、かれの出発であり同時に遡行であったというように。

この体験は学園のバリケード闘争という、生活感情なき日常性のなかに、人工的にこしらえられた非日常性であり、これを記述する言葉は、日常性と非日常性のあいだの激化する矛盾であったといえる。資質に帰すべきか最初の体験の政治的な質に帰すべきか手易くきめられないが、福島泰樹の短歌的な言葉が、生活の隈々に浸透する経験をもたず、いつも非日常的な体験の記憶にむかって飛翔しようとする葛藤であったという特質は、記憶してよいことだ。

コンクリートにふとんを敷けばすでにもう獄舎のような教室である
私服の眼《め》制服の眼《め》　げしゆくへの路遥けくば五日帰らず
カタロニア讃歌レーニン選集も売りにしコーヒー飲みたければ

三月のさくら　四月の水仙も咲くなよ永遠《とわ》の越冬者たれ
ギター弾く　籠城おれの窓からはゲバ棒よりもふとき夕雲
かけぬけてゆけゆうやみの黄の視野を　あなたはわれに永遠《とわ》にかなしも
ナップ・ザック胃のかたちして吊られたりみずいろのみの夏すぎゆかむ
敷つぱなしのふとんに潜《もぐ》りこみしかば　しんそこさびしき風の夜である
二日酔いの無念極まるぼくのためもつと電車よ　まじめに走れ
ふりむけば返り血あびているごときこのゆうぐれを首塚一基

放蕩児たらむ　真赤な夕焼に嘘の涙を流してやつた
汝が髪の寒き手ざわりぬばたまの　まことしやかな風の夜である

（『バリケード・一九六六年二月』）

これだけの引用歌のなかに、短歌の眼をもった一個人の体験したバリケード闘争の、はじまりから終息までが弧のように描かれている。学生たちの大学にたいするどんなささいな要求も、ストレートに高度な政治闘争にシー・スルーしてしまう。勉強などしたこともない怠惰な学生が、生真面目な顔をして、学生の本分は学問だから、スト反対だなどと云いだすかとおもうと、ひとにぎりのラジカルな党派的な学生たちに牛耳られた闘争が孤立してゆく。事大的な教授たちが、何かといえばすぐ子供のように官憲に言いつけるために、導入された武装警官によってしゃにむに弾圧させられる。これが学園闘争の始まりから終りまでが包含する一般的なパターンとかんがえてよい。そしてたたかいすぎた学生たちは孤立し、排除され、なによりも仲間や他の学生たちや、政治運動家たちにたいする不信と背反と孤立感をいだきながら、それぞれの生活へ出発してゆく。もしそうしたいのなら福島泰樹のバリケード体験を、このパターンのなかに埋め込んでもいいのだ。

この学生インテリゲントのいつもおなじ政治的な運動の体験の型を変えることはできない。性こりもなく繰返されてきたし、またこれからも繰返されてゆくにちがいない。変革がありうるとすれば体験ではなく、体験の意味を変える孤独なたたかいと営みのなかにしかありえない。

福島はバリケードを築き教室に籠城しというラジカルな学生の体験の根のところで、内部のくらがりにひそむ心のひだも、オーウェルの『カタロニア讃歌』や『レーニン選集』をまげて、一ぱいのコーヒーをのみたいという率直な欲望も、怪し気な男たちに監視されて、下宿へかえることもできない体験も唱いあげている。また切なく敗れていく闘争のなかで次第に孤立し、傷つき、内攻して苛立ったり居直ったりする情念も、闘争のなかで出会った心を寄せる女子学生「ヒヤシンス」への思いも抒情されている。

またそのバリケード闘争のなかで教授たちのつまらぬ講義をきくことと、遊び場やコーヒー店とのあいだを往復するだけの、干からびた日常から飛翔した次元で、隊伍を組み、無言のまま心を通わせる連帯を感じ、激しい気力をかりたてて学園の当事者や機動隊と対峙し、きびしい競りあいのなかで、しだいに苛立ち、対立し、分裂し、すりきれてゆく虚しさとけわしさも言葉で体験されている。この最初の短歌的な表現で体験に意味を与え、その意味を真に体験の名に価するものに組みかえようとする変革の萌芽のようなものが押しだされている。けれどそれといっしょに闘争の終熄の不可避さを、ただ呆気にとられて眺めているような楽天性も、おのずから歌の合間に浮びあがってくる。最初のかれの短歌の言葉はどこまでゆけるか。

その高揚はどこへ消えたのか、どうして消滅していったのか、そしてなぜふたたびその張りつめた聖なる瞬間は再現されないのか。なぜ退潮してゆくものは、個の力によっても共同の力によっても防ぎとめることはできないのか。もはや仲間たちはたがいに面を背向けあい、心はすれちがうだけになってしまうのか。この体験の再来の日と夢を描きつづけることと、不可避的に日常のなかへ、飛翔から落下へと流れてゆくこととのあいだに、短歌的な言葉が架けわたされる。橋は虚空から吊りあげられていて、いつ崩れ落ちるかわからない。〈返り血を浴びているような首塚一基〉というイメージが虹のように、いつ崩れてしまうかもしれない架橋をささえる象徴に似ている。

2

福島泰樹の初の体験の意味づけを参加者以外、誰も変えることができないとすれば、その非日常的なバリケード闘争への飛翔と、張りつめられた内的な拮抗の力学を、短歌的な言葉に定着することで出発した、かれの表情の意味を変えられるのも彼自身や「樽見」や「ヒヤシンス」のような参加者のほかにないはずだ。かれ自身が体験の意味をどうとらえたか、そしてどこでもちこたえようとし、そのもちこたえ方はどこで矛盾の美を作りだしたか、そしてどのようにして不可避的に自己納得することを拒否したたか、それにもかかわらずつぎつぎに訪れてくる情況の減衰する波は、かれの持続的な抗力の意味をどう奪っていったか、そしてまた奪われながら、かれはどう緊張したことが短歌的な美をなしたか。

福島泰樹はすべての戦後のたたかいの体験者とおなじように、本来断ち切ってきびしく訣別し、自己峻別すべきもの（フィジカルなそしてメタフィジカルな、また人間的なそして非人間的なあの自己ぎまんの巣）に執着し、ふらふらと惹かれ、訣別し否定すべき体験の負の意味にかえって愛執するという方法をしめした。けれども戦後において現実の権力と深層の権力とを二重に透視できない闘争はすべて無効であったし、いまも無効であることは論ずるまでもないことだ。この課題は潜在的に、あるいは顕在化した形で、闘争の体験者の内部に無類の緊張と背反を強いた。気づかれずに原罪の倫理となったばあいも、気づかれて政治的な潮流を形成したばあいも、またラジカルか非ラジカルかの問題に変質させてしまったばあいも、根柢にあったのはこの課題であった。闘争の記憶と原型のイメージだけが生々しく再現を強いるのに、じぶんの関心と生活は、つぎつぎに白けた日常にひき戻されてゆく。この内的な屈折と緊迫をもちこたえようとする意志の葛藤を、どう表現したらいいのか。このモチーフははたして短歌的な表現でありうるか。その模索のもどかしさの跡が『エチカ・一九六九年以降』である。ここではまだ懐かしいフィルムのシークェンスのようにバリケード闘争の原型のイメージが鮮明に刻みこまれている。言葉の視線はそこから放射され、いつどこでも現在のじぶんがその原型から鳥瞰され裁かれているといった構造がとられている。

歩哨兵わがゆくてには落日の河　明方の橋ありしかば
まず俺をおれを拒否せよ橋桁にらんだに哭いた俺をゆるすな
刺さむかなおれを裏切りたる俺をナイフ！　一枚の椿欲《ほ》るのみ
サイレンがしきりに聞ゆ　日常の楔断ちたきこの夕まぐれ
今日の同志は明日《あす》の日和見　裏切りて指詰めざればくきやかな四肢

（『エチカ・一九六九年以降』）

「裏切り」かそうでないか「日和見」か否かという語彙で象徴される無類の、だが見掛けほど優美でもなくふてぶてしくもない、神経症の人間どうしの不信が、ささいな欠陥をあばきあっている世界、だがそこから外れることが超自我のように罪の意識をよびおこす世界を規準にし、そこから、形どおりにじぶんをさいなむ言葉が作られる。その内的な屈折を短歌的な言葉に定着させようと模索しながら、それが見つからないもどかしさが、表現を難解にさせている。もうひとつはじぶんの現状を内視すればするほど空虚になってゆくことの苛立ちが、収集された言葉を吹き散らしている、という印象をうける。歌は情念＝原罪を背負いやすいにはちがいないが、まったく新種の原罪を背負いうるかという短歌的な課題は福島たちの年代によって提出された。解答がその歌であり、それが肯定的か否定的かという岐路もまたその歌であった。

本来的にいえば課題のありようも、解答のされ方もまったく別かもしれないという根柢的な疑義が提出されるべきなのだ。ただこれを直截にいうためには、たくさんの準備がいる。準備がなければ問いを仕掛けるものも仕掛けられるものも吹っとぶほかはない。この危うい淵、危うい課題の方へ福島が至近にまでにじりよるためには、もっと孤独が必要であった。そうではなかろうか。じぶんの情念の温もりが他者の肌にとどいたときに連帯が成立つとおもいこまないことが必要であった。

明日は胸に万の血しぶき咲かしめよ　六九年の夜半すぎいつ
赤軍の朋よ先死ね　こころいま秋決戦の狂おしき渦
首都・官邸・空港はるか叛乱の明方発ちし部隊かえらぬ
うらかなし言葉を欲《ほ》るは霜月の決起を急ぐ兵ありしかば
一兵卒の死は遥かなる暁の橋　わかくして裏切りて生く
進撃の軍隊こぬかふたたびの冬　百雷の学連歌恋う
（『エチカ・一九六九年以降』）

日常のなかに陥ち込んでいきながら生活の言葉を獲得するほどの生活感情の浸透力もやってこない。むしろ生活感情を意識的に拒否しようとし、拒否したままで非日常的な騒乱の到来を翹望《ぎょうぼう》するのに、もちろんそんなものはやってくるはずがない。「叛乱」「決起」「軍団」というような擬似軍事的な語彙のもつ感情への希求は、日常に浸れば浸るほど溢れてくる。冷たくいえばそう読める。これは空虚な表情への傾斜なのだが、この傾斜がまきおこす浪曼的な感性が、福島の短歌的魅力でもある。この特質はいってみれば可成りやっかいな特質である。

空虚な翹望であることに打ちのめされながら、表現される翹望のはかなさと矛盾が短歌的な美をなしている。

もちろんほんとうは貌の向け方を逆にすればよかったのだ。これらの作品のもつ観念の単調な韻は、その思想的な翹望の韻の質に由来している。「おのが拠るべき処を〈中央〉」としなければならないのは、作品の世界へのかかわりだけではない。じぶんの焦慮や日常のデカダンスが不可避ならば、焦慮やデカダンスが「叛乱」や「決起」なのだ。そこが「軍団」の司令部なのだ。それ以外のところに何かが起こるはずがない。

「血しぶき」「叛乱」「決起」「軍団」これらの虚の言葉に韻を打つとき福島はもっとも心弱い浪曼派である。軍国主義花やかな戦乱期ですら、見掛けだけこけおどしの、だが貧しく、脆弱な情念の「叛乱」「決起」「軍団」以外のものが、この国に存在したためしはなかった。靴のひもを付けかえたり、魚の骨をつついて食べたりすることと、闘争とは絶対的におなじこと、おなじ重さなのだ。それが納得されないかぎり脆弱なむごさ以外の「叛乱」や「決起」や「軍団」が成立することはありえない。福島の情念の高音部には、声高な空虚がどうしてもつきまとうことをやめない。だが低音部には見掛けの主題は空しいことどもを唱いながら、充溢した内部が表象される。

学生の貴様にあなどられたるは酒樽の上立てるおもいよ
頒ちもつなにもなければ持つてこい火鍋を俺は冷えたる薪《たきぎ》
銃剣で人を刺せるか串刺しの魚《うお》の背中の優しい明日《あした》

腹割つて語るはさむき皿の上まず割箸を裂いて顔寄す
戦わず怒らず叫ばず語らわずのつぺらぼうの二合徳利
戦場は酒場の椅子の此処彼処悲惨、秋刀魚の臓腑千切るは

（『エチカ・一九六九年以降』）

たたかいとは皿のうえで魚の背中を刺す串のことであり、秋刀魚の臓物をちぎることであり、たたかいの場とは酔いにゆく酒場のことになってしまった。これはなさけないみじめなことにちがいない。けれどもしかするとたたかいはもともとフィクションの場での角逐であるかも知れない。この微かな〈今〉の肯定と、そうなってしまったことへの承認のようなものが、はじめて福島泰樹をおとずれ、韻をしっくりと喰い込んだ感じにしている。

これが福島泰樹のはじめての短歌開眼の風姿だといってよい。このいくらか自己戯画化の感情をもふくめた日常の遊興性の、やむなき承認といった主題、日常性を決して肯定はしないという過去へひきとめられる心の底のほうに潜めながらの、やむをえない承認の感情と情緒のところで、単純で直線的な韻から脱した境界が描かれている。「学生の貴様にあなどられ」るのはよいことであった。「学生の貴様」というのは過去の自己以外のものではないから、過去へむく眼より〈今〉にむく眼のほうが、はじめて福島の韻のなかでおおきな比重を占めることになった。

この風姿はけっして複雑な響きをつたえない。平明な声調で歌は悲しい玩具といった作品の位置を決定できている。これが福島泰樹の短歌開眼の意味であった。すこし立ち入ってゆくと、この意味はふたつに振りわけられる。ひとつは短歌にとって平明さとはどういうことかという問いかけである。もうひ

とつは短歌が物語的なフィクションの表現でありうるという新しい意味である。

平明さ

ゆくへ不明の〈俺〉を探して三年ははや落日の川に来ている
労働着吊す釘などわが室になきレーニンは昨日《きのう》の同志
シーツから立ちのぼる闇二年間きみを愛した嘘つきやがれ
革命の核、角、飛車取り西瓜売り誰何《すいか》するのに返事をせぬか
情念は暁の川　白い波　せつなく散つているさくらばな
死ぬるなら炎上の首都さもなくば暴飲暴食暴走の果て

（『エチカ・一九六九年以降』）

フィクション

街頭に起たないのなら外套にハットなど掛けつよがりはせぬ
内ゲバで負傷する莫迦しない莫迦ばかばらばらのアバンギャルド
七月の甲羅の群れのこの俺は獅子身中の虫干している
その後《のち》のおれを問うなよ愛と死の変ロ短調、単調な日々

（『エチカ・一九六九年以降』）

ここで「平明さ」とか「フィクション」とか呼ぶものは所詮はおなじことなのかも知れぬ。二つが両輪のように運行して福島短歌が形成されたといってもよい。バリケード闘争の原型のイメージが崩壊し

ていったのに、行方不明になった〈俺〉を再発見すべき場所が得られない。その時間の確執の在り方と、短歌的な表現の特性が歌謡の滑らかな声調の曲線に移ってゆく「平明さ」とは、いわば不可分のかかわり方をしている。これが意味するものの中心のところで、はじめて福島短歌は生誕したといってよい。歌が悲しい玩具だと心得て三行の口語的短歌を沸き出るように表出した啄木のように「平明さ」を獲得している。福島が、じぶんをもちこたえるために固執してきた最初の体験、バリケード闘争の原型のイメージは、どこかへ行方を求めていった。たぶんそれは短歌的な表現を、「フィクション」形成の方に拡大しようとするモチーフのなかに転成されていった。ここで「フィクション」形成というのは、虚構がリアリティを獲得する場所という意味ではない。物語的な「フィクション」を短歌的の言葉にする可能性というほどの意味である。

啄木の三行の歌が気易くて安直だというのとおなじ意味で「死ぬるなら炎上の首都さもなくば暴飲暴食暴走の果て」といったこれらの引用歌は気易く、安易そうな表現にちがいない。けれど啄木の三行の歌とおなじように、これらの作品に表明されているのは実体験の実心情の表白ではないのだ。死ぬなら「叛乱」や「暴動」で炎上している首都でたたかいながら死ぬか、暴飲暴食暴走の果てに死ぬかどちらかだ、と作者がじっさい思い入れているというように、これらの作品は（総じてこれ以後の福島短歌は）読まれるべきではない。「フィクション」としてある矛盾の感性、あるいは感性の矛盾を定着するために、言葉は描かれている。啄木の三行の歌

何がなしに

さびしくなれば出てあるく男となりて
三月にもなれり

けものめく顔あり口をあけたてす
とのみ見てゐぬ
人の語るを

この次の休日《やすみ》に一日寝てみむと
思ひすごしぬ
三年《みとせ》このかた

誰が見ても
われをなつかしくなるごとき
長き手紙を書きたき夕

人みなが家を持つてふかなしみよ
墓に入るごとく
かへりて眠る

その昔
小学校の柾屋根に我が投げし鞠
いかにかなりけむ

宗次郎に
おかねが泣きて口説き居り
大根の花白きゆふぐれ

　これらの作品は生活感情のある瞬間に心を停止させている。その瞬間を発見することがすでに誰もができなくなったものだ、ということが問われるべきだ。場面の真偽、感情体験の真偽を問うことはさしたる意味をもたない。まして言葉が安直にすらすらと並べられていて、平易すぎるといっても、響いてくる内容はきわめて複雑なものである。福島短歌には若い啄木がもっていた生活感情の透徹した切り口の冴えはない。それは福島には無縁にちかい世界だともいえる。そのかわりに福島の短歌には政治的な情欲の渇望の表出があった。

　啄木が生活感情のある瞬間を言葉で定着したとおなじように、政治感情のある瞬間が言葉に定着された。その意味は過去の実体験の反すうの意味とはまるでちがう。また過去の実体験の記憶が薄れて間けつ的になったこととももちがう。日常的な生の感情の裂け目に、瞬間に出現する光景が、本質的に政治的だという意味なのだ。この意味では福島短歌のなかの政治は喪失の歌から、生の裂け目に瞬間的に獲得された光景へと変貌した。見掛けとは逆にこの方がポジティブなものであった。

3

ここで視点を移動させて福島泰樹の手法の成立という意味をかんがえるべきかもしれない。かれは同年代の歌人たちのうちで、もっとも果敢に短歌的な表現の彫り込み方の特性を中性化して、歌謡の滑らかな曲線に近づけているようにみえる。このことは内容的な「平明さ」や物語的な「フィクション」の獲得とわかつことができないにちがいない。

短歌的な表現はつづめてゆけば一首の作品を〈仕掛けるもの〉と〈仕掛けられるもの〉あるいは〈序詞的なもの〉と〈本詞的なもの〉に区分しようとする意識に帰着している。この特質はどのような見掛け上の変貌を蒙っても、短歌がうしなうことができないものである。福島の短歌が表現を開花させたとき、あたうかぎり短歌的なこの特性を解体すべくあらわれた。これはたえず自由な詩が夢みられているという意味と、たえず短歌的な絆を拡大しようとしているという意味とをふたつながらもっている。またことは生理に喰い込んだ韻の打ちかたにかかわっているともいえよう。

岩燕渡りし川のせせらぎの一生一処にいるというのか
きみとわが頒かつこころのきれぎれをさびしく微笑《えみ》ている窓がある
渦巻くはわれにしあるや橋桁にさびしくつらくつつ立つている

村の灯もやがて消えなむ月光にしたたか濡れてわが寺はある
寒村の寺の男として死すやこころ騒ぎて帰ろとおもう

凪が枝を泣いて渡れるそのさまを黙《もだ》して聞けど哭いてなるかよ
ここ越えていずこにいたる縹渺と浅間の山の雲のむこうは

ゆうべそこに志士たる人とわれはいて水の流るを眺めておつた
一生を飲んで終われとさすらいのさんざめく川さて渡ろうか
魚臭き手拭なれど額をふき汗にまみれてい坐しておつた
うばうことのみをもとめるわれのためいたわり深く目を閉じるのか
白拍子神楽催馬楽ばらばらのおれの情《こころ》をとめて呉れるな

（『晩秋挽歌』）

口語とめ、ひらたくいえばお喋言りとめ、ともいうべきこの語法は、福島の作品のもっとも特徴のある姿をなしている。ならばこのお喋言りとめの手法の意味するものはなにか。言葉の異化効果によって一首の終末に読み手の心は口語のお喋言り言葉に集約されるようになっている。この集約の語法によって、作品の世界を日常のお喋言りをやっている近さのところへもたらそうとすること。これが果された効果である。これによって福島短歌は観念に上昇する情緒を、堰き止められようとしているとおもえる。

この語法は最初の『バリケード・一九六六年二月』にすでに散見していた。また同世代的な特質ともいえる。けれどこれがほんとうの意味で定着されたのは『晩秋挽歌』によってであった。この意味はたぶん、福島の最初の体験、あのバリケード闘争の体験像の完全な喪失・ポジティヴにいえばまったき潰棄の完成を象徴している。この象徴の意味は二重であった。原型体験への懐古が放棄されることによって、行方をうしなった非日常的な志向性をつよく日常の方へ牽引する意味があった。そしてもうひとつは、はじめから福島の短歌が欠いていた生活感情の代理物の役割をもった。いずれも短歌的な言葉を、日常のあたりまえのお喋言り言葉のほうへひき出し、終止符をうつことによって、作品の立っている基盤を日常に据えつける役を果した。

もちろん福島の日常性は、生活感情が沁みこみ、縦横に水脈を走らせているような稠密でゆるぎない生活の意味をもたない。「一生を飲んで終われ」とか「渦巻くはわれにしあるや」のように、たえず日常性の過激化を思いわずらうような意味での日常である。けれどももうあの最初の体験、バリケード闘争の原型を幻のように想起すること自体が無意味だという自覚と自信は強固になっている。またその幻の再現を願う言葉を抒情とすることにも意味がなくなっている。福島自身がいい加減年齢をくったからでもないし、僧侶という家職をもったからでもなかったろう。情況が敷きつめた舗装路におかれているという自持と自覚が、そのことを無意味化していったのである。

『転調哀傷歌』『風に献ず』『退嬰的恋歌に寄せて』といずれも、切実に空転する抒情であり、痛切という体験が存在しないことを半ば承認しながら、なお痛切を掻き立てようと試みるところに生れたもどかしさと空しさが、短歌的な言葉にされている。

桜にはいささかとおい季を選び死して聞きおるわれの久遠偈　（『転調哀傷歌』）

雨はやんだ　やがておもたい夕暮が提灯もさげずまたやつて来る　（『風に献ず』）

奴は女優　せつなくおれに哀訴した舞台の裏は忘れてやろう
革命の蜂起があらばまぼろしの君の夫に銃口むけん　（『退嬰的恋歌に寄せて』）

この時期には、この種の停滞する情緒の周辺しか拾うことができない。「革命の蜂起があらば」などは福島の短歌作品のなかで最低の情緒であるといってよい。ふざけるなとでも言い捨てるよりほかない代物である。政治的理念にたいし、情況の推移にたいし、またじぶんの日常感性の位相について根柢的な問いを発しなければ、この種の停滞を打ちやぶるすべはなかった。それは福島の致命点であり、わたしたちのすべての致命点であり、ここでこのことを提起することすらできずに、死に体のまま生きているふりをしている者は、すでに根源的に破産しているのだ。ただその破産が、視えないかまるで自ら気づかれぬことで、破産は二重であるにすぎない。おそらくこの地点ですべての戦後左翼は終っているのだ。

戦後はブルジョワ的にもプロレタリア的にも錯誤されてきた。また現代的にも反現代的にも錯誤されてきた。わたしたちは切断すべきものに執着し、貌を背けるべきものに貌を向けることで、無限の喪失を唱いつづけたのである。けれどほんとうは喪失し切断すべきものを唱うべきではなかった。ただまだまったく未明のもの、暗がりのなかに視えぬものが獲得できないことだけが問題であった。この世界がはらんでいる無意識の闇に、形をあたえることが短歌的な意味であった。それなのに世界のどこかに、獲得された水準があるように錯覚して、そこに懸想し、喪失を唱ったときにわたしたちは躓いたのである。もちろん躓いたから喪失の歌がつくられ唱われたのではなかった。主観的な錯覚にもかかわらず喪失の歌が、貌の向け方が逆倒していたためにやむなく生れたということが、すべての情況の意味であった。

4

過去の体験の遺跡をふり切るのをさまたげるのは愛着と聖化の感情である。だが固執する心情が、たとえ固執に価しないと知っていてもなお固執されるところに、原型的な体験の意味があるといえる。福島泰樹のバリケード闘争の体験も、政治的な価値判断の次元では、固執するに価しない体験であったかもしれぬ。だがじぶんの原型に深く触れる体験を手易く失うことはできない。外部から問われるどんな価値判断も超えたところに、この体験の意味はおかれる。原型的な体験とは、いわば無意識のうちにかれの資質や運命を覗かせてくれたような体験を意味している。貯水池の底をのぞきこむようにして、いったん視てしまったからは、かれはじぶんの資質と運命を尋ねてとことんまで歩行する以外に道はない。いやだといってもそう促されてしまうといいかえてもよい。

福島泰樹の短歌的な出発は、最初の『バリケード・一九六六年二月』以来、瞬間に垣間見たじぶんの資質と運命の貌にはっきりと出遇うため、より深く掘りつづけ、じぶんのほんとうの貌と運命とを見定めようとする道程を意味した。けれど見定めようとするかれの視野のまえに、原型的なバリケード闘争の像があらわれて、しばしばかれを激情の言葉、その名残りの方へ連れていった。かれはじぶんに出会うよりまえに「叛乱」とか「決起」とかの、ほとんど通俗的な像の方へらっし去られてしまう。かれはまた繰返し、はじめからたどりなおさなければならない。それは体験の原型を断ち切りながら、しかもその体験のうちに貌をのぞかせたじぶんの資質と運命に出遇おうとする矛盾の実現を意味した。あるいは不可能にちかいことかもしれなかったが、体験の意味を生にふり当てる道であることに間違いなかった。理念的にだけいえば、はじめからバリケード闘争の体験的な意味などは、峻烈に否定しながら、なお釣り銭をあげることができるかというところにしか、問題はあるはずがなかったのだ。

だが人々は誤解した。いかにして原型的なたたかいの体験を再構成できるかどうかが問題なのだというように。そして拡散し霧消してゆく情況の不可避さにたいして、口さきだけで空虚を嘆いてみせたりしながら、もっとも退廃的な政治的デマゴーグになりさがっている自身のあぐらを許容しているのだ。けれどわたしは断乎として主張する。拡散と霧消の方がより正当なのだというように。問題はただその情況の不可避さのなかで、どんな釣り銭があげられるかだけだ。なぜならじぶんのもっている全てを否認してしまい、ただ釣り銭だけでしかこれからの情況を生きられないからだ。釣り銭以外のもので生きている積りになっている党派と勢力はすべて拒否されるほかない。

福島泰樹が過去の亡霊、あの原型的なバリケード闘争の体験を無化し、そこへ戻らないだけではなく、懐古的な政治的情緒として拒絶できるようになったのは、未刊歌集『夕暮』抄以後の作品、いいかえれば輓近の作品がはじめてであった。かれはこれが喪失なのか獲得なのかを決定できる場所にはいない。だが亡霊は（あるいは守護霊は）たしかにふりきられたとおもえる。あとは釣り銭だけで生きて愛して、たたかってゆかなくてはならない。

父島へ赴く若き友きみに挽く珈琲の春の曙
君に告ぐ五月芍薬今生の苦しい恋をしておつたのだ
四月馬鹿死ねぬ男のひもじさを笑いおるのか峰の白雲
肥前なる杵島《きしま》郡とぞ悲しかる十八歳の君の面はも
杵島郡有明北町四番地ゲバ強かりき男なりしが
君の任務は革命ぼくの任務はただ存《なが》らいて露となるまで
万物は冬に雪崩れてゆくがよい追憶にのみいまはいるのだ
おんなおみなおなごはいかがききと啼く尾長寂しき夕べとなりぬ

春の夜は寂しき極みわがむねの闇のピアノが鳴りいづるとも
その日やたらに咽喉《のど》渇きいて噴泉にあきたりるまで口付けていた
時宜《じぎ》に合わない顔を横目にわたくしはかなしく煙草《たばこ》を吹かすのだつた
飛ぶ鳥も遠くの空へむかうゆえ一生一緒に居て下さいな

（『夕暮』抄）

かの女探してくれよ新宿の空に揚げたや広告気球
いざゆかん俺のマントにそして雪は大高源吾の肩にも降った
それでは御免　後の世には添いましよう矢来の彼方に降る雪もある

これやこの季節はずれの扇風機　文也の爪に風送るため
さらば同志友人諸兄さむくない愛雅もやがてやつて来るゆえ
中也死に京都寺町今出川　スペイン式の窓に風吹く

（『中也断唱』）

ここに良くも悪くも福島短歌の立ち姿、その達成の頂きはある。そして口語止めと啄木の三行の歌のような「平明さ」と「フィクション」としての短歌という特質は本姿をあらわしてみえる。何が達成点なのか。惹きつける過去に動揺させられることもない、ゆるぎない〈今〉を獲得しているからだ。以前の短歌開眼のころの福島泰樹ならば「挽く珈琲の春の曙」のような表現はできなかったろう。つまり「春の曙」のところで細工ひとつ、異議中立ひとつ、の傷害を言葉に与えるところである。また云うことができる。「いざゆかん俺のマントにそして雪は大高源吾の肩にも降った」のような流れる温もりの曲線をかつてもたなかった。このばあいの「大高源吾」は瞬刻の仇討をひかえて徳利の別れをする情念の象徴でもないし、唐突さが詩的効果として意識されている「大高源吾」でもない。過去の記憶そのもののような、やわらかなその象徴である。それが福島泰樹が獲得したゆるぎない〈今〉の意味である。悲しくはない玩具、ということにおいて、すでに一歩この現実に喰い込んだ福島短歌の風姿がある。安心立命などは来るはずがないが、ゆるぎない否定の意味が開花するのをこれから俟つことができる。啄木の三行の歌の声調が、ここにかなり意識的に蘇っていることはすこしも偶然だとはおもえない。福島泰樹が短歌的な表現とどんなふうにつきあおうと志向しているか、をおのずから語っているのだから。

俵 万智

俵万智さんの第一詩集『サラダ記念日』（河出書房新社）は、歌集としては珍しいベストセラーになった。俵さんの歌が同時代に多くの人々の心をとらえたのは、平明でやさしい言葉で、誰にでもあるような情緒や感情の瞬間をうたっていたからでもあるが、もっと隠れたところにある理由は、この歌人が自分を特別の人間とは思っていない点だと思う。

いわゆる詩人と呼ばれる人々はみな、どこかで自分を特別な人間と思っているところがある。他には能力がないから仕方なく詩人をやっているという場合も含まれるだろうが、そういう何らかの自己規定をしているものだ。ところが、俵さんの歌は自分を何でもない場所に置いている。

「嫁さんになれよ」だなんてカンチューハイ二本で言ってしまっていいの　（『サラダ記念日』より）

有名なこの歌にしても、普通の女の子と普通の男の子の恋愛の一場面が、とても自然に描かれている。

かといって、自分を故意におとしめているのでもない。これは画期的なことだったと思う。

俵さんの登場に近い例を挙げるとすれば、明治の石川啄木ぐらいしか思いつかない。啄木の短歌も、それまでの日本の和歌では考えられない平易な言葉で、日常の何でもない出来事を歌った。しかし、啄木は、むしろ自分が天才的な詩人だと思っていた。

ところが、俵万智さんには、作品から推測する限りはそういう意識はうかがわれない。それも故意に「普通の人」を装って歌っているというのではなく、ごく自然にそうしていると感じられるのが新しい、この歌人が人気を集めたゆえんだと思う。

何かの専門家というのはみな自意識が強いものだ。そして、その自意識を隠したいと思って隠せない人と、隠さずに自己顕示するタイプの人とがいるものだ。だから、俵さんのような人が出てきたのは、おそらく詩人や歌人では初めてといっていい。

ひょっとしたら、俵さんも心の中では、啄木よりも自分のほうが天才だと思っているのかもしれないが、そのような自意識は一切、言葉の上に現れていない。こういうことは簡単にはできないことで、この歌人の才能であり、天才的なところだと思える。私にとっては、そんなふうに、その人がその職業や専門家「らしくない」、何でもないような顔をしていられるというのは、人間としての人格的な理想でもある。


愛人でいいのとうたう歌手がいて言ってくれるじゃないのと思う　（同）

普通の歌人なら「言ってくれるじゃないの」という感情が、対象である「歌手」と同じレベルでの表白に見えなくて、「自分のほうが上だ」という意識が前提にあるように感じられるものだが、俵さんの場合は全く同等の意識であるとしか受け取れない。もし対象が自分と同等でないとしたら、この歌人はそれに触れないだろう。

このような特異な才能が、『サラダ記念日』の衰えない人気の秘密だと思う。

万智《まち》ちゃんを先生と呼ぶ子らがいて神奈川県立橋本高校　（同）

多くの詩歌は、大部分が非日常の表現であり、一部は日常だというようにできているが、俵さんの作品はそうなっていない。全部が日常といってもいいし、日常的なところでしか表現していないともいえる。

この短歌でも、自分が県立高校の先生であることに関して、作者の価値観は何も示されていない。それが職業として高いとも低いとも自分は思っていないということが、単に事実そのままとしか見えない歌に表されている。

この歌人の才能が並々ならぬものと思えるのはこういう点で、普通なら、こういうことが何の考えもなくひとりでにできているとすれば、日常を描いた部分が、話芸でいう「ボケ」でやっているように感じ取れるはずだ。

ところが、俵さんはとても明晰な歌人で、「ボケる」ようなことができる人ではない。意図的に「ボケ」や「ツッコミ」を演じているわけではなく、ごく自然体だというよりほかはない。これを意識してやっているとすれば、相当よく考えていなければできないはずだが、実際には、それほど考えてやっているとは思えない。天性らしくも見えない、そうした隠された才能が、この歌人の表現を裏打ちしているのだと思える。

俵さんの短歌がかつてないものであるのは、例えば『サラダ記念日』を読んだ後では、彼女の師匠である佐佐木幸綱さんも、福島泰樹さんも、寺山修司さんも、同時代の歌人がみな俵さんのまねをしているようにみえてしまうところにも現れている。順序からいってそんなはずはないのだが、そう見えてしまうのだ。

我だけを想う男のつまらなさ知りつつ君にそれを望めり　（同）

こういう短歌に盛られた感情は、日常的な、よくある女性心理だともいえるし、過去にも何度も歌われてきたものだとも見える。いってみればテレビドラマの主人公がいいそうな言葉以上でもなければ、以下でもない。特に着想のよさがあるわけでもない。ひとりでに、普通の生活をしている中で出てきたと思われる感情をそのまま定着しているだけだ。

俵さんの短歌が支持されるのは、一つには現代の若く、賢明な女性の感情を言い当てているところがあるからだと思う。これは、人気のある優れた文学作品に共通する特徴でもある。つまり、多くの読者が「こういうことは私にもある。よくわかる」と共感できる要素をもっているのだ。

では、この歌人の本心はどこにあるのかというと、なかなか結論を出すのは難しい。作品からは、自然に、普通の息遣いをしているとしか感じられないのだが、本当にそうなのかという疑問は完全には消えないからだ。読む人によっては、意図的に自分を、そういう女性の立場に置いていると取る場合もあるだろうが、仮にそうだとしても、それはかなり身に着いた意識の仕方だと思われる。

結び　詩的な喩の問題

1　素朴な疑問から

今日は標題を「詩的な喩の問題」としてお話することになっています。「短歌的な喩の問題」としても同じで、できるだけ短歌に即して話してみたいと思います。

ただいま『言語にとって美とはなにか』の話がでましたが、ぼくはそこで短歌的表現ということをとりあげました。でも自分でとりあげてみながら、ひじょうに素朴な疑問がまだ残っておりました。その素朴な疑問ということからはいっていきたいと思います。それはどういうことか、短歌的表現の例をあげてみましょうか。ぼくの好きな歌に、

近江《あふみ》の海《うみ》　夕浪千鳥　汝《な》が鳴けば　心もしのに　古へ念ほゆ

柿本人麻呂『万葉集』（巻三の二六六）

があります。この歌はどなたが読んでもいい作品だというと思います。それはなぜかということを思いつくままに申しますと、上句の「近江の海　夕浪千鳥」はマ行音の「ミ」の重ねがあって、それがいかにものびのびとした感じを与えることがひとつあると思います。それからもうひとつ下句の「心もしの

に　古へ念ほゆ」はサ行音の「シ」のひびきが強くて、サ行音というのは半分音声を呑んでしまいますから、内にこもった感じを与えるその音韻が、とても大きな要素としてここにあると思います。それと意味の方からいいますと、上句の客観描写と、下句における内省的な主観描写の対照性が、意味の対照性としてたいへんいい感じを与えます。ということは、意識の流れが外部から内部へ、つまり上句と下句のところですぱっと折れるといいましょうか。そこが読むものにいい刺戟を与える理由ではないでしょうか。

なぜ疑問かということをもうすこしいってみます。「近江の海」だから琵琶湖ですが、その琵琶湖の夕暮に波が立っていて、千鳥がとんでいる、あるいは鳴いているとき昔のことが思われる、という単純な叙景と連想、意味的にはそれだけいっているのに、なぜいい歌なのかという疑問を、ぼくは『言語にとって美とはなにか』で「視線」だというふうに解いたと思います。単純そうにみえるけど、よく考えてみると、表現されるものと表現するものとが対応性をもっているところで「視線」の転換が複雑にやられているんだというふうに、ぼくは解ったような顔をしてくぎりをつけたように思います。しかしほんとうはそれだけでは疑問なのです。

自転車のうへの氷を忽ちに鋸もちて挽きはじめたり　　斎藤茂吉『寒雲』

という歌があります。この歌でいいますと、自転車のうえに氷があって、ただそれを挽きはじめたといっているだけなのにどうしてこれがいい歌なのか、という素朴な疑問がここにもあって、どこまでもひっかかってきます。
もうひとつあげますと、

ここの屋上より隅田川が見え家屋が見え鋪道がその右に見ゆ　　佐藤佐太郎『歩道』

という歌です。これも、ここの屋上から隅田川がみえて、そして家がみえる、さらに鋪道がその右側にみえる、といっているだけなのにどうしてこれがいい歌なのだろうか、疑問が生まれてきます。つまりさっきもいいましたように『言語にとって美とはなにか』では、「視線」の転換が複雑になされていて、だからこれが美をつくり、芸術になっているのだという言い方をしました。この理解ではほんとうはまだ疑問が残るのです。もうすこしそこのところをおし進めて考えてみたいと思います。

さきほど申しあげました柿本人麻呂の歌で、客観描写と主観描写が上句と下句で折れ曲っているため彫りが深くなり感銘をうける、そのうえ音韻の問題も大切な要素となってこの歌をいいものにしているといいました。つまりこの歌の枠組を保証している音韻の連鎖のリズム化（韻律化）されたもの、あるいは音韻それ自体は、あるなにか解らない表現「X」のメタフォア（暗喩）になっているのではないか、ということが主な問題となるわけです。そのメタフォアのもとになっているあるなにか、そのなにかがいえないかということまで、今日は考えをひっぱっていきたいと思います。

そこでふりかえって、短歌的表現の祖形となっている『古事記』歌謡の問答歌をみましょう。それは大久米命の入墨をみて伊須気余理比賣《いすけよりひめ》が、

胡鷰子《あめ》鶺鴒《つつ》　千鳥《ちどり》ま鵐《しとと》　何《な》ど開《さ》ける利目《とめ》（歌謡番号十七）

とうたうのに対して、大久米命が同じように、

孃子《をとめ》に　直《ただ》に逢《あ》はむと　我《わ》が開《さ》ける利目《とめ》（歌謡番号十八）

と答えるわけです。これは四・七・七となっていますが、五・七・七に収斂してくる表現です。なにをいっているかといいますと、最初の歌は、鶺鴒か千鳥かよく解りませんが、いずれにしろ小鳥のなかで目のところに模様があり、目が裂けているかにみえる鳥のように、あなたの目尻はどうして裂けているような入墨の模様があるのだろうか、といっていると思います。つぎの受ける形の歌は、おとめであるあなたに逢おうとして、目を張ってきらきらさせているので目が裂けてしまったんだよ、と自分の入墨をうたっているのでしょう。賀茂真淵、折口信夫両家にならって、これが短歌的表現のもっとも古いものだとぼくは理解しています。ぼくが朗読してもあまりいい歌には聞えないかもしれませんが、なかなかいい歌です。これはもともとふたりの問答歌ですが、あえてひとりが両方をうたっていると考えても見事な歌です。しかしこんな単純なことをいっているだけなのになぜいい歌なのか、という疑問がさっきと同じようにまたひろがってくると思います。その場合、ここでは音数律が役割を演じています。音数律とはなにかといいますと、言葉の音韻の韻律化ということだと思います。音韻はあるひとつの必然

の積み重なりを意味しているときには、それは意味なき意味ということで、それをぼくの『言語にとって美とはなにか』の言葉でいいますと、指示表出以前の指示性を与えることになります。それから音韻を韻律化するということは、自己表出以前の自己表出をつくることを意味しています。さらにいえば指示表出以前の指示表出をなお自己表出化することです。つまり自己表現として表現することは、すでにそこに韻律が含まれていますから美を形成するわけです。くり返しますと、意味としてはすこぶる単純ですが、それにもかかわらずとても豊かな美を形成するのはそのためだというふうに理解しています。もちろんここでも「あめつつ」とか「ちどりましとと」には、「ツ」「チ」「ト」というようなタ行音の重なりが、こもるような内部の積み重なりの印象を与える大きな理由になっているかもしれません。さまざまな理由が考えられましょうが、要するに言葉の意味と切りはなして考えてもなおかつ美が形成されるということは、日本語自体の音韻にその必然性があって韻律化がなされているからだということでしょう。ぼくはそんなふうに理解するのがいいかなと思ってきました。

ここで考え方をもう一歩進めるために問題を整理してみますと、短歌的表現がなぜ感銘を与え美や芸術を形成するか、ということをいうのに音韻の韻律化が大切な要素となっている、とさっきからいってきました。しかし、その音韻のリズム化（韻律化）や、さらには音韻自体がなにかある解らないもののメタフォアを形成しているということを解けば、もっと短歌的表現の解明に近づきうると思います。つまり音韻のリズム化は喩をなす、音韻は喩である、という方向でもう少し議論を進めてみましょう。つけ加えますと、この音韻は喩である、つまり音喩ということに関して深い考察をしたのは、このあいだ亡くなられました菅谷規矩雄さんでした。この問題をとても遠くまで理論的に進めておられました。ぼくもすこし別のところから考えてきたわけです。

2　擬音と乳児語について

(1) 擬音の世界

ぼくは短歌的な喩——音韻がリズム化されたもの——の問題に近づくために、意味とは別に意味するように思える世界を考えたわけです。ひとつは擬音の世界ですが、この擬音の世界については、菅谷さんも考えておられましたし、ぼくも『宮沢賢治』論で述べています。もうひとつは、まだ幼児にならない乳児語の世界です。このふたつのことを媒介として考えていけばもうすこし問題の奥の方までいけるんではないか、とそう思いました。

擬音の世界について、その使い方に感心するのは宮沢賢治です。例をあげてみましょうか。たとえば「鎌」が冷たく光っているさまを「シンシンシン」と表現していますが、イメージとしてもあざやかに鎌の刃先のひかりが浮んでくる気がします。それから、いまの方は知っているかどうか解りませんが、昔風の木製の脱穀機がまわっているさまを「のんのんのんのん」というふうに擬音で表現しています。こんなふうな擬音でいままで誰も見事に表現したひとはありません。そしてもうひとつあげてみますと、これはまったくの空想の世界ですが、彗星が空をよぎってゆくさまを「ギイギイギイフウ、ギイギイフウ」というふうに形容しています。彗星の動きがイメージとしてもよく浮んでくると思います。つまり擬音の世界というのは、意味のない音、音韻だけでもって現実の事象や対象に対し、あるいはイメージに対し、どのくらい近づきうるかということが根本的なモチーフとなります。

(2) 乳児語の世界

ところで、もうひとつ胎児語というわけにはいきませんから乳児語の世界について言ってみます。これは一歳ないし一歳半までの乳児の言葉ということになるのですが、しかしこの場合、乳児自体が発するというより、母親が発することが多いわけです。たとえば、乳児があるきっかけで笑うでしょ。そうしますと母親がそのきっかけとなった音を、むにゃむにゃでも、くちゃくちゃでもいいんですが、ともかく意味のない言葉を発すると乳児のなにかが喚起されてまた笑うということをみなさんも経験していると思います。この場合、意味なんかなにもないし、また意味なんか通ずるわけもないので、母親と乳児以外のコミュニケーションの普遍性もないわけです。しかし母親が発する音はすくなくとも乳児に通じているということを意味します。つまり音だけでもって作る世界、しかもその世界は母親と乳児だけが通用する世界、それは一種の言葉ですが、母親と乳児だけで成立する言葉でもあると思います。こういうことはありうるんでしょうか。言葉というのはふつう意味が作られなければ通じないことが常識になっています。しかしただ音の連鎖、アトランダムな音の連鎖だけで笑うとか泣くとかいうふうに通じてしまうことが、乳児と母親の間では成り立ってしまいます。これは擬音の世界とはすこしちがいまして、擬音の世界はある対象となる物や事象に対して、できるだけ近づかなければ成立しません。しかし乳児語の世界は対象を指そうが指すまいが、かかわりなく音の連鎖だけで成立する世界です。乳児と母親だけ、つまり特定のひとだけに通ずる世界は、いってみればオカルト的な世界のようですが、しかし動物などにもありうる世界で、かなり根本的な意味をもっていると思います。それは言葉の音韻にまで分節化されない以前の音声が、意味以前の意味として、また自己表現以前の自己表現たりうるということです。つまりかなり本質的で、起源にある音喩というふうに理解されます。

ここまできてぼくは、ぼくにとってだけではないかもしれませんが、『言語にとって美とはなにか』以来もっていた素朴な疑問、短歌的表現が単調で、複雑な意味の表現をしていないにもかかわらず、なぜ芸術的感銘を与えるのかという疑問に、もう一歩ふみ込んですこし解けてきたような気がしております。

3　音韻のリズム化（韻律化）の世界

これからすこし皆さんのやってこられた短歌の業績のなかで、これがどういうふうになされているかを例をあげて申しあげてみたいと思います。

鼠の巣片づけながらいふこゑは「ああそれなのにそれなのにねえ」　　斎藤茂吉『寒雲』

この短歌はいい作品だと思います。めずらしさのよさという稀少性ということももちろんあるわけですが、だれかわからない者が鼠の巣を片づけながら、鼻歌で「ああそれなのにそれなのにねえ」とうたっている、そのイメージの鮮明さがあると思います。短歌の世界、音韻のリズム化の世界からすれば、

「ああそれなのにそれなのにねえ」（ふしをつけてうたう。笑声）というのは、流行歌の歌詞で、ぼくらの年代ではとても流行し、また人口に膾炙した唄です。音声で表現しているわけではないのですが、黙読するだけでメロディまで浮んでくる作品です。つまりこれは一種の音声語、しかも楽音の世界を下句に使っているとみることができます。

つぎに楽音の世界ではなく、音声語の世界をとりあげてみましょう。

「塩壺には塩をみたして置きたいね」父の怒りも遠くなりたり　　山崎方代『迦葉』

ぼくの解釈はあっていると思うのですが、「塩壺には塩をみたして置きたいね」と父親がいうのを聞いて、ああ、おやじは怒っていたけれども、その怒りも遠くなったんだなあ、そういっているのだと思います。つまり上句は単に音韻だけではなく、音声としても受けとれるわけで、それがいい作品だという大きな要因になっていると思います。これは音声を導入した表現ですが、擬音を導入した作品もあります。

ツチヤクンクウフクと鳴きし山鳩はこぞのこと今はこゑ通し　　土屋文明『山下水』

この歌は、山鳩が鳴くのを、ふつうは「ほうほう」という擬音で表現するのですが、それが「ツチヤクンクウフク」つまり「土屋くん空腹」と聞えたというのだと思います。一種の擬音の世界ですが、さきほどから申しあげている乳児語の世界もそうで、この種の試みは幼稚めき機知めいてみえる、あるいはウィットやユーモアというふうにみえます。それは本質的には擬音の世界も乳児語の世界も同じものであるわけで、人間を幼くさせる要素をもっているということでしょう。今日の主題から考えますと、音は意味から離れて暗喩たりうるか、という根本的な問題に対するたいへん見事で大切な試みを提起していると理解されます。遊びのようにみえながら貴重な試みだということができます。

もうひとつ音声語の世界を導入した短歌をご紹介します。

おいとまをいただきますと戸をしめて出てゆくやうにゆかぬなり生は　　斎藤史『ひたくれなゐ』

「おいとまをいただきます」という上句ですが、受けとる方からいいますと、これは音韻ではなく音声です。こういうふうにみてきますと、音の占める位置、あるいは音による交通というものがどれだけたくさん導入されているかということが解ります。ふつう短歌や詩の世界は黙読する以外にないのですが、そのなかでこんなにもおもしろい試みがなされています。

さてその種の試みが意識的でもあり、もうすこしはっきりしたモチーフでなされている例をあげてみましょう。

錐・蠍・旱・雁・掏摸・檻・囮・森・橇・二人・鎖・百合・塵　　塚本邦雄『感幻樂』

この歌の場合は実験的な意図があるわけですが、ラ行音の「リ」の連鎖〔きり・さそり・ひでり・かり・すり・おり・おどり・もり・そり・ふたり・くさり・ゆり・ちり〕でもって歌全体がつらぬかれています。これは擬音の連鎖ですが、もうひとつ漢字からくる意味の形象ということもあります。漢字は視覚的にいいますと象形文字ですから、その象形文字の大転換が「錐」「蠍」「旱」「雁」というふうになされているおもしろさがあります。この種の試みは遊びといえば遊びですが、しかし音とはなにものかのメタフォアであるという観点からいえばたいへん貴重な試みをやっているとぼくは思います。

こんどはもうすこし若い作者で、

大工町寺町米町仏町老母買ふ町あらずやつばめよ　　寺山修司『田園に死す』

というたいへんいい歌があります。ここには「町」という音の連鎖と、「町」は「巷《ちまた》」ですがそういう意味の連鎖もあります。この音や意味という両方の連鎖のほかに、機知やウィットやさらに実験的ということも含まれていていい作品です。

こういうふうにたくさんの例をあげてきましたが、これらの作品は意味とのかかわりのなかで作られていて、意味と音は完全には分離していません。したがって、その音というのは完全に擬音の世界でもないし、ましてや乳児語の世界でもありません。音韻と韻律とを異化し、目立たたしめることを意図的にやっていることが解ります。しかし全体的にいえば一種の幼さの表情があります。試みとしていえば理知的で、しかも意図的にあるいは無意識的にやられていることを、ぼくはもっとさきの方までひっぱっていきたいというふうに考えます。つまり、完全に音は音として、音韻であろうが、音声であろうが、音の連鎖であろうが、それ自体が喩を形成し、美や芸術を形成するということまで徹底して考えたほうが、韻律ある世界の創造に対していいんではないかと思います。つまりそういうところまで話をもう一歩進めてみたいわけです。

4　音喩を含んだ短歌（詩的喩）

例をあげてみましょう。

アナロナビクナビ睡たく桐咲きて峡《かい》に瘧《おこり》のやまひつたはる
ナビクナビアリナリ赤き幡もちて草の峠を越ゆる母たち
ナリトナリアナロ御堂のうすあかり毘沙門像に味噌たてまつる
アナロナビクナビ踏まるゝ天《あま》の邪鬼《じゃき》四方につゝどり鳴きどよむなり

宮沢賢治「祭日（二）」

これは宮沢賢治のわりあい晩年の短歌です〔宮沢賢治の全集各版には短歌ではなく文語詩未定稿として収録〕。上句の「アナロナビクナビ」などはいずれも法華経のなかの陀羅尼の呪文になっています。これはぼくらには意味が解りませんから、いずれにしろ意味がまったくない言葉ということになります。意味をもってこの上句を理解し、下句につなげようとしても宮沢賢治自身そういう気はなかったと思います。そうしますとこれはなになのでしょうか。むにゃむにゃという乳児語の世界と同じで、母親が乳児に対してわけの解らない言葉をいうと、乳児の方は反応して笑うという世界とまったく同じだといっていいと思います。下句の方は完全に解ります。そしてこの上句は、意味がない、あるいは不明にもかかわらず下句の喩を形成していることは、皆さんの方が専門家だからよくお解りになるでしょう。喩を形成しているという意味は、今日のお話で考えてきたことに添っていえば、極限まで音喩の表現がやられていることを意味しています。つまり音喩でもない、もちろん意味でもない音のめちゃくちゃな連鎖が、なおかつ喩を形成しているということができますし、それはなにものかの喩であるということを、これほど見事に表現しているものはないと思います。それではなにの喩になっているかということをいってみたいのですが、ぼくの鑑賞力があてになるかどうか解りません。ともかくこの法華経の陀羅尼の呪文をもってきていることは、宮沢賢治の宗教的というか、信仰的な意識みたいなもののメタフォアになっていることは理解できます。つまり学問的に解説しろということになればそういうことになるでしょう。しかしぼくはすこしだけちがうような気がします。どういったらいいのか、薄暗い、あまり人間のいるイメージのしない、ひっそりとした田舎のほこらの、いやだなあと思っているかどうか解りませんが、そんな色合いの感じがあります。そういう感じのメタフォアになっているのではないかとぼくは思います。皆さんが解釈されたらもっといいなにかのメタフォアだということになるかもしれません。これは短歌の理解の本質にかかわってきますから、ぼくはさしあたってこの解釈にしますが、けっして固執するものではありません。ともかくもなにかのメタフォアになっていることは理解できます。この歌は宮沢賢治の初期の歌とはくらべものにならないほど成熟したすばらしい作品です。単なる機知である、乳児語の世界である、擬音の世界、そして一種の実験的作品であるといってしまえばそれまでですが、そんないい方をこえた本格的な感じと感動があって、しかも短歌芸術の本質にかかわるところのものが表現できていると思います。

ところでこの種の試みがもうひとつあります。

寂かなる高きより来てわれを射《い》る労働の弓　ラム、ラム、ララム
しりぞきてゆく幻の軍団は　ラムラム、ララム、だむだむ、ララム
いづこより凍れる雷《らい》のラムララム　だむだむララム　ラムララムラム

岡井隆『天河庭園集』

この作品もたいへん見事です。擬音といえばいえないこともないのですが、むしろアトランダムな音の連鎖というのが、喩をなして走るんだということを証明するとてもいい作品の例だと思います。これは宮沢賢治の試みとともにたいへん貴重な試みです。ここで岡井さんがやっていることは、音数律を崩す試みと、音が喩を形成するという二種類の試みであり、それはたいへん大きな試みだと思います。

こういうふうに音は、意味をはなれて喩を形成するのだということを強調しますと、歌人の皆さんは、実験とか、機知とか、ユーモアならいいけど、こんなものをいいといってもらったら短歌というのはたつ瀬がないんだといわれるかもしれません。そしてわたしにもそういうのを作れっていうのか。そしたら短歌ってのはやめにして、上句も下句も「ララ」というふうにやってしまえ（笑声）、そんなふうにぼくはいっているのではないつもりです。ただ音は意味を離れて、メタフォアを形成しうる、というふ

うに徹底的に考えないと短歌の良さが解らないので、その解らない疑問からはじまってこういうことをいっているわけです。

それではこれを強調するために、もうすこしだけさきへいきたいと思います。

さきにちょっと触れました菅谷さんは、若くして亡くなられたわけですが、亡くなられる二、三年前から「やったな」という感じをぼくらはもった時期がありました。菅谷さんは、もちろん理論的にも音韻、韻律を含めてとてもよくまた深く考察された方ですが、実作品のうえでも、亡くなる二年くらい前にすごいところまできたな、というふうにぼくらは感じました。こんなことをいうと詩人の方は、またこれを書けといっているように思われると困りますが、でもすごいなという実作品をここにあげて、今日お話した問題をもうすこしさきまで皆さんにお伝えしたいと思います。

つぼ　ウツホ　ひとつ　地にこもり　ツボみ
けものめくむなさわぎの
石に　みち　みちミツ　もの
名あるゆえの、モノ、もののけ、
　タマシイに、さわりたい、ヨ。
うちのタマ　いなくなった

つかのまのタマばなれ
サキタマ・ところざわ　めぐり
川こえてウマ肥えて　コマ　いるま　タマ
　　　　　　　　　　菅谷規矩雄「ＭＥＴＳ　８４（ｐａｒｔ１）」部分

これは意味をたどることはまったくできませんが、一種の類音の連鎖の持続として読むことができます。しかし短歌的表現でやられていることとどこかちがいます。たとえば一行目の「つぼ　ウツホ　ひとつ　地にこもり　ツボみ」の「つぼ」を、意味としてとらないで音韻としてとりましょう。そう、音韻なんですよ。「つぼ」から連想される「ウツボ」というのは靫ですから意味としてとれます。「ひとつ」これも意味です。「地にこもり」も意味、「ツボみ」は音の連想です。つまり音韻、意味、意味、意味、音韻というふうに、この一行のなかで音韻としてとれるものと、言葉の意味としてとれるものとがアトランダムにつらなってやってきます。これはシュールレアリスムと同じで、無意識の音からくる連想、つまり「音想」と、無意識の表現、それが詩を成立させているということが解ります。短歌の場合よりはるかに意味と、音韻と、意味にも音韻にもならない音の連鎖と、そうかと思うと「タマシイに、さわりたい、ヨ。」というような深刻な一行がパッとでてきたりして、そうとう複雑な転換がなされているわけです。しかし、こういう詩をナンセンスだという見解ももちろんありうるでしょう。そのひとのもってきた宿命的な無意識的な連想が、この詩に結晶していてたいへんいい詩だとぼくは思います。つまり菅谷さんの場合、自分の宿命的な無意識と、音韻に対する理論、音がメタフォアになりうるという根本にある認識とがあいまってこういういい詩になったと思います。ぼくたちにとっても、もちろん菅谷さんにとっても最終の達成だと思うし、日本の近代詩以降の現代詩にとってもひとつの頂点をなす表現だと思います。これは詩一般より、短歌的表現の場合もっと考えられていいことですが、菅谷さんはその根本にある問題を、理論の面でも実作の面でもさきの方まで進めていったとぼくは考えています。

もうすこしいいますと、いまソ連とか東欧とかの社会主義が崩壊したとか、クウェート問題がどうとか、テレビや新聞でいわれていますでしょう。それについてさまざまな意見があって、重々しい意味のある言葉が満ち満ちています。しかしほんとうのことや、本音はどうもあいまいで、なにを言うつもりなのか解らない言説に満ちています。そういうときに菅谷さんのこの詩を読んでごらんなさい。はるかにこのほうが切実でほんとうのことをいっているということが解ると思います（笑声）。すくなくともぼくにとっては、意味のない音の連鎖が喩をなしうるということのほうが、逆説的ですが切実な問題で、菅谷さんの試みはそれほどに重要な意味をもっていると思います。

音韻を韻律化すればなにかの喩たりうるか、そのなにかとはなにか、これは短歌的表現を離れてみても今後のぼくに問いかけられている問題かと思います。今日はこれで終らせていただきます。

付録

対談　寺山修司×吉本隆明

死生観と短歌

劇的な「死」について

吉本　寺山さん、この一月八日付「朝日新聞」の岡井隆さんの文章読まれたですか。おとしよりの死の歌、高年齢層化した時代の老いの歌みたいなものが、適応を欠いていて、ここで挙げている作品では五味保義だけが適応できていて、そのあとの歌人はそれができていないといっているのがおもしろかったんですね。

歌というのは、安心立命の老いとか、死とか、劇的な死とか、そういうものに対してはなかなかいい表現の切り口をもっているように思いますが、いまみたいに高齢化社会になって、劇的な死もなければ、安心立命の死もだんだんなくなって、親子・兄弟・眷属に取りかこまれて自宅の一室で死ぬみたいなものがなくなってくると、岡井さんがいっている老いとか死の歌は、どういうふうに詠まれるのかという問題があるような気がします。

寺山　いまおっしゃった「劇的な死がなくなって、安心立命の死もむずかしい」ということについてですが、もともと、劇的な死というものがあったのかどうか、ということについて考えてみたい。劇的死として「ある」ものと、劇的な死に「なる」ものと分けて考えたとき、あらかじめ劇的な死というものは、「ある」のではない。

何が劇的な死に「なる」のかということについて検証することが死について考える糸口になるのではないかという気がします。そうすると、劇的な死を準備するということ自体、短歌形式にそぐわなくなってきたという気がする。たとえば、三島由紀夫のような死を「劇的な死」としてとらえて、彼に遺された短歌を劇的な死に対応した短歌といっていいのかどうかという問題が一つある。おそらく、三島由紀夫の残した「劇的な死に臨んでつくられた短歌」よりも、五味保義の歌のほうが切実に見えるような時代感情がぼくらをとりかこんでいるのだとすると、そのことがきわめて問題だという気がするんですけどね。

前田夕暮の歌をめぐって

寺山　ここに編集部のあげた三首の短歌がありますけど、そのなかで最初に奇異に感じたのは前田夕暮の歌です。

生涯を生き足りし人の自然死に似たる死顔を人々はみむ

とありますね。

吉本　つまり自分の死ぬのを愛した歌ですね。死顔を予想してつくっておいた歌ですね。

寺山　ぼくらが死について考えるときに、マルセル・デュシャンの「死ぬのはいつも他人ばかりだった」という言葉がいつも思い出される。確かに死ぬのはいつも他人ばかりなんですね。自分が死ぬということを自分は見ることも語ることもできない。それを経験化することはできない。にもかかわらず「死ぬのはいつも他人ばかり」というひとつの真理を引き受けながらこの歌を読むと、ナルシスティックなものとしてとらえたらいいのか、酷薄的なもの、リゴリスティックなものとしてとらえたらいいのか非常にとまどうわけです。

吉本　ぼくは、いまの歌も、「わが死顔」の一連の歌も死の歌じゃない気がするんですね。なぜ死の歌じゃないかというと、歌っている場面に登場する自分を、もうひとつの自分が見ているという視点がなければこの場合は死の歌にならないので、これは単に死をテーマにしていくつかつくっておいた歌という、主観的にいえば、自分の死のあとに読まれることを予想してつくったのかもしれないけど、主観的な歌になってなくて、自分の死を見ているもうひとつの目がどこからも照射していないという感じがするんです。死顔をテーマにした歌にしかなってないんじゃないか、軽いような気がするんです。

寺山　ここには死を認識しようとする姿勢がまったくないんですね。まるで、「面打ち」が、面を一つ打ち終わって、そのできぐあいを人々がどう見るだろうか、気にしている。

吉本　そう思いますね。

寺山　そういう意味で、死がいともかるやかに定型化してゆく過程のなかで、自己慰藉の心の動きが手にとるようにわかる。少なくともこれをつくったときの夕暮は元気だったのではないか、そして死を忘れていたひとときにできた歌なのではないか。

吉本　いまのことと関連して、いつも死ということについて引っかかっていることは、独創的でもなんでもないんですが事実として青年があり、中年があり老年があり、そして死がある。そのまえに病気があるとか、事実としての死と、死というものを認知する、認識するというか、あるいは、自分のからだのなかに入れるということとは次元が違うんじゃないか。その場合に、事実としての死ということと、次元の違うところに死というものの認知をもつことと、そのもっているということをあらわさないということと、そのふたつがどうやって可能なのかに引っかかるんですね。〈生涯を生き足りし人の自然死に似たる死顔を人々はみむ〉を読むと、おそらく、自己の死について問題になるようなことは全部含まれているんでしょうが、全部あいまいになっている気がするんですね。

寺山　まったくそのとおりだと思います。死には、生物学的な死と、観念としての死（生きている人間の財産として神話とか宗教とかの母胎となっている観念としての死）とがある。そして、そのどちら側に興味をもつかということは、一様には決めがたい。ぼくは、生物学的な死を、観察しながら短歌にするというのは非常に滑稽なことだという気がする。

吉本　かっこうよくいうと、リルケが『マルテの手記』で「むかしの人は、心のなかか、おなかのなかか、胸のなかか、どこかに死というものをちゃんともっていた。だから生そのものがりっぱだった」といういい方をしているのと同じで、どこかにそれをもっている。胸でも頭でもいいんですがもっていて、しかも、もっていることが、外へ出てきたら、仏教みたいな宗教になってしまうから、それはあまり好きではないんです。外にちっとも出てこないけれどもどこかに入っている、そういうことがどうして可能なのか、どうやったら可能なのかという問題のような気がするんです。

寺山　たとえば、人類というか、人間というものをいままでは道具をもつもの（ホモ・ファベル）、頭脳をもつもの（ホモ・サピエンス）、言葉をもっているもの（ホモ・ロクワクス）と分類して見てきたけれども、「死をもつもの」としての人間――そういうとらえかたがある意味で不完全だった。

吉本　そういうことだと思います。死のもちかたは、どれが正当なもちかたかわかりませんが、ある正当なもちかたを想定すると、それが見つからないのが問題なんじゃないかと思うんです。それはきっと、岡井さんの老いのもちかたがうまく決まってなくて、人のことをいわなくても、ぼく自身も意識の射程に入ってくる年になっていますから、そこのところをどう対処するか、認知するかがよくわかっていない。寺山さんはそれほどの年齢じゃないでしょうけれど。

「死」を問うことの意味

寺山　どうでしょう。吉本さんはご家庭をもっていらっしゃって、お子さんもいらっしゃる。そういう場合「持つ」という言葉に対する感じかたが、ある意味でかなり即物的というか具体的なのではないか。家のどこに何が置いてある、娘さんは何処にいる。「ある」とか「いる」という位相が、自分の位置との関係としてかなり的確に認識される機会があると思うんです。ぼくは東京に出てきてから、病院から出たあとアパートで一人ぐらしだった。一人の場合、「人間というのは非常に不完全な死体として生まれてきて、それから完全な死体になってゆくプロセスみたいなもの、つまり、成熟していくことは死に向かっていくことだ」という気がすることがある。死というのが『マルテの手記』のようにどこかにもつというかたちではなく、全体として（つまり環境として）認識されるという感じがあるわけです。つまり、持ちかた、対処のしかた、認知のしかたというかたちでうまく処理しきれない。もてあますわけですね。だから、永井荷風が踏切で電車が通過したら死んでいたみたいなかたちの、老いでもなければ劇的な死でもない。ある種の偶然としてしかみえないような死――そういうものが一番似合っているという感じかたをすることがある。

吉本　なるほどね。ぼくのイメージでいうと、寺山さんの例もそうなんでしょうが、たとえば西欧の死は、自動車事故で死んでも、マンションの一室で死んでも、何となく索漠とした死みたいなものが浮かぶわけです。もうひとつ対称的なところに日本の近代以降の一種の円熟した死、親子・兄弟・親族全部が枕頭に集まってなげくなかで死ぬイメージがあるとします。ぼくは、可能性としてどちらにもいかないような気がする。いかないんなら、どういう位置で死というものを認知するのか、何か全部集約された問題になって出てくるように思います。寺山さんの場合には、西欧の死みたいなものがわりにぴたっとはまってくるんでしょうか。

寺山　いやいや、そういじわるくおっしゃるけど（笑）。ぼくはアパートで一人で寝ているわけです。そうすると、毎晩寝るときに、明朝、目が覚めるかどうかという保証はない。映画やテレビのドラマでは必ず終わりに「おわり」とか「ＥＮＤ」と出るでしょう。眠っている間にそのマークが夢のようにパッと出たら、それからあとは目が覚めないんだろうと思う。毎晩寝るときに、あしたほんとうに目が覚めるだろうかと不安になって、必要もないのに目覚まし時計をかけてみたりすることがある。おそらく、目覚まし時計が鳴れば目が覚めるという保証もないわけだから、不治の病になって入院すれば、ますます目覚まし時計のかずはふえていくんじゃないか。そういうかたちで目を覚ますこと自体が、新しい死体として蘇生してくるだけに過ぎないという感じかたがあるとすれば、そういう意味では、西欧的、東洋的という二元的な分類ではとらえきれがたい気がします。片一方には菜の花と浄土があって、片方には非常に孤独な地獄の大都会があるという対立的なものではない。むしろ、処理しきれない自分の終わりというものを、人工的に決着をつけるのがいいのか、なりゆきにまかせるのがいいのか、その間で引き裂かれているという感じを持っている。

吉本　生物としての人間の死、自然科学的にみられた死みたいなもの、また死んだらどうなるか、また、来世みたいのがあって、もしかすると生まれ変わるかもしれないという宗教的といっていい死のあり方、どうも、その両方とも違うという気がしてしかたがないです。どっちもほんとうじゃないような感じです。人間というのはだれでも死ぬとか、生物学的にいえば、としとって死ぬとか、老いて死ぬのはわかりきっていることだといういいかたのなかに含まれている死も違うような気がします。どこかに、死ではない、死の認知のしかた、表現のしかたが必ずあるに違いなくて、それを見つけることがいまの問題じゃないでしょうか。つまり現在の死というのは、リルケ的ないいかたをすると、全部無名の無意味な死です。だれだってそうなので、二、三日だけ記憶されるかもしれないけれど、次の時間にはふたがぱちんと閉じられて流れていっちゃう。未開時代とか原始時代だったら、ぱちんと閉じられたってどこかにちゃんと存在していて、またどれかのところに入って生まれ変わってくるみたいな認識がちゃんとあったんだけど、ぱたんと閉じられたら時間が連れていっちゃう。そういう意味で無意味な死しかないみたいになって、そうとうなスピードで無意味な死が運ばれてゆきます。そういうところで、本格的な意味で、死というのは、表現としても認識としても、問わないとだめなんじゃないか。宗教的でもだめだし、科学的、生物学的でもだめだし、どこかに違う死があるんじゃないか。そんなことがそうとう大切だといつも考えます。どういうふうに考えていいかわからないんですがひっかかるところです。

現在の社会のなかの老いは、ほんとうに無意味にかしずかれている。そのことは五味保義さんの歌だけが歌えている。歌として劇でも感動でもなく、ロマンチックでもなく、ほんとうに無意味に、糞尿の世話をはたの人にしてもらうという歌なんだけど、それは無意味な死がちゃんと歌えていると、岡井隆さんはいっているんだと思うのです。そのほかの老いの歌は、ほんとうは現在、死が無意味になっちゃっているのに、そのことに気がついてない。また、表現が追跡してゆけない。従来の歌のパターンの認識でもって歌ってしまっている。そういうことを岡井さんはいっているんじゃないでしょうか。無意味な死なんだから無意味な歌ができるのは当然ではないか、その当然なことが五味さんだけができているんじゃないかって、ほかにはないじゃないかと、ぼくなりの理解ではそうなります。

寺山　吉本さんは、自身の死を考えるとき、無意味な老い、無意味な死というふうに認知することを寛大に受け入れることができるわけですか。

吉本　それは受け入れると思いますよ。いたしかたがない。死というのは、いつでもどこかで、次元の違うところで生を見ているから、見ているものの位置を確定する、認知することだけが問題なんです。ぼくはいやでしょうがないんですが、子供に自分の下半身の世話をしてもらわなくちゃならなくなってゆく自分を認めがたいです。次第にあきらめるかもしれないですが。三島由紀夫さんみたいにすれば別でしょうが、できないと思うから、それとは無関係に、次元の違うところに死の位置を確定したいということだけなんです。望みは。死としてはどうせ無意味にしかならないと思います。

寺山　たしかに人間は死を認知できる存在として死の文化というものをつくってきた。葬式儀礼は、その一つのあらわれでした。ところが、動物は自分の死を認知することができないから死の文化をもてなかったという考えかたがあります。しかし、自分の死を認めがたいと思っている動物はいろいろあるんであって、たとえば象の死骸とか犬の死骸というものを、犬自身が隠し、象自身が消してしまうということを見聞することがある。そうすると、老いを老いのままで放置することが、たとえば五味さんの歌が、無意味な死をさらすことによって、非常に寛容になっているという考えかたとして受け取れるか、そういうかたちでのナルシズムに自分をさらして、そこに五味保義と署名し、自らに寛大でいることを拒むか、という問題がある。ぼくなんか〈片手なれば納豆を食ふに苦しみて丼の飯を口におしつく〉ということを、五味保義というようにして人にさらすまえに、やっぱり象のように姿を消したいところがあるわけです。

吉本　他者のそういう表現のしかたに対してはぼくはわりと肯定的なんです。ただ、自分のこととしてどうなんだということになりますと、そういう場面で老いている自分とか、生存している自分とか、死に至る過程を歩んでいる自分を、とくに肉親との関連でどうしても認める気になれないんだよなあ、そこまではゆけないんだよなあと思います。

寺山　それは、さっきいったように、死ぬのはいつも他人ばかりだったということでの寛大さではないでしょうか。しかし、五味さんにとっては自分の問題なのです。吉本さんもまた、肉親との関係もふくめてお考えになることで、はじめて吉本さん自身の死の問題として出てくるんで、五味さんの問題をぼくらが語る場合「死ぬのは他人」なんだから、「老いてゆくのも他人なんだ」というかたちで受け入れるのは簡単かなという気がしないでもないんですね。

斎藤茂吉の歌をめぐって

寺山　どうでしょう。斎藤茂吉の、

暁《あかつき》の薄明《はくめい》に死をおもふことあり除外例なき死とい
へるもの

という、この「もの」が、簡単なものなのか、「死といへるもの」という、ことに対峙するものなのかを考えてきたんですけれどもね。中村草田男に〈たましひとは「事」か迹なし「物」みな凍て〉という句があって、魂というのは音がしないから事柄なのかもしれない。ものはみな凍てついてしまっている。そういった定義で、茂

吉の「もの」というのが、凍てついたような物件として存在しているのかなとふと思わせる意味で、前田夕暮の歌とかなり違うという感じをもたされる。

吉本　さっきの死顔の歌に比べると、このほうが死というものを歌っている気がしますね。ただ、ぼく自身は「除外例なき死といへるもの」という認知のし方は否定したい。意味ありげな死というのは……。

寺山　茂吉は「死が除外例のないものだ」というふうには必ずしも言ってないと思うんです。除外例なき死というものについての死を思うことがあると考えたとき、さっき吉本さんがおっしゃったことでおもしろいと思ったのは、死なないということはじゅうぶんあると思うんです。吉本さんが「おれは死んでないんだ、死ぬのは他人ばかりなんだから、自分は死ぬことはないんだ」と、茶の間で大の字になって、テレビをつけっ放しのまま死体になっていた、しかし「オレは生きているんだ」というのが最後の一言であった場合に、他人にとっては死だけれども、吉本さんにとっては死ではない。自分の死を最後まで認知しなかったという意味で、少なくとも自供してないわけです（笑）。そういうふうに考えると、死ということは、暁の薄くらがりで思うようなもの的な存在で、ほんとうに「除外例なきもの」なのか。場合によってはおれは不死の存在かもしれない。折口信夫は「この世の私はあの世のイルカである」と書いていますけれど、つねに視覚的、網膜的な世界でしか現実がないのではないと考えれば、死なないことは可能である。すなわち、「除外例のない死」というものはあり得ないんで、死そのものは、かたちとしては無限にあって、ほとんど例外という言葉でとらえることができるものではないということがあると思います。

死について語るときに、死そのものではなくて、死をまえにした生きている人間の態度の問題ばかり語って、輪郭だけなぞられてきた。死そのものについて、しかも自分の死そのものについて語られることがなかった。そういう不可能なテーマを短歌で扱おうとしたという意味で、この茂吉の歌は例外的な存在としてかなり評価していいんじゃないかという気がするわけです。

吉本　これは相当即物的に、目の前に死というものが認知するものとしてやってきたみたいな。編集部が用意した長沢一作の『斎藤茂吉の秀歌』では、「必然としての〈死〉を見つめている」と書いてありますけど、そうではなく、もう少し違うところにあらかじめ存在するものではないのか、とぼく自身は思います。歌として見たら茂吉的だと思いますが、何か違うかたちとか表現を空想したいですね。

寺山　実際に、これを茂吉自身が生物学的な死を見詰める歌だというふうに言っちゃうのはどうなんでしょう。吉本さんと蓮實重彥との対談で、読み手と、作者が書いたものとの関係とのシーソーゲームについて話していますが、あの議論を思い出すような気がします。短歌の場合にはかなり、書いていなかった部分を含めて、作品が成立すると考えざるを得ないところがあって、読者が勝手に輪郭をつくり上げてしまうのは危険だとは思いますが。斎藤茂吉という固有名詞によって支配される世界だけでなくて、もう少し余白を埋める領域を見出すことによって、斎藤茂吉という集合名詞ができると考えるとすれば、これをただ一人の老歌人の、例外なく自分も死ぬんだというふうにとってしまうのはつまらない気がする。

吉本　この解説のしかたは、あまりいい解説のしかたではない気がしますね。

寺山　たしかに「人々はそれぞれ誤解する権利をもっている」ということがあるわけでしょうから、こちらもかってに誤解することが許されるとすれば、そういう意味では長沢一作という人の書いている「哲学的意味合から遠のいて――生そのものとしてここにある」という、茂吉との同一感によって作品を共有する姿勢というのは、いっけん思いやっているふうでありながら、作品そのものを生ぐさく自分の体温で語っている気がして、ぼくはこういう鑑賞のしかたはしたくないという気がする。

吉本　この作品は、リズムとか、何かの情緒とか、感情とかが喚起されることをできる限り排除しているように思うんです。それがいいといえばいいところなんじゃないか。

寺山　茂吉みたいな定型の達人が、ここでわざわざ五七音のリズムを排して、死を歌う歌人がつねに自己複製化に陶酔しようとする傾向に対して、意識的に破調の形式をとって、散文風な表現法をとっているところが、死に対するかなりつきつめた認識のしかただと感じます。

吉本　それは賛成ですね。劇になる感情をできるだけ排除しようというところが、いいといえばいいんじゃないかという気がします。

寺山　死に際の歌人というのは、自分の死を演じるかたちで認知しようとするでしょう。あれは、要するにそのものを見詰めまいとすることで、演劇でいうと異化効果を避けて、自己複製化のなかに自分自身を隠してしまおうとする心の動きです。つまり、かんたんに死体になってしまう。そういうことを受け入れている。短歌という形式を選びながら、死そのものについては、初期の母親の死については、あんなに抒情的に定型で歌った茂吉が、自分自身の死の問題になったときに、散文的にならざるを得なかったという正直さを、ある意味で評価していいと思う。

吉本 賛成ですね。

短歌的リズムと感情移入

寺山 吉本さんは、もともと短歌に対して否定的だった部分というのは、リズムというか、定型のもっている自己複製性というものに対する疑いが、潜在的にあったような印象をぼくなんか受けてたんですけど、そんなことはないのですか。

吉本 そのこともあったんだと思うんです。短歌のリズムは、必然的に出てきたところまでさかのぼって考慮しなければいけないんでしょうが、そのリズムも、短歌的な屈折のしかたのなかに、自然とか事物とかに対する感情移入をするからではなくて、感情移入しない以前に、もう移入されているように思います。だから、意味としてたどる以前に、感情移入されているということがあるんじゃないかという疑いがはじめにあったわけです。いまもあるけれども。ただ、自分のリズムに対する考えかたが、いまだにうまくないと思っていますから、確定的なことはいえないんです。はじめから物が物として、自然が自然として、事物が事物として、短歌的なリズムのなかにはじめから不可能なんじゃないかという感じかたがあったと思うんです。それを茂吉なんかは、しゃにむに実相観入みたいなことをいうとか、写生みたいなことをいう。しゃにむにそうしようとしたんじゃないか。だからそれは無理といえば無理なんで、本来的に、短歌的リズムというのはそういうものなんじゃないか。ぼくはそうと思ったんですよ。自分のリズムに対する考えかたは本格的じゃないという疑問がいつもあります。

寺山 「名づける」というか、「ものに何かを命ずる」とか、ということが、言葉をはじめて持った人間のよろこびだったとすると、短歌には、名づける行為みたいなものがもう終わったところからしか出発できない宿命を感じているという、そういう短歌観がかなりの歌人のなかにあるような気がします。ぼくはいま、コロンビアの作家ガルシア・マルケスという人の『百年の孤独』という小説を読んで、その感想を映画にしてみようと思っているんですけれども、そのなかで、ある架空の部落があって、その部落の人がみんな不眠症に取りつかれる。その眠れないということを何とか克服しようとしているうちに、眠るたびに少しずつ記憶が薄らいで、ものを忘れるようになってゆく。放っておくと、これは何をするものだったかわからなくなってしまう。そこでテーブルにはテーブル、コップにはコップと書いておくことにする。勿論、ちょっといたずらをして、こっちにコップ、こっちにテーブルと書きかえることもできるわけです。そうなったときに、テーブルがコップになってしまうわけですが、少人数の部落だからそういうかたちでもみんな受け入れることができる。そうするとそのことの危険を感じて、ひとつひとつのものに名前と機能の両方を書いておくことにする。人間までが、この人はだれのむすこの何番目で、どういう性格で、と貼紙される。その人たちのなかに決定的に欠落しているのは、文字そのものを忘れるという恐怖感がないことなんですね。

短歌をやっている人たちのなかには、あらかじめ受け入れている概念そのものをつかって、概念を疑うことはするけれども、概念というものが存在するという疑いが根底的に欠落しているんじゃないか。だからマコンドの部落の人たちのように、そのなかでの了解が成り立つか成り立たないかということだけでしか認識が生きてない。そういうことが、ある種絶望的な気がして、ぼくは歌をつくれなくなって、十何年間か全然歌がつくれないんです。机に向って作ろうとはするんですけど、まさに、テーブルにはテーブルと書いておかなかったがために、短歌ではこれをテーブルといったのか、コップといったのかを思い出せない。そういうことのために、失語症みたいになっている。

吉本　いまのは、短歌についての根底的な問題と思いますね。それで、寺山さんはまた歌をつくる、歌を再び継続してゆくということはどうなんでしょうか。

寺山　いまのところできないんですね。

吉本　それは不可能だからですか。

寺山　やってみたいとつねに思っています。そういう意味で、自分は短歌から出発して、自由詩を書く人間に対して、短歌というものの意味をわりに真剣に考えて、つまり、吉本隆明が岡井隆と論争したりすると、ぼくも『言語にとって美とはなにか』を読んで、おれの短歌が一首出てきたと喜んでみたり（笑）、そういう青年時代があったわけですけども、いまはぼく自身、自分に不正直になっている。この形式をひとつの逆説として、つまりパロディとして、自分自身をそういう集団のなかにさらすことによって、ひとつ隠れ場所を見つけるということで短歌をつくるというごまかしをしない限りは、短歌はできにくい。つくる、つくると人には言っている。言いながら机に向ったり、旅に出たりするんですけれども、結局短歌にならない。そういうことのあせりが、自分自身を模倣するかたちで、いつの間にか自分の青年時代を複製化しようとしているんじゃないかという精神のはたらきにいらだちをおぼえたり、そういうジレンマのなかで、何となく、短歌雑誌で吉本さんと対談なんていうと、タイム・マシン的なね（笑）、戦慄を感ずる。

吉本　ぼくはね、短歌雑誌で寺山さんというと、はじめから定型で対談しろと言われているような気がします。これが短歌雑誌でなかったら、相当自由にできる。はじめから五七五七七で対談しろと言われている感じになって、そういう規制力があるんじゃないかな。たとえば、現代詩といわれているところでも、全然ないとはいえないし、小説といわれている世界でも全然ないとは思わないですが、しかし短歌ほどは濃厚じゃないですね。

類感呪術としての短歌

寺山　短歌というのは、ある種の類感呪術というか、こっちで一人の男の腹を五寸釘でどんと打つと、向うの三人くらいの男がばたんと倒れる、ふしぎに呪術的な共同性があって、それは吉本さんが書かれた『共同幻想論』でもとらえがたいような、怪異なものだという感じがします。

吉本　そうだと思いますね。そこのつかまえかたが、自分はうまくできない。また、茂吉なんかの声調といういいかたでも足りないし、場面の転換の早さが短歌だといったことで、もうだめなような気がして、そこがうまくつかまえられないんです。しかし効果だけは確かにあります。いまおっしゃったとおりで、こっちで五寸釘を打てば、むこうでちゃんと死ぬという、そういう感応性は、どこからきてどうなってゆくのでしょう。そう考えた場合に、やっぱりどこかで薄れてゆくんだろうと思うんです。薄れてどこへゆくのかさっぱり見当がつかない感じです。若い歌人の歌を見ていると、かなり自由に何でもやっているように思えるんです。それでもほんとうに自由があるかといったら、どうもそうじゃない感じがある。無からの自由にゆくに違いないと思うんですが、それがどうなるのかさっぱり見当がつかないというのが正直な感想です。ある意味でぼくは短歌に執着しています。短歌をつくらないけれども、読むことに執着しているのもそういうところにあるような気がするんです。寺山さんが短歌の世界を出ていって、それがどこで可能なのか、できればそれが見たいですけれどもね。

寺山　何か筋子の膜みたいに、膜で包んであるけれども、こっちを切っても、あっちを切ってもつながっているみたいな、そのいちばん深層部分では日本人という概念に呪縛されているという、何とも説明のつかないものです。ぼくの短歌を外国語に翻訳した人が何人かいるんです。それをもう一度日本語に訳してみると、もちろん短歌になりませんけれども、それだけじゃなくて、意味の組み立てによって再現した世界としてはわかる、しかしそうなったときに、非常にはっきりすることは、短歌は意味ではなかったということです。吉本さんが、新しい人たちがかなり自由に歌っている印象を受けるというのは、非常に好意的ないいかたでおっしゃっていると思うんですけれども、ぼくなんか見ると、ボキャブラリーは変わっても、短歌という部落に一歩踏み込んだ人たちをとらえる、不眠の病というのは抜きがたくあるなということです。ハーメルンの笛吹き男ではないけれども、笛が町のどこかで響いているあいだ、学校の教師をしている人とか、工員をしている人とかが、夜机に向って一所懸命に踊りはじめるんだと思うと、ちょっと恐ろしいなあという感じがします。

　ぼくは、要するに短歌のもっている自己回帰性というか、自己模倣性とかは、結局ダイア・ローグが成立しないからだとかってに考えて、それで演劇をはじめたわけです。演劇は、いやおうなしに他人との言葉の出会いで、自分の言葉の文脈がくずされてゆく。劇作家というのを前提にして、その劇作家が考えたことをほかの人に言わせるというかたちではなく、けいこしながら、言葉をつくってゆくかたちでとらえる。そうすると、自分の感性の範囲を越えるところから言葉が（つまり外側から）やってくる。そういうかたちで、短歌的な文脈を越えられるんじゃないかということですね。そうすると、肉体に関する関心とかいろんなものが、固有の人間としてではなく、関係のなかでとらえやすくなってくる。そういうことから演劇に興味をもつようになってきた。吉本さんには観ていただいたことはないですけれども、ぼくらのは小劇場のイメージに代表されるような一人の劇作家が、「ものがたり」をつくり、彼自身の欲望を再現するおどろおどろしい悪夢の世界ではなく、できるだけ思いがけない言葉と言葉が出会う、あるいは、ものとものとが出会う。そういうことの偶然性を想像力によって組織したい、ということなんです。勿論、そういう発想自体がかなり観念的なんですが。その原因は短歌というものに対するこだわりが潜在しているせいではないか、という気がする。

吉本　茂吉の「除外例なき死」ではないですが、短歌というものを、はじまりがあって、古今集があって、新古今集にきて、近代短歌になって、現代短歌になって、やがて死ぬんだという、そういう死滅論じゃなくて、さっきの話と関連させれば、短歌の死というのは、あらかじめどこかに入っていなくちゃならないという気がするんですね。

寺山　おそらく歌人たちは、八百比丘尼が数百年生きながらえて、亭主のほうだけがつぎつぎと死滅してゆくように、歌人だけはつぎつぎと死滅してゆくけど、短歌という形式は、まさに八百比丘尼のごとく生きのびている。最後は自滅する以外はしようがないもんだと思っている。だけれど、外側からもし死を与えることができるとしたら、それは一体何なのかを、真剣に考えるべきだろうと思う。たとえば、マルクス主義ははたして短歌を殺し得るかとか（笑）、そういう発想で考えたとき、少なくとも、いまのままでは引導は渡せない。

吉本　そう思いますね。殺せないんですね。人間の死が自然科学的な死で殺せなかったというのと、つまり、究極的な死というものを、自然科学的な、生物学的な死というつかまえかたではできないのと同じような気がする。寺山さんが、演劇にはダイア・ローグがあって、そのダイア・ローグということで短歌に死を与えるということを、ぴったりとそれがゆくということで、短歌に対してほんとうの死を与えられるという、そういうつかまえかたをしているんじゃないか、というようにといま聞いていたんです。ぼくはわりに一所懸命に短歌を読むほうだと思っているんですが、つくっている人も、読むやつも、どっかでやっぱり短歌の死、死を与える死をつかまえなくちゃ嘘だと思うわけです。その問題は、つくる人にあるんじゃないかって。短歌というのは永遠不滅だと思ってつくっているのは、ぼくには合点がいかないんで。

寺山　たとえば、戦後の諸科学や民主主義というイデーとかが、結局「家」を崩壊させることさえできなかった。家族制度をいろんな形で組み変えはしたけれども、しかし肉親の血の因果律を変えることはできなかった。はじめて危機が出てきたのは、むすこが金属バットでおやじの頭を殴るということだった訳です。そういうかたちで、家のなかで家をこわすエネルギーが内燃していったとき、はじめて「家」の不可能性があきらかになる。これは、吉本さんがいままでかなり熱心に疑問符を提起して下さったけれども、歌人がその問題に答えつつ、同時に短歌そのものが変容していくというふうにならなかった部分も含めて、短歌様式そのものが、自らを殺していくエネルギーとして現出してこない限りは、老いの歌と、青春の歌との輪廻を繰り返すだけに過ぎないという気がします。

吉本　たしかにそうで、つくる人と熱心に読む人のなかで、短歌を死なせられなかったら、ほんとうの意味の短歌の死が実現できないような気がします。

吉野秀雄の歌をめぐって

寺山　ついでみたいですが、吉野秀雄の、

古畳を蚤のはねとぶ病室に汝がたまの緒は細りゆくなり

に扱われている死というものをどう思われますか。

吉本　吉野秀雄の短歌のリズムは、たとえば寺山さんの短歌とか、岡井隆でも塚本邦雄でもいいんですが、そういう短歌のリズムと一次元違うような気がする。一次元違う短歌的なリズムというもののなかでは、これで限度というか、もしもそのリズムの次元を肯定するならば、限度まではよくできている作品じゃないかという全体的な印象ですね。

寺山　こういうことは気になりませんか。「古畳」で、まず畳が古いという説明ですね。そして「病室」ということで、もう一ぺん古い畳と病室の相乗効果が強調されている。さらに「たまの緒は細りゆくなり」といいますね。これは、火事が燃えて焼けたというふうな、一種の重ねのくどさですね。この執拗さが吉野秀雄の粘液的なしつこさであり、同じに、ひとつのリズムを支えているエネルギーだと思うのです。ただ、ぼくなんか西東三鬼の〈犬の蚤寒き砂丘に跳び出せり〉という句なんかのほうがよくわかる。犬のあたたかいからだから跳び出した蚤は、砂丘のような、とてつもなく広いところで、まさに死ぬしかないわけで、蚤が、これから何千里跳んでも広漠とした〈無〉を脱けられないということのなかにはっと胸つまるものを感ずるんですけれども。吉野秀雄のように、同じ蚤でありながら、命の代替えとして、古畳で病室であるとかたられたときに、ちょっとしつこいなあと感ずる。このしつこさが短歌なのかどうかの問題だと思うんです。短歌をつくる人以外のジャンルの人には、わりと吉野秀雄を評価する人が多いわけですが、それは吉野秀雄のくどさが、非常に短歌的なものとしてうつるからなのかどうかということに興味があるんです。

吉本　ぼくはそういうふうには思わないで、吉野秀雄と

いう人は、比喩でいいますと、ふわふわとした猫の毛をなぜているようで、しろうとのぼくらにわかりやすいんじゃないかと思っています。だからこの場合、貧のイメージとして古畳を、蚤がぴょんぴょん跳ねているところで寝ているみたいにとらなくて、情景の選択のしかたがかなりモダン、軽快さだってとれるんだと思います。それと「汝がたまの緒は細りゆくなり」。かなわないなあと感じますね。ここを、たとえば寺山さんでも岡井さんでもいいんですが、「古畳を蚤のはねとぶ病室に」といったら、ぜったいに、うしろのほうは細工すると思うんですね。表現的な細工をするはずで、もっと色彩なりイメージなりが小刻みに、よく出てくるように細工すると思う。それを「汝がたまの緒は細りゆくなり」とまったくあっさりやってくれるなという感じです。一種の軽快な不調和みたいなものがあって、それがこの人の特徴じゃないか。

寺山　ある種の男のユーモア。

吉本　そうです、そうです。

寺山　ぼくは吉野秀雄はある種の軽みというか、男のユーモアみたいなものを淡々と歌うようにみせながら、案外したたかな気がしてるんです。まず韻律が的確でしょう。実は横丁の隠居みたいに気むずかしく、わりとくどい人の表面的な人あたりのよさというかな。だから「汝がたまの緒は細りゆく」は、彼のテレであって前半の奇妙に綿密な部分につい用心してしまうところがあるんです。たとえば川崎長太郎の場合には、笑いと親しみみたいなもの、ある種の無手勝流的な隙だらけという感じには、自分に欠落している父性みたいなものを感じるわけです。だけれど吉野秀雄は、父性を偽装した母親という感じがしてちょっと用心してしまうんですね。

吉本　その意味はわかるような気がします。

寺山　破綻がないんです。

吉本　うーん。破綻がない、ですね。さればといって、正岡子規でも、小説でいえば徳田秋声もそうだけれど、何かしらうすみっともない中年男が、どてらかなにか着て火鉢にあたっているふうでもないんですよ。かなり軽快さがあるのがこの人なんだろうと思います。寺山さんや岡井さんたちのリズムと違う次元に、短歌のリズムをもっていったとぼくは思っています。いってみれば、ひとつだけ次元が違って、またもっと違うところには、長塚節とか、正岡子規とか、そういうリズムが根底にあってやってきて、これが中間に重なっているんだろうと思いますね。その程度には思いますけれども、どうなんでしょうかね。寺山さんほどは意地悪くなくて（笑）、軽さおもしろさみたいなものを評価しているんです。意地悪く見ると、確かにそのような気がしますね。

前衛短歌の内実を問う

吉本　ぼくは寺山さんがわからないところがあるんですよ。川崎長太郎の例が出ましたけれど、川崎長太郎や映画でいえば小津安二郎みたいなのを評価するでしょう。それがわからないんですね。そこを解説してくれないですか。なぜ評価するのかというのは、小津安二郎みたいのがいやだから、寺山さんの短歌的なリズムを、岡井さんは岡井さんの、塚本さんは塚本さんの短歌的リズムをつくっていったわけでしょう。と思うんですよ。つまり戦後というのは、短歌の歴史も、詩の歴史も、映画の歴史も、そういうのがいやだからしてきたわけでしょう。困るわけですよ。ああいうの評価されると。だけれども、評価の観点というのがあるわけだと思いますけどね。

寺山　このまえパリで小津安二郎の『生まれてはみたけれど』を見たわけです。それに、父親を尊敬していたむすこが、クラスで自分より弱い同級生の父親に対してぺこぺこ頭を下げている。子供の世界にあるヒエラルキーと、おとなの社会のヒエラルキーの違いを見せつけられて、むすこはおやじをなじるわけです。おれはあいつよりえらいんだ。それなのにおれの父親であるあなたが何であの男のおやじや、あの男にぺこぺこするのかと。すると、おやじは弁明する。あの人は社長だ。じゃあお父さんは社長よりえらいじゃないか、と。そういうことを語る映画ですよ。その映画自体は、ぼくにとってちっとも愉快なものではないですよ。ところが、その映画を撮っている小津安二郎のカメラの位置が極端に低い。そうすると登場人物は常に見上げられている。係長より低い目の位置にカメラがいるということがあるわけですね。ぼくらは人は話をするときに、サルトルの『汚れた手』にも、いいネクタイをしていた、というと、あなたは目よりちょっと下を見ていたのよ。あなたは負けていたのよ。というセリフがありますけれども、下から係長を見上げるという意味で、カメラの位置が奉公人の位置まで後退して、そこからすべての人を見上げている。やたら権力志向の監督とか、やたら俯瞰を撮りたがる監督がいますね。われわれのふだんの人間関係で、下を見下ろすことはあまりないのに、カメラを持つと高いところに登りたがる監督には、潜在している抑圧がかなり露呈されるわけです。それで、わかったということと、評価するということは必ずしも同じじゃないけれども、少なくともその作家をわかったと思った瞬間から、親近感が生まれるということはあるだろう。たとえば川崎長太郎の文学を評価するのかどうかといわれると、評価するといいがたい。ただ、ぼく自身父親がなくて育った。負の父性というか、マイナスの父性、そういうものを埋め合わせるために、男というものに対するいろんな関心が、文学のなかに模索される。すると、川崎長太郎は父親の不在を埋めあわせる道化を見事に演じている。そういう親しみを感じるのです。ところが、吉野秀雄の場合は父親型の歌人という評価を受けていますけれども、どちらかというと、むしろ母性をもって父を演じているという感じがして親近感をおぼえがたいわけです。そういう違いがあって、ぼくは吉本さんのように、史的に批評を構築していこうという姿勢じゃなくて、出会いの偶然性を自分の想像のなかで組み変える楽しみでじゅうぶんにすむようなところから川崎長太郎に寛大になり、吉野秀雄には用心深くなる。川崎長太郎とは一緒にめしを食いにいってもいいが、吉野秀雄とはちょっといやだとかね。そういうことにとどまると思う。それを、体系化して川崎長太郎論にまとめよ、となったときには、日本的父性への疑いからきちんと書かなければいけないかもしれない。

その場合には川崎長太郎というのは、一種の侏儒というかたちでしかあらわれてこないだろうと思います。小津安二郎についておっしゃいましたが、小津にはある種の明快さがあって、西欧人にはわかりやすい。ところが明快さをもたない、抒情的資質の映画作家は、なかなか評価が出てこないです。フランスなんか極端にそうです。感性だけでは絶対に納得しないというところがある。ところが短歌というのは感性領域だけで組み立てられているものもかなりあるわけです。明確さによって語り、腑分けすると何もなくなってしまうようなものがたくさんある。それに対してある種の明快さを持ち込もうとしたのが斎藤茂吉だと思います。そこで茂吉が、近代短歌史のなかでマイナスの働きをしたか正の働きをしたか、正か負かという問題はほんとうの意味で語られていないような気がしますけどね。

茂吉が、〈ふゆ原に絵をかく男ひとり来て動くけむりをかきはじめたり〉とつくる。「動くけむりをかきはじめたり」という論理性はかつての短歌にはなかった、「動くけむりをかきはじめたり」という描写、そういうものが短歌のなかにもち込まれたことは、短歌にとってどういうことなのかという議論なしに人々は簡単に評価して、茂吉の「実相観入」の実相というものの言葉の実相がそんなに問い詰められないままに定着していった。それは前衛短歌についていいわれるのと同じことで、ボキャブラリーとか、論理の組み立てかたが西欧的だったり、ほかのメディアの方式を短歌形式に翻訳したという手続きの功績だけによって前衛的であるという、非常にあいまいな評価をもって引き継がれて、それが若い人たちのあいだに似たものをつくり出していった。そういうことがある意味で短歌を遠まわりさせているという気がする。前衛短歌の根底からの疑い直しというのも、前衛短歌をつくった人間が、それこそ金属バットでおやじをなぐるようなことをしなければいかんのじゃないか。たとえば、塚本邦雄がナイフでぼくの腹を刺すというような、そういうことで自滅してゆくようなかたちにならない限りは、ほんとうの意味での前衛短歌の内実は問われることがないという感じがするわけですね。

それとは全然別に、吉本さんは自分の最期の死に際をどんなふうにイメージしますか。

理念としての「死」の設定

吉本　いま寺山さんが話されたことと関連していいますと、家もあって子供もあって、子供はあの受験生と同じで、いつでも無形の金属バットをもっているように理解しています。子供はきっと、いつでも無形の金属バットをもって生きていると思うんです。そのことと、現象的に親であり子であるとか、あるとき一緒にごはんを食べてとかいうことは、フィジカルなものとメタフィジカルなものとの関係と同じように存在していると思うんです。それと同じように、その延長線上に自分の死をたどってゆくとしますと、ごく自然に考えて、五味保義の歌じゃないけど、足腰が立たなくなっちゃって、子供に着せてもらったり脱がせてもらったりということになる可能性が一番多いような気がするんです。そのことに対して寺山さんと多少違うかもしれないと思うのは、そういう生きざま、死にざま、老いざまということについて、あまり否定も肯定もないんですよ。そのようになるだろうなあという意味合いでそのとおりだと思って。

ぼくが死というものをどう考えたいかといいますと、理念としての死があって、死というものをいつでも明確に設定したいわけです。これから老いるか老いないか、病気になるかならないかに関わりなく、明確につかまえて、場所を設定したいわけです。それはどういう場所かといったら、死んだらどうなるのか、天国にゆくのだとか、浄土へゆくんだとか、そんなものはない、無なんだ、ということになる、死んだらどう救済されるのかという問題ではなくて、次元の違うところで、いってみれば生と死の中間のところに必ず死は存在するはずだと思っています。次元の違うところでは死が想定されてなければならないことだけは確実であると思っているのです。その想定のしかたを自分で決定したいんだ、決定すべきなんだというのがぼくの課題なわけで、そのことが、いまいいましたように、としとって急激に死ぬのかもしれませんが、そうなって、いやだいやだと思いながら子供の世話になっているとか、病気でだだをこねているとかということと次元を違うところに設定したい。事実の次元ではどんな死にもあまり異議がないのです。もっといいますと、そういう怠惰なる事実の死をいやだと考えて、老いを拒否するということで、たとえば三島由紀夫さんのひとつのモチーフだったと思うんですけれども、三島さんのように自分で自分を切断する、生物学的に切断するみたいな死を選ぶかどうかといったら、たぶん選ばないような気がするんです。ごくだらしないことになると思いますね。

吉本隆明がもし癌になったら……

寺山　お子さんはお嬢さんですか。

吉本　ええ。二人ともそうなんです。

寺山　そうすると、二人がある日家を出てゆくことになるのか、それとも新しい男が一人外からやってくるのかという問題がありますね。もし二人が家を出ていったとき、奥さんと二人「家」にとり残されて、自らの青春をまえにむごたらしく老いを見つめる吉本隆明というものを夢みていても、そうならずに、一人アパートでしみじみと日常的な死と対決せざるをえなくなるということはないんですか。

吉本　それもありえますね。妻君と二人とも老いさらばえて、動くことも食べることもできないということはもちろん想定されるわけです。そのことについては、どういうふうに展開するかぼくはあまり異論がない。もちろん好悪はありますよね。直接の肉親の子供とかが自分の下の世話をするとか、それはちょっと肯定できない。いやだという気がします。それはその程度の問題であって、どうなるかは問題ないと思っています。問題がないというのは、死の問題はそこにはないというふうにぼく自身は思っていますけれども。

寺山　そうですね。まったく死の問題と違うことだというのはよくわかります。

吉本　やはり、そこは寺山さんは前衛的だと思うんですよ。つまりそこのところをどっかでくくってしまおうという意欲があるんじゃないかなと思う。ぼくはそういう意欲はないんですよ。その次元では垂れ流しといっていいくらい何もない。ただ設定すべき死の問題、老いの問題はあると理解しているんです。決して宗教とかに接続するものではない次元で。

寺山　たとえば、実は癌であることがわかった。あと二ヶ月で吉本隆明は生物的な死を終えなければいけない。しかし、思想的な死というものについては結論を出し終わっていない。ここで突然言行一致というふうに変えるわけにはいかない。そうすると二ヶ月死ぬのを待つか、死をまえに何かをなしとげるかというどちらかを選ばなければいけないことになったらどうしますか。

吉本　ぼくが設定しようとしている死というものは、二ヶ月がんばれば解決するとか、いざとなれば瞬時に解決する問題ではないような気がするんですね。そのときそのときで解決しながら存在しているというふうにしかないんで、二ヶ月経ったらだれでもと同じように、あわくったり憂うつになったりで、気も動転してという感じで終わる気がします。

寺山　そこがものすごくかっこがいいし、自信にあふれていらっしゃると思うのです。二ヶ月後に吉本隆明が死ぬとなって、それでやっぱり今晩も、いつものように晩ごはんのときにテレビを見ながらニコニコしてお嬢さんと何気なく雑談をしながら座っているという自信までおもちだとしたら、ぼくなんかとりつくしまもない。

吉本　いや全然それは違いますよ。そんな自信なんかありようがないのであって、憂うつになってふとんをかぶって寝ているとか(笑)、どっかへいっちゃってとか、ごくだれでもがあるようにあるんじゃないでしょうか。それ以上の何もないし、それ以上の訓練もないように思います。

寺山　突然、何か書き残したいことを書いておく気になることは……。

吉本　ないように思いますけどね。そこまでのゆとりもないように思います。もてないんじゃないかなあ。それについては無防備ですし、一昨年の夏かなんか、癌じゃないかと思っている間じゅう憂うつで憂うつで(笑)、とてもとても、そういう準備もないし防備もなかったです。そうきいたら気も動転してどうしようもないということになるように思います。どうにもならないと思いますけどね。

対談　辺見じゅん×吉本隆明

ことばの力、うたの心

郷土の与える影響

辺見　先生のところは何人きょうだいでいらっしゃいますか？

吉本　五人だったんですが、途中で死んだりしたのもいますから、男の兄弟は三人で、もういない……あ、弟がいるか。ぼくと二人残っていますね。

辺見　お父様は、たしか造船の……。

吉本　そうです。自分も船の大工さんですし、また造船所みたいなのをやっていたんです。

辺見　天草でいらっしゃいますね。

吉本　そうなんです。

辺見　お生まれになったのは東京でいらっしゃいますね。月島だったかしら。

吉本　そう、月島です。

辺見　私は北方人間と南方人間というのを考えていて、自分はどちらかというと雪国人間のところがあるんですね。先生の場合、実際に生まれたのは東京だけれども、やっぱり南方型というところはありますか。

吉本　あると思います。家の雰囲気がそうだったし、言葉も家の中では親たちの方言が南のものだったですから。東京弁は子供が学校から持ってくるとか、家の中でもあることはありましたが、親は全然、方言が抜けなかったです。ですから南の雰囲気は最後まであったと思います。

辺見　鹿児島では戦前まで洗濯物も男が上で、女がその下でとか、タライも男と女とは別とかありましたね。家の中での父の座というのは、どうでした？

吉本　いや、それは家父長的といえば家父長的だったと思うんです。ただ感覚的に、つまり南の国の人は一般的に、男はわりに暗いんですね（笑）。女の人は明るいんですよ。明るいって、しゃあしゃあとしていて……。

辺見　アハハ、そうですね。

吉本　そうなんですよ（笑）。それが特徴なんですね。九州でもそうですし、沖縄でもそうだと思うんです。沖縄の男の人ってのは暗いですね。

辺見　ええ、ええ（笑）。

吉本　いや、表面は明るいんだけど、ちょっと勘どころが違うと、ものすごく暗くなっちゃうところがあるでしょう。
辺見　そうですね（笑）。
吉本　母系的な名残だと思うんですが、女の人はものすごく明るくて、あけっぴろげなところがあるんです。その雰囲気はありましたね。親父のほうが、その意味では威張っていましたけれどもデリケートなところがあって、お袋のほうはからっとしてたところがありますね。
辺見　沖縄なんかだったら、祝女《ノロ》とかユタとか、それこそ呪術的な面もありますね。
吉本　そうですね。
辺見　私の生まれた富山は、出稼ぎの多い土地でして、売薬さんの所なんです。
吉本　あ、そうですね。
辺見　男は外へ出て行き、女が畑を守ります。大正時代に女一揆の初めと言われる米騒動がありまして、じつは、一揆の起きたのが私の生まれた所なんです。土地では〝かあちゃん一揆〟と呼んでいて、母親が中心になっていました。〝越中の父楽《とどらく》〟といって、男は外へ出て行き、女は家をがっちり守るという風土なんですね。
吉本　うーん、なるほどね。
辺見　うちでも父自身はどちらかというと風来坊みたいにいろいろ外へ出ていて、ただし、帰ってくると家族全員が〝おかえんなさい！〟って迎えないと機嫌が悪い。面白いのは、子供のときに、食べる物が必ず一品多いのは父親なんです。それは稼いでくれるのが父親だから。
吉本　ああ、そうですか。
辺見　だから、やっぱり男というのは偉いなと思って育ったところがあるんですね。
吉本　なるほどね。
辺見　先生の家では、日常生活の中に天草での慣習が入ってきたということはないですか？
吉本　いや、それはもうしょっちゅうです。いちばんは言葉だと思います。言葉はもう全然、変えようとしなかったですね、うちの中では。つまり、方言をやめようとしなかったから、いつでもそれが飛び交っていたという印象を持っています。
辺見　高専は米沢ですね。小学校時代は佃のほうだったんですか。
吉本　そうそう。
辺見　言葉は、やはり下町言葉でした？
吉本　下町言葉ですし、東京でも佃島とか深川とかそういう所は、まず東京方言といっていいくらい独特の下町言葉だったんじゃないかと思います。子供のときそうだったですからね。

辺見　そうしますと、ご自身の中にあるのは、どちらかというと下町的なものですか？

吉本　下町的なものと、うちの中での親父たちの九州的なといいましょうか、そういう因習みたいなものと、両方じゃないでしょうか。それがずいぶん強く入っている気がしますね。

辺見　例えば、作家の堀辰雄は下町なのに、ハイカラな軽井沢に逃げちゃいましたね。

吉本　そうですね。

辺見　逆に芥川龍之介は、晩年の旋頭歌なんかを見ても下町で、ひっそりと女と暮らしたいみたいな、堀辰雄とは違いますね。大川のエッセイなんかにしても……。東京の下町を、宿命というか、根っこみたいに引きずっているのと、ぜんぜん別というところと、あるんでしょうね。

吉本　そう思いますね。両方とも何となく分かる気がします。堀辰雄の場合には、隣の家の米びつの中まで分かっているみたいな環境が息苦しくてしょうがない。そうしたらやっぱり空想的なところへ逃げちゃうし、堀辰雄の文学はそうですけれど、そういうところへ逃げちゃうというのもとてもよく分かるような気がします。息苦しかったんだと思いますね。それがあったから結局、無色透明なといいましょうかね、地域性のない所へ逃げて行っちゃって、文学もまたそういう文学になっていった。それはとても分かる気がします。やっぱり下町の子の一つのあり方だと思いますね。

辺見　ええ、ええ。

吉本　芥川という人は、精神といいますか内面的に下町から逃げていったと思うんです。だけど、風習とかそういうものとしてはなかなか、また逆になつかしさみたいなものを感じたりして、大川へ行くと涙が出ちゃうとか、そういうものもまた持っていたんでしょう。ただ、精神の中では逃げたと思いますね。逃げきれなくて、ということはあると思いますけれど。堀辰雄の場合にはもう、地域的に逃げちゃったという。

辺見　あ、なるほどね。

人生の真空地帯

吉本　今度の歌集『闇の祝祭』の中に、富山の空襲のことが書いてありますね。そのときは向こうにおられたわけですか。

辺見　はい、おりました。あのころ、先生はたしか魚津で動員でしたね。

吉本　そうなんです。魚津で見ていたんです、あの空襲を。

辺見　どうでした？　そのときの。それをちょっと伺いたいなと思っていたんですが、カーバイトの工場に動員されていて……。

吉本　日本カーバイトの魚津工場にいたんです。富山の空襲のときには、その前に東京で江東地区とか、うちの近所にも焼夷弾が落ちたりして洗礼を受けていますから、わりにしゃあしゃあとしたものがありました。空を見ますと、富山市の方が、炎で空が真っ赤になっているわけですね。

辺見　ええ、ええ。

吉本　そうしたら、はるかに離れているんだけれども、魚津の町の人は大騒ぎして、荷車に家財道具を積んで町から郊外といいますか、田畑のある方へ逃げて行くわけです。とても間近に燃えているように映っていましたけれども、こちらはべつに家財道具も何もなくて、寮にいただけです。いいかげん空襲に対してニヒルになっているから平気で、ただ眺めていただけなんです。

辺見　玉音放送は、どこでお聴きになりましたか。

吉本　その工場で聴きましたね。

辺見　よく聞こえました？

吉本　いや、あんまり聞こえないけど、もちろん耳を澄まして意味を取ろうとすれば、これが何だというのがすぐに分かりました。

辺見　やはり、すごいショックでした？

吉本　それはもうもちろん、ものすごいショックです。

辺見　何歳でいらっしゃいました？

吉本　ぼくは大学の一年生ですから、二十歳か二十一歳ですね。

辺見　そのころ、魚津埋没林はもうあったのかな、何千年前の太古の植物が引き揚げられたという……。

吉本　あ、そうですか？

辺見　じゃ、戦後かもしれない。

吉本　いや、きっとあったのかもしれないけれど、こっちはまるで関心がなかったから意識に残っていないんですね。

辺見　魚津にいらしたのは二十年からですか。

吉本　たしか、一年くらい間違えているか、間違えていなければ二十年四月に大学へ入って、ほとんど一カ月、授業を受けたか受けないかぐらいで、もう動員になりました。もちろん八月十五日はいましたし、いろんなつくったものをみんな壊してしまったり後片付けしたりしてしばらくいまして、それから東京へ帰ってきました。九月ごろまでいたわけです。ちょうど敗戦の年の春から秋ごろまで、そこにいたわけですね。

辺見 今までの人生の中で、そこのところがぽこっと、真空地帯みたいな感じはないですか。魚津では半年近くですよね。

吉本 真空地帯って、実生活上はそうなのかもしれないんですが、体験上はそこだけが今でも鮮明で、逆にその印象は忘れ難いという感じがしますね。

辺見 富山の空襲はたしか八月二日か三日だったと思うんですが、私は駅前の防空壕に入っていて、こんなことを言うと不謹慎なんですが、とにかく空が燃えていて、夕焼けみたいでものすごくきれいで、もう見たくて見たくてたまらない。それを祖母から、出て行ったらダメ、と言われたのを鮮明に覚えています。玉音放送の記憶もないんですね。大人たちの動揺もよくわからない。あのころラジオがある家は限られていましたね。

吉本 ああ、そうですね。

辺見 とにかく、たまたま家にラジオがあって、近所の人もみんな集まって、大人たちが聴いている。なんか泣いているような感じがして、なんで泣いているのかな、という印象しかない。翌日、祖母と、富山市内にいる親戚や知人の安否を確かめるために何時間も何時間も歩いて行って、そうしたら神通川《じんづう》が川幅いっぱいの人なんです。手も足もグローブみたいに膨れて死んでいました。水が見えないくらいに。それがとても印象に残っています。

吉本 なるほどね。

辺見 それと翌年、そこに真っ赤な花が咲いて、祖母が「それは宿り花だ、戦争で死んだ人の」と言ったのが、私のわずかに憶えている戦争体験というか……。父は昭和十六年の、それこそ太平洋戦争――昔だったら大東亜戦争というんですか――が始まった日に、品川区役所で徴兵検査を受け、二等兵として、赤紙でとられて行って、私の中には、赤紙というのがすごく……後からの記憶なのでしょうが、赤紙にとられていった父、というイメージがありますね。

吉本 ああ、なるほど。年齢差で感じ方はずいぶん違ったんでしょうが、あれは一生のうちで一番鮮明な数ヵ月という感じですね。

辺見 カーバイト工場のことなんですが、どういう日常でした？　そこでは魚津中学の人たちも一緒でしたか。

吉本 そうですね。大学生がぼくら数人で、昔は福井高専といったそこの学生さんたちが二、三十人でしょうか。それと魚津中学の人たちが大勢ですね。それでもって中間プラントみたいなものをつくっていました。

辺見　そうすると、銃とかそういうのは持たされなかったですか。

吉本　ええ、そんなことないです。中ではわりに特権的なものでした。

辺見　戦陣訓なんかも、もちろん覚えてなくてもよかったわけですね。

吉本　あ、そこではもう全然よかったですね。ちょっと別のプラントなんだみたいな感じでしたから、工場の朝礼にも出ないし、自由にやっていましたね。

辺見　食べ物も、おなかがすいたということはなく……。

吉本　ないんです。東京にいたら、おなかすいたわけですが、あそこの工場の食堂では、なんか大豆の入ったごはんでしたけれど、おなかいっぱいになるくらいたくさん出ましたね。

辺見　お兄さまたちは、戦争に行かなかったんですか？

吉本　長男は年齢も上だし目も悪くて、そのころで言う丙種で、行かなかったんです。次男は戦争で死にました。

辺見　どこで亡くなられて……。

吉本　公式的には南方方面となっているんですが、本当はそうじゃなくて、幹部だけ乗った飛行機が四国の山にぶつかって落っこったというふうに、ぼくは聞きましたね。

辺見　じゃ、乗っていらしたのは飛行機だったんですか。

吉本　乗って南方へ行く途中で四国の山にぶつかったと、ひそかには聞いていました。表面上は南方方面で戦死とかってなっているんだけど、そうじゃないですね。

辺見　遺族の人に見せてもらうと、二十年八月以前の戦死公報には、はっきりした戦死の場所が書かれていないんですね。

吉本　ああ、そうかもしれないですね。ひそかにといいますか、こうだということを報せてはくれたんだけれども、それは表面上のものとはまるで違います。

辺見　作戦が分かってしまうということもあってね。

吉本　そういうことなんでしょうね。

辺見　戦艦「大和」が東シナ海で沈没したのは、昭和二十年の四月七日ですけど、推定海域なんですね、遺族に報せたのは。それと、『男たちの大和』の取材のときに、とてもショックだったのは、遺族の人を訪ねていって、昭和五十六年の現在で、「うちの息子、大和に乗ってたんですか？」と言った遺族がいたことなんです。滋賀県の山の中の人で、たまたま大阪へ出て、大阪で徴兵されたわけです。だから、どこに行っていたのか分からなかった。それが戦後三十六年もたって、えっ、うちの息子は「大和」でしたかって九十歳過ぎたご両親に言われたのはショックだった。

吉本　へーえ。そんなことがあるんですね。ぼくは自分の気持の中で、自己ショックというのがあるんです。それは魚津工場で何やっていたんだと言われて、要するに海軍の委託で中間プラントをつくっていたんですが、べつに何をやっていたと言ったっていいはずなのに、なんとなく隠すという（笑）。べつに国家の機密を守っているわけでも何でもないんだけれども、なんとなく……。

辺見　言ってはいけないんじゃないかと。

吉本　そう、こだわって。今でもあるんですよ。それは自分でもショックです。何だろうな、これは、と思いますね。ぼくは戦後、そんなに愛国者でないつもりなんですけれど（笑）。

辺見　面白いですね。

吉本　自分でも何だろうなと思います。これは何なんだろうなという、自分の中にあるとても分からない部分ですね。

文字としての反戦

吉本　あの人には会われなかったんですか、『戦艦大和ノ最期』を書かれた……。

辺見　吉田満さんですか。もう亡くなられていたんです、私がお聞きしようと思ったときには。

吉本　あれは戦後わりに早い時期に読んだと思うんです。やっぱり感動しましたね。特に、艦長というのか司令官というのか知りませんが、最後に一緒に沈んじゃうわけでしょう。何だろう？　これ、つまり、この犠牲死というのはね。沈みそうになったところからみんな移ってしまうわけだけれども、司令官というのは責任か何か知りませんが、得体の知れないものだと思いますけれども、そういうものがあって、とにかく、体を結わえつけて一緒に沈んじゃうみたいな描写がたしかあったと思います。それがよく分からないですね。

辺見　そこのところは感動しました？

吉本　感動しましたね。だけど、この感動に対しては、戦後幾年かたっていますから、自分も冷静になっているところがありまして、こういう犠牲というのは意味がないんだという論理も一方ではちゃんと自分の中に入ってきちゃっているところがあるんです。だから、感情移入するととても感動的なところと、それからとても冷静に、一体この犠牲というのは何なんだみたいなところと両方ありまして、よく解けていない気がしていますね。

辺見　なるほど。

吉本　本当はちゃんと分からせておかないといけないので、というのは、分からせておかないと、つまり、どちらか分かりませんよ、左翼テロリストがそれを体現するのか、右翼が復活して体現するのか知りませんけれど、またもう一度やりそうな気がしてしょうがないんですね。

辺見　日本人的処理ということですね。

吉本　そうですね。それは決着をつけておいたほうが――論理的にといいましょうか、こうなんだよと分析しつくしてといいましょうか、とことんまで冷静に分析しておいたほうがいいように思います。今のところどなたもうまく決着はつけてない、という気がします。

辺見　吉田満さんという人に私はとても興味があるんです。というのは、じつを言うと艦長は艦が沈んだ後もまだ生きていたわけです。艦長の遺族の方も、生きていたことは知っておられました。

吉本　ああ、そうですか？

辺見　吉田さんに謎があるのは、私の本が出たあと、吉田さんの奥様が、戦友に、主人は艦長が生きていたことを知っていたとおっしゃったことです。

吉本　へーえ……。

辺見　そこのところはとても難しい問題ですので、私も書くときは悩んで、それを見た兵士の証言で私は書いていったんですが、吉田さんは知っていてフィクションにしたというところが逆に興味がありました。吉田さんの生きているうちに聞いてみたかったです。

吉本　そうですね。いや、それはとってもすごいことだな……。

辺見　そして、あの『戦艦大和ノ最期』の中で一番ショックな場面は、生き残りの人をたすけ出しに駆逐艦が来る、ボートが来る、つかまる、救助の人が日本刀で手首を切り落としたと。これはすごい場面ですね。ところが、第一稿にはないんです。戦後も何年かたって、私たちが今読んでいる本のは、いわゆる戦争文学が改めて反戦文学となったときに付け足された部分なんですね。ですから、吉田さんが生き残って戦後すぐに、初々しい青年士官の気持で書いた最初の原稿には、その部分がないということ。

吉本　うーん……。

辺見　それから、艦長の最期にしても、なぜあのように書いたか、とっても謎です。

吉本　ああ、それは難しい。分かんないですね。いや、それはしかし、衝撃的な事実だなあ。ぼくは初めて聞くので、衝撃的なことだな。そうすると吉田さんの書かれたものに対して、ぼくの中の評価がガラッと違ってしまいますね。ぼくは、相当忠実なドキュメントであって、だから司令官の最期というのは事実としてこうだったんだというふうに思っていました。だけど、今、辺見さんの言われたとおりだとすると、これはもう、まるで違うことですね。つまり、思い入れがほとんど半減してしまいますね、ぼくの中では。これは大変な事実ですね。

辺見　それは、百十何人の生き残りを取材して初めて分かったことで……。吉田さんという人自身の謎として、つまり彼は東大からの学徒出陣で、少尉候補生で、優秀な青年士官ですね。ですから、彼の中に気づかなかった――こんなことを言うと今いる元海軍の人に怒られるかもしれないけれど――エリート意識があったんじゃないかと。フネの羅針盤に体をしばりつけて、艦長はご立派な最期なり、というふうにしてしまっているところに逆に感じられてならないですね。同じ学徒で、戦友だった渡辺さんという人に、きみ、あれはノンフィクションじゃないんだ、みんなは誤解しているんだ、ということを彼は言ったというんですよ。とすると、非常に謎だなという――あの人自身のね。

吉本　ああ、そうですね。

辺見　それと、吉田さんの作品のすごさというのは、文体の力だと思うんですね。あの作品がひらがなで書かれていたら、恐らくあそこまでの格調はなかったと思うんです。カタカナの文体で書かれた迫力というかね。

吉本　そうでしたね。

辺見　言語学的なこまかいことは分からないんですが、カタカナ文体の持っている説得力というのはすごいなあ、と思いました。それにみんなが、ある意味で引きつけられたと思うんですね。

吉本　はい。そうですね。

辺見　それに文語調でしょう?

吉本　そうです、そうです。うーん、なるほどなあ。いやあ、そうですか……。いや、ぼくはちょっと読みが違っていました。つまりこうだと思うんですね。あの場合もそうだけれど、ある一つの緊迫した場面をドキュメントだけの文体で書いていったとしても、その事実の衝撃力というものはありますから、それが衝撃を与えるということは一つありますね。もう一つは、書かれたものがぜんぶ文学だという見方をすれば、どんなドキュメントであろうと言葉で書かれてしまった上は、もうフィクションとして読むべきなんだということがあります。つまり事実の記録であろうと学術論文であろうと全部、言葉で書かれた上はやっぱり一種の文学として、表現として読まれるべきなんだという観点はあり得ると思うんです。ぼくはその観点が自分にはあるつもりでいたわけですけれども、あの読み方は、まったく事実のドキュメントだというふうに読んでいましたね。それが違うということは、ぼくにとってもとてもびっくりすることですね。それはぼくの読みが駄目なんだということも言えますね。

辺見　いや、そうじゃないですよ（笑）。私だって取材を通して初めて知ったことなんです。それに艦長が生きていたということは、本当は大きな問題ではない。艦長が生きていたことがどうとかということよりも、艦長を死なせてしまわなければ決着がつかないという意識のほうに、そうした軍隊の精神構造みたいなところに、逆に言えば問題性があると感じましたね。

吉本　ぼくもそう思います。だから、もしあれが事実としてあったとしても、ああいう犠牲死の意味というのはちょっと分からないところがあるなということは確かに残るんです。

辺見　私は反戦ということで、例えば『きけわだつみのこえ』は表現が事実とは違うかたちになっているといわれてますよね。本当の反戦というのは、文字としての反戦ではないと思うんです。そこのところで、日本のインテリというのは、文字としての反戦にこだわりすぎているというか……。

吉本　そうですね。『きけわだつみのこえ』の場合には、もし本当にこういう手紙を残した人たちがいたとしても、いるということはあるとしても、そうじゃない人もたくさんいる。文字通り、自分は祖国のために死んでゆくんだ、それはちっとも惜しくも何ともないんだという遺書を残した人もいるにちがいないといつも思っていました。

辺見　昨年、『昭和の遺書』をまとめたときに、煙草の空きガラに書いてある遺書が送られてきました。中国でね、自分は何人殺した、自分も撃たれた、もう自分はあと何分しか生きられないだろう、さようなら、と終わっているのがあるんですね。逆に言えば、これが戦争なんだという気がするんです。戦争というのは相手も殺す、自分も殺される。そういう極限なわけでしょう。きれいごとじゃない。私はこれこそが本当に、こわいなあと。つまり、何人殺した、自分もいま撃たれた、あと何分しか生きてないだろう、という生々しさね。

吉本　ああ、それはすごいですね。

辺見　それが煙草の空きガラですよ。そしてそれを、そばにいた戦友は生き残って遺族に届けるわけですね。私はもう、そっちのほうが生々しいし、すごいなあ、という気が……。

吉本　なるほどね、うーん。ぼくは、米沢の当時の高専――高等工業学校というんでしょうけれども、その卒業の年に徴兵検査を受けて甲種になったわけです。大体、クラスが六十人いれば、五人か六人は進学可能で、あとの者は兵隊に行っちゃうわけです。もちろん工科系ですから、一応、技術的な兵科になると思いますし、第一線に行くことは滅多にないからそんなに死んでないと思うんです。でもとにかく大部分は兵隊に行って、五、六人が大学へ行けるわけです、当時の制限内でも。そこのところで、ぼくはいやでいやでしょうがなかったですね。つまり、クラスの大部分のやつは兵隊に行っちゃうわけですから。兵隊に行っちゃえば、もう死ぬと思わなきゃいけないということですからね。それがどうもいやで、大学はいやだなと思ったんですね。おれはあまり学校へ行きたくねえ、兵隊へ行ったほうがいいと思うんだみたいなことを言ったとき、親父がいわく、男はみんな戦争に行くんだから、行くのもいいけど、まあ、進んで行くところじゃねえぞと言うんです。つまり、いま辺見さんが言ったのは非常にラジカルなというか、すごい深刻なといいますか、リアルな遺書ですね。親父が言った場面はそういうのと違うので、敵軍と対峙して、塹壕の中に入っていて、頭を上げるとピュッと弾が飛んで来るから、みんな頭をひっこめていると雨がざあざあ降ってきて、掘った壕自体が崩れて隣のやつが死んじゃったというんですね。戦争というのはそういうことがあるんだぜ、というふうに言ったんですよ。

辺見　それもすごいですよ、やっぱり。

吉本　それでちょっと、なんか気勢をそがれたというか、シラケさせられたみたいな感じがあって（笑）、それはものすごくぼくに影響を与えましたね。つまり、自分ではイメージで思いつめていますから、第一線へ行って弾を撃ち合って、そこで死ぬかもしれんとかそういう場面ばっかりを想定して、考えているわけですよ。ところが親父は、雨が降って塹壕がつぶれて死んじゃった、戦争ってのはそういうのがいつもあるからなあ、とかって言ったんですよ。それで、はあーと思って、おれが頭の中で考えている華々しく撃ち合いをして何とかというのは全部ウソじゃないかと。つまり、もしかするととても幸運な、あるいはとても不幸に当面した人がそういう場面に遭遇して、それで弾に撃たれて死ぬということになって、大部分の人は、なんか知らないけど変なことで、お腹をこわして死んじゃったとか、何かそういうことなんじゃないかみたいなね。親父がそれを言ったので、ぼくは思いをパーッと開かれたというのか、シラケさせられたという感じがあったんです。

花の歌人、西行

辺見　先生の場合は、例えば桜の花へのこだわりはないですか。

吉本　あんまりないです。戦後のある期間は大変ありましたね。つまり、桜の花というものから引き出される感覚は、日本人の民族的な無意識の中でかなり大きな、普遍的なものなんだみたいなことをだんだん考えるようになってからは、それほどこだわらなくなりました。それまではやっぱり、いやだな、「君が代」もいやだ、日の丸もいやだ、桜の花もいやだよ、というのはありましたね。

辺見　私なんかはもうまるっきり初めから、桜のイメージというと、戦後の小学校ですから校庭に桜があって入学式という、絵のような光景の桜がまず始まりですので、こだわりはないんですけれども、「大和」でいえばやはり桜の花にこだわる人たちがとても多いんですね。

吉本　多いでしょうね。それは分かるな。

辺見　「大和」が、呉を出航するときに早咲きの桜が咲いていた。「大和」は四月七日に東シナ海で沈みますね。そして漂流して……。「大和」には三千三百三十三名乗っていました。それでたすかったのは一割にも満たない二百六十数名なんです。そして翌日、呉と違って、佐世保に駆逐艦で……。佐世保は九州ですから、呉と違って、満開の桜ですね。そのときに兵士の一人が「桜なんか咲いてやがる」と言って狂っちゃうんですよ。おれたちが血みどろな戦いをしてきたのに平然と桜は咲いている。四季はめぐっているわけですよ、戦いをしていてもね。その話をしてくれた人は戦後、北大に入ってお医者さんになって、耳が聞こえなくなったので耳鼻科の先生になるんですが、春どきになると気持がおかしくなるというんですね。そして桜が尋常に見られない、というんですね。

吉本　ああ、うーん、すごいですね。

辺見　桜というのは確かに、戦争というものにかかわったことで禍々しいイメージがあります。ですけど、西行の桜の問題でいきますと、またイメージが違ってきます。先生は西行論を三つに大きく、僧形、武門、歌人、と分けていらっしゃいますね。最後の歌人のところで月と花を問題にしながら、桜のところで私がとても面白かったのは、西行の特質は桜の花の歌を、花をめぐって心と身の間に演じられる不安で不条理な内在のドラマにしている、ということをまず書いておられますね。それと西行にとって、桜の花は幼児期に形成された無意識の資質を誘発し露呈させる、ある種の憑依物というのか、憑かれたもの――ここのところが私はとても面白かったんですよ。

吉本　うーん、うん……。

辺見　吉野には西行庵がありますね。取材して書いていたときは、何年か吉野に行ってますが、いつも一番いい時期にめぐりあえない。それが、去年はじめて雪見花に出あったんです。桜は咲いている、月は出ている、雪にも出あいました。

吉本　ああ、そうですか。

辺見　これは至福の時だったと思いましたね。桜のバリヤーというか、桜の下で寝ると、ものすごく熱があるというか、あたたかいというかね。妖しさというのとまた別個のものをとても感じたんですね。で、あ、そうか桜は女なんだ、つまり女体なんだというね。

吉本　西行の桜をめぐる歌を見ていきますと、ごく自然に新古今時代の歌人たちが春になると桜を見に出かけるとかっていう意味の、つまり、その当時の風俗・習慣で詠っている桜の歌もあります。もう一つは、西行の桜の花に対するこだわり方といいますか、執着の仕方は大変なもので、同時代の歌詠みに比べたら、ちょっと比較にならないほど執着している歌がありますね。

今度は執着している歌を見てみますと、大ざっぱにいうと二つに分けられる気がするんです。一つは、とにかく、この人は桜きちがいじゃないのかというくらい、もしフィクションでないとすれば気違いじみた執着を詠った歌がありますね。つまり、夢で桜の花を見たら覚めてもドキドキしているという歌があるぐらい……。

辺見　そうそう、夢に見ても胸さわぐという。

吉本　ここまでいけば、ちょっと気違いじみているんじゃないかと思わせる、同時代の歌人に比べたら過度の執着といいましょうか、そういう歌と、もう一つはやっぱり、幼児がえりといいますかね、母胎の中に包まれているみたいな、そういう感じで受け止めているなと思える歌と、その二つあると思うんです、執着した歌を大ざっぱに分けるとね。そうすると、これは何だろうか、みたいなことになってくるわけですね。

辺見　ええ、ええ。

吉本　この人の、これは後期の『聞書集』の中に出てくる戯ぶれ歌という、子供のときの歌がございますね。その歌を見ると、もうまったく幼児の、これは母親を恋しがっている歌なんだというふうに思えるわけですね。そうすると、この歌と、西行の桜の歌の中で、幼児体験の、何か母胎に包まれたみたいな、そういうほんわかーとした感じに浸っていくという、この歌はやっぱり同じなんじゃないか、というふうに思えてきたんですね。だから、伝記的には分からないですが、西行という人には母親との、子供のときの不幸な何か行き違いみたいなものがあるような気がしてしょうがないんですけれどもね。

辺見　なるほど。

吉本　桜の花の歌のある部分はやっぱりそれなんだというふうに、ぼくは思ったわけです。ああ、これはやっぱり母胎がえりなんだなと思えたんですね。

辺見　桜というと妖しいとか何とかということだけじゃなくて、ですね。

吉本　ええ、ええ。

辺見　ですから私は、すごいショックというか、西行を考える上で、ああ……という気がしたんです。文覚上人の西行像なんかを見ますと、西行は意外と男っぽいんですね。だから逆にまた、それがよく分かるなという。

吉本　ああ、そうでしょうね。

辺見　もののふ西行。僧になったりするから、なんとなく軟弱西行のイメージがあるように見えるけれども、ここはやっぱり実朝とは違うんじゃないかな、というふうに思えますね。

吉本　ええ。分からないけれども、多分、筋骨たくましくて、わりに好男子といいますか美男子で、もちろん武術にたけてというのがなければ、初期の武家層でもって、天皇の側近の中には選ばれるはずがないですね。だから相当、筋骨がたくましいし、美丈夫でもありますし、わりに男っぽい、武勇の士でもありますし、そういうのを全部もっていたと思います。ぼくは。

辺見　そうですね。月の歌人というイメージが実朝のほうにありますね。どちらかというと花の歌人、男としての華も、私はやっぱり西行に感じる。花を詠っているからだけじゃなくてね。

吉本　それはもうまったくそうだと思いますね。だから、花と月は西行が一番執着したものでしょうけど、月という場合には多分、宗教的なものがあって、意図的にといいますか意識的に詠んでいるようなところもありますね。花の場合にはもう、無意識、幼児性から全部、入ってきちゃうと思いますね。

辺見　そう。夢中落花なんでしょうね。

共同幻想としての短歌

吉本　辺見さんの短歌の特徴だと思うには、いや、これは比べると一番よく分かるんです。例えば、俵万智さんの『サラダ記念日』の中で、父親のことを詠った〈朝のネクタイ〉という章があります。

辺見　ええ、あります。

吉本　それを見ると父親との関係が一番よく分かる。つまり核家族的親娘《おやこ》の情感ですね。あなたのは大昔の、何というのかな……。

辺見　大家族？

吉本　いや、大家族というか、要するに、家族ということにもう大変な、宗教的な思い入れもあるし、家《イエ》の祭りといいますか家の宗教もあるし、共同体の宗教もあるし、それから父親と娘の間にも、つまり娘に対して父親は後見人になるみたいな、母系相続みたいな、そういうものもあるし、家の中での兄弟姉妹的な結びつきみたいなものもあるし、たいへん前古代的な……（笑）。

辺見　うーん。そうですか（笑）。

吉本　家族意識とか、家に対する思い入れみたいのが特徴だと思いますね。それはもう初めからそうだったように思います。俵さんのはとても淡い親娘の関係で、もう一歩で家というのは壊れてしまうといいますか、あまり形がないというふうになってしまう。核家族的なといいましょうかね。そういう感覚がとても顕著ですね。〈朝のネクタイ〉という、言葉は憶えていないんだけれども、なんか父親が、まだ恋愛の歌ばっか詠っているのかねとか言ったという歌があるんですね（笑）。あの淡さ。父親としての権威とか、そういうのはべつに何もない。娘との関係みたいなものがとても淡く、いかにも核家族風の感性が出ていて、そこで比較すると一番よく分かるんですね。あなたのは依然として古代以前の、なんかすごい宗教的な思い入れとか習慣とか家の祭りとか全部あるみたいな、そういう父親に対する思い入れとか、家族、きょうだいに対する思い入れ、子供に対する思い入れとか。旦那さんらしき影も出てくるんだけれども、そこだけは淡くて（笑）。それは対比的に面白かったですね。

辺見　古代的だというのは、ちょっと図星を指されたところがあると思うんですけれども、俵さんのに比べると、俵さんは現実にお父様がいらっしゃる。私の場合には、欠けているわけです。不在の父なわけですね。

吉本　ああ、それはありますね。

辺見　家族というのも、事実としての家族と、フィクションとしての家族、こうあったらという願いというか、虚としての家族があると思うんです。もう一つの見方からいえば、晴《ハレ》の家族と、褻《ケ》の家族があると思うの。父を詠っているのは、父親が三角形の頂点の上に立っていながら、実際は不在であることもやっぱり大きいんじゃないかなという ね。

吉本　ああ、それはあるでしょうね。

辺見　もし現実に父親が今も生きていたとしたら私はあそこまで詠わないというか、父親が生きていたときに私は詠っていないんです。つまり一種のもがりみたいなものですね。古代では、お葬式が済むまでのあいだ何年も何年ももがりをして、それでやっと本番のお葬式がきますね。自分の心の中で本格的に〝父親が死んだんだ〟という意識を持ちたくない、もがりの期間をながーくしていたというかね。それが今度の第三歌集でふっ切れたところがあるとしたら、十三回忌ということも大きいんです。人から見ればなんと長いことよと笑われるかもしれないけど、ようやく呪縛がとれたような……。

吉本　いや、不在だから、ということはとてもあるような気がしますね。でも、それを抜かしてもやっぱり、とても家というものと——短歌というのはほとんどそういうものかもしれないけれども、共同幻想ですね。あなたの短歌もね。

辺見　なるほど。

吉本　言葉の選び方、対象の選び方もそうですけれど、歌は個人の日常の何かを食べたとか食べなかったとかそういうものじゃなくて（笑）、たいへん共同幻想的ですね。共同体的といいましょうか。そういう感覚が歌の中に流れていて、それはたぶん歌にとってはとても本質的なことのような気がいつでもするんです。短歌というのは本当に個人の個性の歌というふうにならないんじゃないかな、という感じがいつでもつきまといますね。それが本来なのかもしれない気もします。でも、それはとてもよく表れている気がしますね。

辺見　先生は、歌に対するイメージというか、いちばん大事だなと思うものは、私がこんなことを聞くのはおかしいんですけど（笑）、何だと思われますか。

吉本　いや、それは、ぼくが歌だけじゃなくて広くポエジーということで考えているイメージがありますね。そうすると現代の詩人が書いている現代詩というのは、歌とか俳句とかにもう少し、たぶん近づいていくに違いないと思うわけですね。

辺見　なるほど。

吉本　短歌といいますか、歌というのはもう少し、現代詩といいましょうか、詩といいましょうか、そういうものにだんだん近づいていくんじゃないかな、というイメージがあるんですね。もっと、いま作られているより、まあ現代詩とは違いますけど、詩という一般的な、普遍的な詩といいましょうかね、そういうものに近づくほうに、多分これから、長い年月をかけてですが、行くんじゃないのかなという感じが、ぼくはしていますね。

辺見　それは定型という、五七五七七という器はきちっと守った上で、ということですか。

吉本　そうだと思います。ところが、そこはまたとても面白いと思うんですが、例えば、また比較になりますが、俵さんの『サラダ記念日』というのは、五七五七七、短歌的声調といいますかね、リズムを守っていると思うんですね。守っていて、それで感覚は短編小説というか物語だとぼくは思います。あなたの場合は逆に、五七五七七になっていても短詩的だ、五七五と七七が別々になっていて、これは意識か無意識か分かりませんが、その中では別々だと言っていいぐらいで、だから、この人の中にあるのは詩だ、短詩なんだというふうにぼくは逆に思っていますけれどもね。

辺見　うーん。

吉本　これは短詩なんだ、短詩のリズムに近いんだ、という理解の仕方をぼくはしますけれどもね。だから、意図的にか無意識的にか、そういうところへ行くのかなあ、という感じをぼくは持っているんですけれどもね。

辺見　たぶん、無意識でしょう。ただ、歌に対して今まで以上に、たいへんな器なのだという思いは深くなってきています。

吉本　だから、これからどういうふうに、つまり、これが自分の考えている短歌だというふうな形と、内実というのを完成したときに、どういうふうになるかというのが、ぼくなんかはとても興味深く思いますね。これは多分、そういう意味では、なんとなく過渡的な気がぼくはするんですけれどもね。本当にこれが短歌だと、辺見さんが形式と内容とをピタッと完成して提出するというところになったときに、どういう歌になるのかな、というのは、ぼくは興味深いですね。

辺見　短歌というと、病気の歌を詠いますと、あ、ご病気なんですかとか、お具合はいかがですかという手紙が来るぐらいに、作品イコール事実ととられるところがありますね、歌とか俳句には。それはとてもおかしいことだと思いますね。歌の中にもフィクションがある、俳句の中にもフィクションがあるのだと。このフィクションが、じつは事実よりもっと真実に近いものじゃないかと。そういう虚実のあわい面を出していきたい、冒険してみたいと思いますね。一つの虚構が、じつは、より文学の真実に近いというのが、もっと歌や俳句の中で認められていいんじゃないかみたいな。

吉本　あ、そうですね。ぼくもそう思いますね。これは、茂吉流の写生の概念がそれをずいぶん毒しているような気がしますね。

辺見　誤ってでしょうね。

吉本　ええ、誤って毒したと思いますけれども、歌すなわち写生、すなわち事実の描写、それは具体的・現実的にあったことが全部イコールになってね。

辺見　ところが、茂吉の歌だってそうじゃないんですよね。

吉本　ないと思いますね。

辺見　私は、茂吉の五十代のときの恋の歌ね、くれないの花のようなおとめという、すごい歌があるんです。めんどりが砂あそびしていて、剃刀研ぎが通りすぎてゆくという歌がありますね、あれはこわい歌ですよ。まさに白昼のこわさですね。昼間のこわさだと思います。なんかギラッと刃物を突き出されたような。あの晩年の恋、五十代のときの恋も紅梅に仮託して詠っている。これはすごいですよ。写実をこえた、やはり文学の恐ろしさだと思います。

吉本　ええ、そうですね。

辺見　その意味では、文学の表現のジャンルがいろいろある、その中で、いま私はノンフィクションに興味を持っていると同時に、短歌という形式が、もっともっと多彩で、いろんな冒険ができる器じゃないかな、という気がしますね。

吉本　いや、それはとても面白いことですね。これからどういうふうに行くかなというのは。それから、一つの完成された形をどういうふうに作っていくのかな、というのは……。

辺見　フフフ、たぶんダメでしょうけど。

吉本　いやいや、そんなことはない。やれると思いますけれどもね。それは興味深いなあ。

辺見　どうもありがとうございました。

初出一覧

論題に続き、中段に初出、下段に底本を示した。『全集』は『吉本隆明全集』（晶文社）、『講演集』は『吉本隆明〈未収録〉講演集』（筑摩書房　二〇一五年）、『資料集』は『吉本隆明資料集』（猫々堂）、数字は巻数を指す。

序　三種の詩器　「短歌研究」一九五八年四月号　『全集5　1957-1959』二〇一四年

◆歌人論

長塚節　写生された〈自然〉　「エディター」一九七八年一月号　『全集16　1977-1979』二〇一八年

斎藤茂吉

『赤光』について　「短歌」一九六二年二月号　『全集7　1962-1964』二〇一四年

老残について　『現代短歌大系一』三一書房　一九七二年一〇月　『全集12　1971-1974』二〇一六年

『赤光』論　「山形新聞」一九八一年六月三日　『全集18　1980-1982』二〇一八年

茂吉短歌の初期　「國文學　解釈と教材の研究」一九九三年一月号　『全集27　1992-1994』二〇二一年

茂吉の歌の調べ　「波」一九九三年七月号　同右

石川啄木

石川啄木　「日本読書新聞」一九六一年四月一〇日　『全集6　1959-1961』二〇一四年

啄木詩について　「国文学　解釈と鑑賞」一九六二年八月号　『全集7』

食うべき演劇　「転形1」一九八六年三月一一日　『全集20　1983-1986』二〇一九年

折口信夫　折口の詩　『釈迢空詩集』思潮社　一九七五年五月　『全集13　1972-1976』二〇一七年

前川佐美雄　佐美雄短歌の魅力　『前川佐美雄全集』内容見本　小沢書店　一九九六年六月　『全集28　1994-1997』二〇二二年

近藤芳美

歌集『喚声』読後　「未来」一九六一年一月号　『全集6』

近藤芳美　「毎日新聞」二〇〇二年一二月二三日　『詩の力』新潮文庫　二〇〇三年
江口きち　私の好きな歌　「新潮」一九九八年一月号　『資料集145』二〇一九年
塚本邦雄　「毎日新聞」二〇〇二年五月一九日／二六日　『詩の力』
村上一郎論　『村上一郎著作集4』国文社　一九八一年六月　『全集18』
前登志夫
　異境歌小論　「現代短歌雁」第九号　一九八九年一月　『全集24　1987-1990』二〇二一年
　前登志夫の呪術性と野性　「短歌」一九九二年七月号　『全集27』
岡井　隆　「毎日新聞」二〇〇二年六月二日／九日　『詩の力』
寺山修司　物語性の中のメタファー　『寺山修司の世界』情況出版　一九九三年一〇月　『講演集9』
佐佐木幸綱と寺山修司　「毎日新聞」二〇〇二年一〇月一三日　『詩の力』
辺見じゅん　歌集『闇の祝祭』　「短歌」一九八八年三月号　『全集22　1985-1989』二〇二〇年
岸上大作
　去年の死　「日本読書新聞」一九六一年一月一日　『全集6』
　岸上大作小論　『意志表示』角川文庫　一九七二年五月　『全集12』
福島泰樹論——風姿外伝　『福島泰樹歌集』国文社　一九八〇年六月　『全集17　1976-1980』二〇一八年
俵　万智　「毎日新聞」二〇〇二年九月二九日／一〇月六日　『詩の力』
結び　詩的な喩の問題　『フェスタ・イン・なごや　現代短歌'90s記録集』六法出版社　一九九一年六月　『講演集10』

◆**付録**（対談）
死生観と短歌（寺山修司）　「短歌現代」一九八一年三月号　『吉本隆明全対談集7』青土社　一九八八年
ことばの力、うたの心（辺見じゅん）　「野性時代」一九八八年四月号　『資料集96』二〇一〇年

吉本隆明 よしもと・たかあき（一九二四―二〇一二）

詩人、評論家。東京工業大学在学中に動員先の富山で敗戦を迎える。同大卒業後、詩集『固有時との対話』『転位のための十篇』や「マチウ書試論」（一九五二―四）ほかで注目され、『文学者の戦争責任』（武井昭夫との共著、一九五六）「転向論」（一九五八）等を経て、六〇年安保時には新左翼の理論的支柱と目された。文学や芸術、政治、経済、国家、宗教、大衆文化に至るまで、一貫して在野から不断の評論活動を展開し、「戦後思想界の巨人」と呼ばれる。『言語にとって美とはなにか』（一九六五）『共同幻想論』（一九六八）『心的現象論序説』（一九七一）『最後の親鸞』（一九八一）『源氏物語論』（一九八五）『宮沢賢治』（一九八九）『ハイ・イメージ論』（1～3、一九八九―九四）『夏目漱石を読む』（二〇〇二）等著書多数。

ことばの力 うたの心　吉本隆明短歌論集

二〇二二年七月二〇日　第一刷発行

著　者　吉本隆明

発行者　田尻　勉

発行所　幻戯書房
郵便番号一〇一-〇〇五二
東京都千代田区神田小川町三-十二
電　話　〇三-五二八三-三九三四
ＦＡＸ　〇三-五二八三-三九三五
ＵＲＬ　http://www.genki-shobou.co.jp/

印刷・製本　中央精版印刷

ISBN978-4-86488-250-7 C0095

琉球文学論　島尾敏雄

日本列島弧の全体像を眺める視点から、琉球文化を読み解く。著者が長年思いを寄せた「琉球弧」の歴史を背景に、古謡、オモロ、琉歌、組踊などのテクストをわかりやすく解説。完成直前に封印されてきた、1976年の講義録を初書籍化。琉球文化入門・案内書として貴重な一冊。生誕100年記念出版。　3,200円

もうすぐやってくる尊皇攘夷思想のために　加藤典洋

明治150年、天皇の退位と即位。新たな時代の予感と政治経済の後退期のはざまで、今、考えるべきこととは何か。戦後論の第一人者が、失われた思想の可能性と未来像を探る批評集。丸山眞男、鶴見俊輔、石牟礼道子らを読み解き、われわれの内なる危険領域へ踏み入る。　2,600円

ロミイの代辯　**寺山修司単行本未収録作品集**　堀江秀史 編

没後35年、発掘資料より43+3篇を収録。詩、短歌、散文、写真、座談会、インタビュー。いまなお響く、そのロマネスク。「短歌が現代詩に与えうるものは何か」「短歌における新しい人間像」「三つの問題について――吉本・岡井論争の孕むもの」「“愛”の歌について――短歌で何か歌えるか」ほか収録。　3,800円

うた燦燦　道浦母都子

いつのことを語るにも、うたがきらめく歌人のエッセイ集。『無援の抒情』により全共闘運動を象徴する歌人、あれから50年。百人一首から現代まで、エッセイの中に180首が光る。季節ごとの近代短歌の名歌を鑑賞し、来し方や日常を歌とともに綴る。　2,400円

トリビュート百人一首　幻戯書房編集部 編

平安と今をつなぐ和歌×短歌。26人の歌人が「百人一首」に挑む。おもな参加歌人：岡井隆、高島裕、佐伯裕子、石川美南、今橋愛、田村元、加藤治郎、栗木京子、米川千嘉子、雪舟えま、黒瀬珂瀾、川野里子、山田航、荻原裕幸、今野寿美、東直子、馬場あき子。古典のとびら、歌詠みの道しるべ。　1,800円

桔梗の風　**天涯からの歌**　辺見じゅん

短歌に賭けた男と女の苛烈な生、そして「御製」「御歌」――原郷をうたう歌人が遺した「文学の志」への恋歌。「短歌の解明を抜きにして、日本人の心の精髄を捉えることは出来ない」。遺稿エッセイ集3冊のうち、おもに短歌に関するエッセイを収録。　2,200円